WENXUE ZUOPIN
FENXI FANGFA

文学作品分析方法

刘卫国 编著

中山大学出版社
·广州·

版权所有　翻印必究

图书在版编目（CIP）数据

文学作品分析方法/刘卫国编著. —广州：中山大学出版社，2022.8
ISBN 978 - 7 - 306 - 07573 - 4

Ⅰ.①文…　Ⅱ.①刘…　Ⅲ.①文学研究—方法论　Ⅳ.①I06 - 03

中国版本图书馆 CIP 数据核字（2022）第 111087 号

出 版 人：	王天琪
策划编辑：	葛　洪
责任编辑：	葛　洪
封面设计：	林绵华
责任校对：	邱紫妍
责任技编：	靳晓虹
出版发行：	中山大学出版社
电　　话：	编辑部 020 - 84110283，84113349，84111997，84110779，84110776
	发行部 020 - 84111998，84111981，84111160
地　　址：	广州市新港西路 135 号
邮　　编：	510275　　传　　真：020 - 84036565
网　　址：	http://www.zsup.com.cn　E-mail：zdcbs@mail.sysu.edu.cn
印 刷 者：	广东虎彩云印刷有限公司
规　　格：	787mm×1092mm　1/16　12.25 印张　220 千字
版次印次：	2022 年 8 月第 1 版　2024 年 7 月第 2 次印刷
定　　价：	59.80 元

如发现本书因印装质量影响阅读，请与出版社发行部联系调换

目　录

引　言　/ 001

上　编　**文学批评的三种类型**　/ 003
　　侦探式批评（1）　/ 005
　　侦探式批评（2）　/ 016
　　侦探式批评（3）　/ 028
　　侦探式批评（4）　/ 036
　　侦探式批评（5）　/ 043
　　封神式批评（1）　/ 054
　　封神式批评（2）　/ 061
　　印象式批评（1）　/ 071
　　印象式批评（2）　/ 082

中　编　**文学批评的五类文体**　/ 097
　　札记体与批注体　/ 099
　　书信体与对话体　/ 105
　　论文体　/ 114

下　编　**文学批评的六个步骤**　/ 127
　　第一步"注意"　/ 129
　　第二步"虚己"　/ 141

第三步"立说" / 152

第四步"搜证" / 161

第五步"断案" / 172

第六步"推论" / 180

后　记 / 190

引　言

　　本书的名称叫作《文学作品分析方法》，是本人开设的课程之教材，原名叫《文学批评方法学》，因故改成现在这个名称，内容其实都是讲分析作家作品的方法。

　　如何分析作家作品，是一个既简单又困难的任务。说其简单，是因为文学批评的门槛很低，谁都能对作家作品说三道四。陈平原老师曾说起，在1980年代坐火车从北京回广东途中，邻座听说他是搞文学的，就会跟他讨论："最近《人民文学》上某篇小说如何如何……"后来他不堪其烦，再坐火车时一早声明自己的专业是天体物理，果然一路清静。对于天体物理这样的学问，懂行的人实在不多，但要评论作家作品，似乎人人都是内行。说其困难，是因为在分析作家作品时，要说出真知灼见，并不容易。我每年指导书评报告、学年论文、毕业论文的写作时，都有不少学生愁眉苦脸、叫苦连天，说什么作家作品都被别人分析过了，自己实在找不到切入口，讲不出什么新意，很多初次交上来的作业，都惨不忍睹。

　　问题出在哪里呢？自然有很多原因。我觉得，其中一个原因就是，学生在方法上还没有开窍，不得其门而入。后来我决定开设一门选修课程，这门选修课程刚开始叫作"文学批评方法学"，后来被学校教务系统更名为"文学作品分析方法"。

　　本课程在内容上分成三大块。第一部分讲文学批评的类型。这一部分要解决的问题是：文学批评可以分为几种类型？哪种类型最具有学术含金量？如果欠缺学术含金量，有没有办法改进？第二部分讲文学批评的文体。这一部分要解决的问题是：文学批评可以使用哪些文体？如何选择最合适的文体？如何写出得体的论文？第三部分讲文学批评的步骤。这一部分要解决的问题是：写一篇文学批评文章需要哪些步骤？每一步应该注意什么？

　　本门课程的特征有二。一是实用性。所谓实用性，就是学了就能用。

本门课程讲授的方法易懂、易上手，没有玄奥的理论，完全结合实际。二是实践性。所谓实践性，就是在用中学。每一讲结束后布置思考题和讨论题，让大家把学到的东西马上付诸实践，在实践中加深记忆。

开这门课的过程，也是我重新学习的过程。本人在备课过程中参考了大量书籍和文章，从中继承和汲取了不少东西，同时本课程也注意创新，力争将有关知识融会贯通，建立新的知识框架。本课程的上编和下编，不少内容是目前坊间多部《文学批评方法学》教材所没有的，中编讲批评文体，其他教材虽也讲过，但也自信有些许新意。

本课程运用了很多例文进行讲解。我的专业是中国现当代文学，但举例不能偏于现当代文学批评一隅，还得去寻找古代文学批评的例子。我对于古代文学批评并不熟悉，讲这门课也给了我一个学习的机会，逼迫自己看了一些古代文学批评的著作和论文。只是，要寻找到恰当的例文，并不容易。在多轮讲课过程中，我不断更换例文，只求找到最合适的。后来听人说，引用他人文章，可能会引起一些知识产权纠纷，甚至会被人指控为抄袭。为防出现这种情况，本教材引用了自己的一些文章，不是因为"文章是自己的好"，而是担心引用他人的文章会带来一些意想不到的纠纷。但因为本人文章写得不多，不可能什么例子都用自己的文章，所以还是引用了他人的一些著作和文章。这里需要解释的是，本人是将这些著作和文章作为范文向学生予以讲解介绍的，不清楚是否侵权，但望这些著作和文章的作者本着学术乃公器的原则，允许本人使用。

上 编
文学批评的三种类型

自古以来，文学批评就曾被划分出各种类型。这些分类各有各的角度，也各有各的道理，但本人不想重复以往的分类，试图从方法学的角度为文学批评划分出新的类型。

美国社会心理学家斯圭尔（Squire）以社会心理学的文本为对象，辨析出社会心理学的三种叙事类型：

一、侦探叙事（detective narrative），致力于发现问题并解决问题。

二、自传叙事（autobiographical narrative），致力于用忏悔式的和主观的材料，去再证实其自身的客观性和有效性。

三、科幻叙事（science fiction narrative），致力于探寻未知的新领域。①

结合文学批评的实际情况，借鉴斯圭尔的分类办法，本人认为，在文学批评中也存在这样三种类型：一是**侦探式批评**，就是像一个侦探，在作家生平和文学作品中发现问题，寻找蛛丝马迹，用合理的逻辑对这些迹象进行探究，还原事件的真相，揭开问题的奥秘；二是**印象式批评**，就是陈述自己对作家作品的主观印象；三是**封神式批评**，就是确定作家作品在文学史上的位置，给作家作品排座次。

这三种批评类型各有自己的领域，每一种类型要处理的问题都与其他类型有所不同。比如，林黛玉和薛宝钗谁更可爱？这是印象式批评的问题；林黛玉有多少财产？这是侦探式批评的问题。又如，鲁迅和周作人谁的散文写得更好？这是封神式批评的问题；鲁迅和周作人究竟因为什么而决裂？这又是个侦探式批评的问题。

三种类型的学术含金量也不一样。总体而言，侦探式批评的学术含金量最高，封神式批评的学术含金量次之，印象式批评的学术含金量最低。这种情况提示我们，在分析作家作品时，我们要尽量提出学术含金量高的问题，采用学术含金量高的批评类型。当然，这只是就总体而言，具体到侦探式批评，还要看是否提出了真正有价值的问题，如果研究的问题是假问题或者是已被别人解决的问题，学术含金量自然会打折扣，印象式批评的学术含金量先天差一些，但也并非没有办法弥补与提高。

---

① 方文. 学科制度和社会认同［M］. 北京：中国人民大学出版社，2008：34.

侦探式批评《1》

这一节课，我们开始讲侦探式批评。侦探式批评有5种模式，先讲第一种模式——侦破案件。

在某些文学作品中，潜藏着一些案件。这些案件，有的是作家有意设置的，这些作家喜欢与读者玩智力游戏。因此，会在文本中设置谜团。或者心里有苦衷，故而隐晦曲折地在人物和情节中设置了谜团；有些是作家无意中设置的，作家本来以为这个问题很容易理解，但没想到，随着时间的流逝和空间的变化，原本简单的问题变得越来越复杂，后人难以理解了，因而也成为谜团。将作品中的谜团解开，类似于警察探案，揭开案件的真相。

先看第一个例子，刘心武的文章《林黛玉的家产之谜》①。

侦破林黛玉的家产之谜，有什么意义？刘心武认为："这个问题猛一听觉得好像不太重要，实际上很重要。因为人都有社会属性，人的社会属性中最重要的那部分就是他的经济状况，就是他的经济地位——用《红楼梦》里面的话来说，就是他的家业根基。"刘心武说得有理。林黛玉的家产就是林黛玉的经济基础，从经济地位来说，林黛玉可能是整个荣国府的小姐里面最悲苦的一个人，在大观园中过着"风刀霜剑严相逼"的日子。

事实上，林黛玉是有一大笔家产的。刘心武分析道："书里面对林如海的情况交代得很清楚。这个人祖上三代都是皇帝给封了贵族头衔的，到他这一代，虽然不再享有贵族头衔，只能通过科举谋出身，但是他很争气，故事开始的时候，他已经当官了。他因为什么当的官？因为他是前科的探花，他科举考试获得了很高的名次。他当了什么官呢？巡盐御史，衙门在扬州。巡盐御史，这是个肥缺啊！他死了以后，一定会留下大笔的遗产。林如海死了以后有大笔遗产，这个遗产的继承权，林黛玉是有的，而且没有人能和她竞争。那些姬妾就算是当时在扬州把着遗产，不想分给林黛玉，也不能做得太过分。因为林家会有族长来管理这个事情，就像贾家有族长

---

① 刘心武. 刘心武揭秘《红楼梦》（第三部）[M]. 北京：东方出版社，2007：2-14.

一样。贾家的族长是谁呀？是贾珍。各个宗族都有自己的族长来管理类似的事情。所以林黛玉是应该能分到遗产的。"

　　林黛玉既然能够分到父亲的遗产，那么，她的那些家产到哪里去了呢？在《红楼梦》的文本中能找到什么线索吗？刘心武分析道："我要提醒大家，注意书中的一些有关贾琏的文字。为什么？因为林如海病重以后，是贾琏带着林黛玉去扬州探视的，后来林如海去世了，又是贾琏带着林黛玉把林如海的灵柩护送回原籍苏州。第十六回写道：'林如海已葬入祖坟了，诸事停妥，贾琏方进京的。'所谓'诸事停妥'，当然包括贾琏以监护人身份争到了林黛玉的遗产这件事。"刘心武认为："贾琏是荣国府的总管，财务方面的事他当然把得很紧。林如海的遗产中林黛玉应得的那一份，应该全部折合成了银子，按当时的规矩，带回以后他应该交给荣国府的总账房保存，等到林黛玉出嫁的时候，作为她的嫁妆提取出来。而且，林黛玉大一些以后，如果自己知道有这笔遗产，即使自己没出嫁，有需要时应该也可以提取。但是，从书中后来的描写来看，林黛玉应得的这笔遗产竟化为了乌有。"

　　林黛玉应得的遗产到哪里去了呢？刘心武认为：林黛玉的家产是被贾琏贪污了。贾琏本来品质就不好。曹雪芹在《红楼梦》第十六回已经暗示了贾琏的道德品质。第十六回写贾琏从苏州回来，平儿私下里有一句话说他："我们二爷那脾气，油锅里钱还要找回来呢！"《红楼梦》还写到贾琏听说贾珍派贾蔷去姑苏采买戏子，公然笑道："这个事虽不算甚大，里头大有藏掖的。""藏掖"就是暗中贪污的意思。这些笔墨其实都在向读者暗示，贾琏是一定要从中侵吞从苏州携带贾府的林如海的大笔遗产。

　　说贾琏贪污了林黛玉的家产，在《红楼梦》前八十回的文本里有没有证据呢？刘心武认为，有。

　　在第七十二回里面，贾琏和王熙凤就说了好多有关银钱的话，两个人有很多金钱上的讨论，而且剑拔弩张，都说了一些难听的话，特别是王熙凤……贾琏说不过王熙凤，于是就用一句话收场，一句什么话呢？这句话很重要，他说："这会子再发个三二百万财就好了。"这句话可不是随便写上的！从七十回往前捋一捋，贾琏在什么情况下有可能获得三二百万两银子？有的古本，可能抄手觉得三二百万这个数字太大了，所以就把这句话写成是三二万，觉得三二万也不少呀。请注意贾琏的口气，"这会子"是相对于"那会子"而言的，"那会子"是哪会子？就应该是他陪林黛玉到扬州,先是探视林如海的病,后来林如海就死掉了那会儿。那个时候,林黛玉还是个小姑娘,有可能去为自己争遗产吗?不可能。贾琏可是个成年人,一定会据理力争,对方也没有道理不给。贾琏把这些银子拿回来之后,有可能形式上往官中交了一点,其他的就和王熙凤私吞了。

所以,林黛玉是一个很悲苦的人,她的遗产,她应得的遗产,是被人侵吞的。①

侦破这个案件是很有意义的。这个案件可能是曹雪芹有意设置的,但很多读者不察,忽略了这个案件。侦破这个案件,不仅有助于我们理解林黛玉的遭遇,而且有助于我们更深入地认识贾琏这个人物。

我后来看资料,发现并不是刘心武率先侦破这一案件的。清人涂瀛在刊行于道光二十二年(1842)的《红楼梦论赞》的附录《红楼梦问答》中已经发现并侦破了这个案件。涂瀛的原文不长,这里全引如下:

或问:"凤姐之死黛玉,似乎利之,则何也?"曰:"不独凤姐利之,即老太太亦利之。何言乎利之也?林黛玉葬父来归,数百万家资尽归贾氏,凤姐领之。脱为贾氏妇,则凤姐应算还也;不为贾氏妇,而为他姓妇,则贾氏应算还也。而得不死之耶?然则黛玉之死,死于其才,亦死于其财也。"

或问:"林黛玉数百万家资尽归贾氏,有明征欤?"曰:"有。当贾琏发急时,自恨何处再发二三百万银子财,一'再'字知之。夫'再'者,二之名也。不有一也,而何以再耶?"

或问:"林黛玉聪明绝世,何以如许家资而乃一无所知也?"曰:"此其所以为名贵也,此其所以为宝玉之知心也。若好歹将数百万家资横据胸中,便全身烟火气矣,尚得为黛玉哉?然使在宝钗,必有以处此。"②

涂瀛的这篇文章可以与刘心武的《林黛玉的家产之谜》一文参看。

再看第二个例子,黄天骥老师的文章《张生为什么跳墙?》③。

张生跳墙是《西厢记》里的一幕。有人认为作者写得不合理。因为崔莺莺写给张生的诗中这样说:"待月西厢下,迎风户半开,隔墙花影动,疑是玉人来。"并无让张生跳墙过来的意思。那么,张生为什么非要跳墙过来

---

① 刘心武:刘心武揭秘《红楼梦》(第三部)[M] 北京:东方出版社,2007:13-14.
② 冯其庸纂校订定. 八家评批红楼梦(上册.)北京:文化艺术出版社,1991:71.
③ 黄天骥. 冷暖集[M]. 广州:花城出版社,1983:151-156.

与崔莺莺幽会呢？黄天骥老师试图侦破这一问题。黄天骥老师认为，张生之所以跳墙，是他把崔莺莺送给他的诗解错了。黄天骥老师认为，错误出在张生对第三、四句的解释"隔墙花影动，疑是玉人来"十个字，无论如何也不能解释作小姐叫他"跳墙"。这两句只是莺莺盼念之辞，她想象着当看到隔墙花影摇动，意中人便会翩然而至。如果联系上两句解释，这明明是小姐著他从角门里过去，怎能凭空生出一个"跳"字呢？

那么，张生为什么会解错诗呢？黄天骥老师继续分析说：

本来，张生是个才子，当不致于不会解诗。他之所以聪明一世，糊涂一时，是因为绝望之余，突然受宠若惊，于是连诗也解错了。作者这样的处理，正是要点出张生情阁至诚的性格。

至于张生当时的跳墙，黄天骥老师这样分析：

那天晚上，红娘由于恨小姐不信任自己，立心要瞧破她，故意跟她到后园烧香。到了那儿，便把角门打开，却刚巧遇见张生。红娘想：如果我一开门张生便进来，岂不太凑巧了，"则道我使着你来"。同时，她也认为小姐是着张生跳墙的，便叫他："你跳过这墙去。"而一向热恋莺莺的张生，这时正头脑发热，如饥似渴，既受红娘怂恿，那分青红皂白，而且又有解错诗简在先，当然自以为遵小姐之命，于是攀垣一跳……

黄天骥老师最后指出：

王实甫《西厢记》是一部抒情喜剧，我认为王实甫对于"跳墙"的处理，有助于加强喜剧色彩，使这一情节更富于戏剧性。在这里，崔、张喜剧性的误会，是以人物的性格冲突为基础的。王实甫高明之处，就在于把《董西厢》所写的场景轻轻改动，便锦上添花，使人兴味盎然；既保留了董剧所要交代的一切，又把人物的性格表现得更加细致深刻。

黄天骥老师分析《西厢记》中张生跳墙之谜，他认为，张生之所以跳墙，是因为他被爱情冲昏了头脑，解错了诗，王实甫对于"张生跳墙"的处理，非常高明，既刻画了张生至情的人物性格，又加强了全剧的喜剧色彩。

再看第三个例子。赵树理的小说《小二黑结婚》大家应该都看过吧？这篇小说中有一个三仙姑，她不从事劳动，还欺压丈夫，这种女贵男贱的现象，与以男尊女卑为特点的中国传统文化似乎相悖。那么，在封建落后的农村怎么会有这种人物呢？

黄修己老师对这个问题进行了探案，他认为：

如果我们在某些地区（例如山西）的农村做一些社会调查，就会发现造成上述反常现象其根源恰恰在于封建的包办婚姻制。同时，与封建农村经济十分落后、生活极端贫困，也有直接的关系。包办婚姻实际上也是买卖婚姻。所谓"六礼"中的"纳彩""纳聘"等，其实质就是男方用金钱财物向女方支付买身钱。在这种制度之下，贫苦农民娶亲是十分困难的。我看到一个一九二八年（也就是赵树理二十二岁时）山西清源县农村的婚龄调查。男子结婚年龄平均为二十六点二岁（这在旧社会可说是晚婚年龄了），女子婚龄平均为十六岁。男女相差十点二岁。而一九二六年有人对燕京大学对面的娄斗桥村做调查，那里男女婚龄之差为四点四岁，比山西农村之差几乎小六岁。这说明清源县农村男子娶亲要比北京近郊区农村困难得多，一般都要到二十大几岁才能娶上亲。而且这里还缺少单身汉的调查数字。这种现象尤其在山区为甚，晋东南地区亦不例外。因为山区的自然条件更差，物质生活更为匮乏。人往高处走，那里的女子多愿意嫁到平原和集镇去。为此，不得不对平原和集镇上的求亲者放低身价，少要彩礼。于是，平原和集镇上的人家相对地说，娶亲要容易些。反过来，留在山区的女子少了，那里的男子娶亲就更困难了。祥林嫂为什么被嫁到山里去？其重要原因就在于只有娶亲难的山里人才肯出较高的价钱来娶一个寡妇，从而使祥林嫂的婆婆可能得到较丰的聘金，好为她的儿子娶媳妇。

明白了以上情况就很容易理解为什么某些农村家庭里，丈夫比较地怕妻子。这绝不能简单地归因于男子性格的懦弱，而应该看成一种有深刻历史根源的社会问题。男子花了辛辛苦苦挣来的血汗钱娶了媳妇，当然害怕失去她。所以在旧社会，既有本着"娶来的媳妇买来的马，任人骑来任人打"的思想，丈夫、婆婆肆意虐待媳妇的事情，也有因家庭贫困，娶亲不易，而害怕得罪媳妇、因此不得不迁就、忍让媳妇的越轨行为的事。四十年代在抗日根据地实行了新婚姻制度后，有些地区民主政府做过调查，证明害怕离婚的主要是男方。这种情况当然主要发生在经济比较贫困的家庭里。如于福、袁天成在解放前都是最贫困的。张信和李宝珠结婚虽然是在新社会，但张信的家庭也不富裕，全靠两手挣工分，所以可以轻易地把"经济全权"交给李宝珠。其次，又往往因为女子条件好，这主要是外貌比较标致。如三仙姑初嫁于福时，"是前后庄上第一个俊俏媳妇"。李宝珠"论人才在争先社是数一数二的"。她们据量自身的价值，认为嫁给穷小子是受了委屈，不服从命运的安排，对丈夫当然不恭不顺。因此，在女子也有了离婚的权力时,她们便利用这种权力,制服害怕离婚的丈夫,从而取得在家庭中的支配权。①

与黄天骥老师一文不同的是,黄修己老师不是从人物性格而是从社会历史环境来解释问题、侦破谜团的。这也是一条破案的思路。

再看第四个例子,蓝棣之老师解释《二月》。②

柔石的小说《二月》大家看过没有?这篇小说叙述了一位年轻的知识分子萧涧秋悲悯民间疾苦、救助孤儿寡妇的故事。《二月》是以萧涧秋离开芙蓉镇来结尾的,萧涧秋离开时,有一封留别陶慕侃的信。在信中萧涧秋说:"从一脚踏到你们这地山,好像魔鬼引诱一样,会立即同情于那位自杀的青年寡妇的命运。究竟为什么要同情他们呢?我自己是一些不了然的。"萧涧秋又说:"你的妹妹是上帝差遣她到人间来的,她用一缕缕五彩的纤细的爱丝,将我身缠得紧紧,实在说,我已跌入你妹妹的爱网中,成了俘虏了。然而理智使我从爱里清醒过来。"《二月》中的萧涧秋为什么拒绝陶慕侃的妹妹陶岚的爱情而意图与寡妇文嫂结婚呢?

在以前的阐释中,批评家把这一举动说成是出于人道主义的动机。但是蓝棣之认为,萧涧秋真正爱恋的对象,其实既不是陶岚,也不是文嫂,而是文嫂的女儿采莲。蓝棣之通过细致的阅读,发现了柔石设计的许多蛛丝马迹,如萧涧秋对采莲的一见钟情,萧涧秋在船上第一次看见采莲,采莲年纪约7岁,眼秀颊红,小口如樱桃,手里捻着两只橘子,这一幕使得萧涧秋在回想中仍精神有些不安定,像失落了物件在船上一样。于是,第二天一早,萧涧秋就要去文嫂家看望她们,作家写道:"无可讳免,他已爱着那位少女,同情那位妇人底不幸的命运了。""他已爱着那位少女"几个字,异常明确地指出了萧涧秋对于采莲的感情牵挂。就像文嫂也明白这一点似的,因为她向女儿说:"采莲,有一位叔叔来看你!"萧涧秋决定用每月30元收入的一半供给文嫂家,对此文嫂惊讶得无从理解,采莲也在旁边听呆着。萧涧秋走到她身边,轻轻将她抱起来,在两颊上吻了两吻,并问她是否愿意去上学,采莲娇憨地回答说"愿意的"。萧涧秋告别出来,心里非常愉快。这时,作品写道:"他贪恋这时田野中的雪景,白色的绒花,装点了

---

① 黄修己. 赵树理研究 [M]. 太原:山西人民出版社,1985:59-61.
② 蓝棣之. 现代文学经典:症候式分析 [M]. 北京:清华大学出版社,1998. 31-46

世界如带素的美女,他顾盼着,他跳跃着,他底内心竟有一种说不出的微妙的愉悦。"这段描写暗喻着萧涧秋的感情牵挂。

蓝棣之老师还注意到:"在芙蓉镇,人们都叫陶岚'Queen'。可是,萧怎么想呢?当采莲来学校,一群学生围拢她,拥她去花园时,萧在后面想:'她倒真像一个Queen呢!'这说明在萧的意识深层,不仅随时在比较两位女性,而且他的感情向往所在,随处流露,既然采莲才真像一个王后,萧自然要婉拒在他看来不是真王后的陶岚了。"

蓝棣之老师还发现,萧涧秋与采莲在一起和与陶岚在一起时有着不同感受,萧涧秋与陶岚在一起的时候,或者在接触到陶岚求爱的时候,他的感觉往往像秋天,他的心情像秋天的冷涧,正如他的名字。但萧涧秋与采莲在一起的时候,再也没有冷涧秋色的肃杀,悲秋的心情为之一扫,春意浓郁,表现出不由自主的激情。而采莲也与萧涧秋心有灵犀。采莲做梦梦见萧涧秋被狼衔走,她在后面追,在后面叫,在后面哭。这个梦透露了采莲的心思。她在潜意识中害怕萧涧秋被人从她身边掠走。那有可能把萧涧秋衔走的狼是谁呢?从采莲所说"陶姐姐也在等你么"可以推知,"狼"就是陶姐姐的象征。

蓝棣之认为,这篇小说的题目"二月"来自唐代诗人杜牧的《赠别》诗:"娉娉袅袅十三余,豆蔻梢头二月初。春风十里扬州路,卷上珠帘总不如。"杜牧写这首诗时33岁,他赠别的歌妓刚刚13岁。两人相差20岁。而小说中的萧涧秋27岁,采莲7岁,两人也相差20岁。《二月》这一题目隐喻着萧涧秋与采莲的忘年之恋。故事发生的地点"芙蓉镇"也暗喻采莲。芙蓉,莲,荷,都是采莲的意象。采莲这一形象,是纯洁、天真、理想与希望的象征,萧涧秋的抑郁气质和悲观心理决定了他的感情所向是天真、纯洁的女性。但由于萧涧秋比采莲年长二十岁,这种爱情在当时不可能为世俗所接受,萧涧秋极力压抑自己对采莲的爱情,压抑到自己也不明白了,压抑到他说自己被魔鬼引诱了。

蓝棣之老师从心理分析的角度侦破案件,这也是破案的一条思路。

再看第五个例子,钱小吏的文章《陆压的来历》。

在玄幻小说《封神演义》中,如果要在全体出场人物中评选最神秘的人物,陆压道人当可力压群雄,独占鳌头。陆压道人一出场,就献钉头七箭书杀死了道法高强的赵公明,又秒杀烈焰阵主柏礼,被封了泥丸宫居然还能死里逃生,手中有一个葫芦能放飞刀,此刀虽然蓄力时间较长,但一向例无虚发,只要锁定了对手,直接人头落地死翘翘。这么厉害的一个人物,偏偏来无影去无踪,端的神秘无比。那么,陆压究竟是什么来历呢?钱小吏侦破了这个秘密。作者的分析过程我们这里就不讲了,直接告诉大家答案。作者认为:陆压是阐教的人,但不是阐教掌门人元始天尊的徒弟,而是元始天尊大师兄老子的徒弟,是玄都洞的灯火儿成精。

钱小吏这样释疑:

为什么玉虚宫上上下下从燃灯道人到十二仙统统不认得阐教弟子陆压?——因为陆压是玄都洞那边的,是院董老子的徒弟。

为什么陆压主动去会烈焰阵,不像十二仙那样还要召唤庆云之类的加持护体,却怎么烧也没事?——因为陆压根本就是火之精灵,他会怕火才是怪事。

为什么黄龙真人被封了泥丸宫后法力全无,被赵公明肆意摆弄无力反抗,而陆压被碧霄封了泥丸宫后,长箭射到身上,"连箭杆与箭头都成灰末",随后功力尽复化道长虹而去?——因为陆压就算不用法力,全身也都是火元素,南火克西金,普通铁箭头哪里能奈何他;紧接着东木生南火,木制箭杆在陆压身上燃烧后,熊熊火焰反而如同外来助力一般帮助陆压打通穴道,破了泥丸宫的封印,当下成功脱逃。

为什么陆压一开始坚持不揭破自己是老子徒弟的身份,只是在姜子牙身旁拼命苦干,暗算赵公明,苦斗三霄,硬打孔宣,诛杀余元?——因为阐教门下一向都是只收人类为徒,老子虽然念在陆压给自己照亮千百年的份上一时心软,想想他能自学成才修成人形也确实不容易,就这么收录门墙了,但也不好马上就公布此事。以老子的身份,燃灯道人这种小角色如果有歧视意见自然不用理睬,但是元始天尊须瞒不过去。于是只有命令陆压借封神之机低调行事,多立功劳,以求取得元始天尊的认可,这算是在向元始天尊服软讨人情,大家有台阶下。事实上元始天尊也的确睁只眼闭只眼就这么过去了——追究啥啊,都是一家人,面子上过得去就行,二把手难道还能和一把手较真么?

为什么诛仙阵之战昆仑十二仙会称呼陆压"师兄",而且陆压也公开身份,与阐教众仙一起列阵?——因为陆压立下大功,老子终于藉此机会知会了玉虚宫:这个本来就是我不成才的弟子,之前一直公派在外没机会跟大家介绍,现在认识啦,大家以后就是一家人,多亲近亲近啊,呵呵。而昆仑十二仙呢:哇,他这么厉害原来是我们师兄啊,怪不得怪不得,以后有空多教我们两手啊。

同样是精灵自学修成人形,陆压的运气比同类的石矶娘娘、乌云仙等人要好得太多。首先他被老子拣去当了灯火儿,日夜熏陶之下自然收益非凡,基础实,成就高;其次鉴于老子喜欢和稀泥不喜欢消灭生命的性格,陆压成形后存活的可能性也大增,事实上他的运气也真的好到天花板了,居然还被人家顺手收为门下;最后由于老子就他一个徒弟(玄都大法师从来动口不动手,估计也属于南极仙翁一样只是个私人秘书),自然是倾囊相授,弄得陆压强到不得了,而另一边元始天尊一个人教十二个,终于教了一帮高不成低不就的家伙出来——这就是盲目扩招的下场。①

关于陆压的来历,民间和学界有多种解释,我觉得钱小吏的解释最有道理,他从作品中找到了充足证据,基本还原了人物真相。

最后再看第六个案例,王润华老师的文章《〈骆驼祥子〉中的性疑惑试探》②。

老舍的小说《骆驼祥子》,大家应该都看过。小说中,祥子在失去处男之身的那晚后,老舍这样写祥子的心思:"他不明白虎姑娘是怎么回事。她已早不是处女。祥子在几点钟前才知道。他一向很敬重她,而且没有听说过她有什么不规矩的地方;虽然她对大家都很随便爽快,可是大家没在背地里讲过她;即使车夫中有说她坏话的,也是说她厉害,没有别的……"

这里面显然也存在谜团。王润华对此谜团进行了探案,因为其文章太长,我们这里不引全文,只告诉大家结论及其推理过程。王润华的结论是:嫌疑犯应该是刘四。王润华认为,老舍在小说中留下了一大堆这方面的暗示。

首先,老舍在小说中曾说:"人和的老板刘四爷是已快七十岁的人了,人老,心可不老实。"心可不老实,这不止是贪图钱财,剥削工人,也指性行为。在第九回,虎妞一再肯定地说老头子一知道她要跟祥子结婚,就会要个小媳妇,这不是说明目前老头子把她当作小媳妇吗?而且虎妞对他的性能力一清二楚:"老头子棒着呢。别看快七十岁了,真要娶个小媳妇,多了不敢说,我敢保还能弄出两三个小孩来,你爱信不信!"因此,在虎妞被刘四爷骂"好不要脸"时,虎妞严重警告刘四爷:"我不要脸?别教我往外

---

① 钱小吏. 封神的江湖 [M]. 上海:学林出版社,2013:171-172.
② 王润华. 老舍小说新论 [M]. 上海:学林出版社,1995:144-171.

说你的事儿,你什么屎没拉过?"虎妞用"别教我往外说你的事儿"分明是极无耻地与女儿通奸的事儿!另外虎妞接下去又说,就因为老头子有她满足性欲,钱财才没有被野娘们骗走:"你的钱?我帮你这些年了;没我,你想想,你的钱要不都填给野娘们才怪,咱么凭良心吧。"这里所说的"帮你"不止是车厂的工作,应包括满足老头子的兽欲。

另一方面,刘四有私心,而且怕虎妞:"说真的,虎妞是这么有用,他实在不愿她出嫁,这点私心他觉得有点怪对不住她的,因此他多少有点怕她。"老头子知道虎妞要嫁人,心里非常生气,可是,"心中恨祥子并不像恨女儿那么厉害",可见父女之间一定有不可告人之丑事,他坚持"有他没我,有我没他",决不是因为"不肯往下走亲戚"这么简单,更不是怕"便宜了个臭拉车的"。由于刘四怕奸淫女儿的事被暴露,他才那么出乎意外地坚决,那样毒辣,马上把车厂变成现钱,偷偷地藏起来!虎妞原以为自己多少一定能争到点儿财产,即使他另娶小老婆。因为她手上抓着可以用来勒索刘四奸淫女儿的罪大恶极的丑事。但是,就因为虎妞对他威胁太大,为了逃避"遭了恶报",只好以失踪来对付女儿。

王润华认为,刘四奸污虎妞与反对虎妞出嫁,是造成虎妞日后性变态的主要原因。这个结论对于我们理解虎妞及刘四,都有一定的帮助。

老舍在创作《骆驼祥子》时,他要"揭露人类心中的隐痛",要直接表现"人心所藏的污浊与兽性"。王润华认为,老舍这里所说的污浊兽性,除了与祥子有关,也与刘四有关。

我们一连举了六个例子,来说明侦探式批评中的"发现真相"。需要提醒的是,发现真相,类似于警察探案。首先,这个案件应该是真的案件,不能是假案。如果是假案,我们所做的一切都是浪费时间。其次,对于真的案件,我们在探案时,也要讲证据。要做到铁证如山,要做到证据链的完整,不能制造冤案、错案。

应该说,在文学批评与研究中,确实有些假案。胡适在《西游记考证》中曾说:"《西游记》被这三四百年来的无数道士、和尚、秀才弄坏了。道士说,这部书是一部金丹妙诀。和尚说,这部书是禅门心法。秀才说,这部书是一部正心诚意的理学书。这些解说都是《西游记》的大仇敌。"[①]

---

① 胡适.西游记考证[G]//胡适.胡适全集(第2卷).合肥:安徽教育出版社,2003:689.

《西游记》里真的隐藏着一部金丹妙诀吗？真的隐藏着一部禅门心法吗？真的隐藏着正心诚意的理学原理吗？我赞同胡适的看法，觉得有些研究者确实是"想多了"。我还看过一些侦探式文章，如有人将《封神演义》与《西游记》联系到一起，用阴谋论来解读《西游记》，声称孙悟空是《封神演义》中的袁洪转世，菩提祖师是《封神演义》中的西方准提道人，《西游记》中隐藏着一个惊世真相，就是佛道双方都在借助孙悟空来实现自己的扩张意图。还有人将《水浒传》与《天龙八部》联系到一起，侦探《水浒传》中安排潘金莲与西门庆私会的王婆身份之谜，认为王婆就是《天龙八部》中的王语嫣。这种文章说得玄之又玄，但是，研究者想要侦破的乃是假案，根本没有这回事。探究这种假案可以说是白费功夫。

还有一种情况，案件可能是真的，但探案者在探案过程中，存在瑕疵甚至漏洞，得出的结论也令人生疑。比如刘心武老师曾揭秘《红楼梦》。其中，秦可卿之谜确实值得探究，此人家世确实可疑。刘心武老师一番探案，最后得出结论：秦可卿血统高贵，是清朝康熙帝废太子胤礽的女儿，《红楼梦》中隐藏着一个天大的政治斗争的秘密。康熙废太子的儿子弘皙（也就是皇嫡孙）有意与乾隆（也就是雍正之子弘历）争夺皇位。这就是历史上所谓的弘皙逆案。贾府在废太子失势时，收留了其女儿，就是秦可卿。秦可卿其实是在父兄的政治斗争失败后自杀的。而贾府后来被抄家，也是因为政治斗争失败的缘故。刘心武老师的探案确实令人脑洞大开，但也令人将信将疑，尚难成为定论。因为此案的证据链并不完整，甚至连逻辑前提也存疑。毕竟，《红楼梦》究竟是谁所写，写的又是哪朝哪代的事情，学术界还众说纷纭。

思考题：

你在阅读文学作品时，有没有发现哪部作品中隐藏着案情？是什么案情？

侦探式批评（2）

这节课我们讲侦探式批评的第二种模式，发现破绽。

在写作中，作家因为某些原因（或知识欠缺，或一时疏忽），会留下一些破绽。对于文学批评者来说，这些破绽很有用，是我们做文章的好材料。破绽有时出现在叙事性文学作品之中。在环境描写、情节设置、人物塑造、叙事角度等方面，作家有时顾此失彼，难免会露出破绽。破绽也会在抒情性文学作品比如诗歌中出现，如在用典、意象的设置上出现破绽。抓住这些破绽进行分析，虽然不是侦破案件、发现真相，但也能得出不少启示。

先举一类例子，这是一篇网文，题目叫《〈射雕英雄传〉中的年龄错误》，作者不详。文章不长，这里全文引用：

金庸小说《射雕英雄传》中，郭靖与黄蓉是一对侠侣。郭靖与黄蓉在张家口相遇时，郭靖年方十八，黄蓉"约莫十五六岁年纪"。当然这只是郭靖看外表估计的。《射雕英雄传》第8回，郭靖与黄蓉二度见面，金庸写到，那女子方当韶龄，不过十五六岁年纪。

郭靖和黄蓉初次见面，郭靖年方十八，这是可以确定的。在小说第三回中，丘处机为了赌输赢，和江南七怪约定，由他去找到杨铁心的后裔并教其武功，江南七怪则去找到郭啸天的后裔，并教其武功。丘处机说："过十几年后，孩子们都十八岁了，咱们在嘉兴府醉仙楼相会，……让两个孩子比试武艺……。"可见郭靖由大漠回中原准备和杨康比武时的年龄是十八岁。按照小说中所写，黄蓉十五六岁年纪，郭靖比黄蓉要大两三岁。

小说中，黄蓉一直称郭靖为"靖哥哥"。但是，让我们回顾一下《射雕英雄传》中的故事。

故事一：小说开头，郭啸天与杨铁心在牛家村时认识的曲灵风，那时曲是一酒家的小老板，已被黄药师逐出桃花岛，郭杨两夫人正怀孕，自然没有郭靖。

故事二：梅超风与陈玄风盗走九阴真经之后，黄夫人冯衡给黄药师默写真经，因与上次与老顽童打赌看经书默写时隔的时间太长，已记忆不全，绞尽脑汁，又因生产黄蓉，身心交瘁，不治身亡。黄药师迁怒其他徒弟，打断脚筋，逐出桃花岛。这时已有黄蓉。这就是说曲灵风没到牛家村前已有黄蓉了。那时还没有郭靖。

故事三：黄蓉是何时诞生的？她是在黑风双煞逃出桃花岛后不长时间里出生的。在第十回中，梅超风回忆，她和陈玄风偷了黄药师的半部"九阴真经"逃走，躲在深山中苦练半年，练功不成，他们又打听到黄药师将其余弟子挑断了脚筋，赶出了桃花岛，就偷偷溜回桃花岛，看见了黄师母的灵堂，还看见"一个一岁的小女孩"，这就是黄蓉。由此可知，黄蓉出生的时间和黑风双煞由桃花岛逃走，开始练"九阴真经"，以及黄药师将其余几个弟子赶出桃花岛等这几件事，都是先后在几个月内发生的。

这样一推断，郭靖出世是必须在曲灵风腿断相当一段时间之后的，而黄蓉出世是在曲灵风腿断之后不久，也就是说，黄蓉的年纪肯定要大于郭靖。黄蓉不应该叫郭靖"靖哥哥"，应该叫他"小靖子"。

这篇文章从情节设置推断出金庸在人物设计中年龄方面出现了破绽，抓得很准。

我在看书时也发现过一个年龄破绽的例子。这就是唐传奇《虬髯客传》。《虬髯客传》开场，写李靖去见隋朝权臣杨素，红拂慧眼识英雄，夜奔李靖。查史书，杨素生于公元544年，卒于公元606年。那么，李靖携红拂逃离长安时，应在公元606年之前。《虬髯客传》接着写李靖和红拂在去太原的路上，在一间旅社遇见了虬髯客。李靖和虬髯客谈论天下英雄，有这样一段描写。

靖曰："尝见一人，愚谓之真人。其余，将相而已。""其人何姓？"曰："靖之同姓。""年几何？"曰："年仅二十。""今何为？"曰："州将之子。"

《虬髯客传》接着写虬髯客去太原见了州将之子李世民，感叹其为真命天子，不愿与其争锋遂避走海外。但是，关于唐太宗李世民的生年，有两种说法。一说为598年，一说为599年。在公元606年之前，李世民还不到八岁，哪里有二十岁呢？

再查李靖的年龄。史书上记载分明，生于571年，卒于649年。李靖比李世民年长二十七岁或二十八岁。李世民二十岁的时候，李靖已经四十七八岁了。李靖四十七岁的时候，应为公元618年。公元618年，唐朝已经开国了。隋朝权臣杨素已经死了十二年了。在李世民二十岁的时候，李靖如何能去见杨素呢？

这个破绽是我在读褚人获的《隋唐演义》时发现的。褚人获的《隋唐演义》刚开始抄了《虬髯客传》的前面情节，即李靖面见杨素，红拂女慧眼识英雄，两人私奔遇见虬髯客，但却无虬髯客去太原见李世民的情节，我当时感觉这里肯定有问题。一查李靖、李世民、杨素的出生年月，果然对不上。应该说，这个年龄问题，褚人获肯定先发现了，因为他后面没有照抄《虬髯客传》中虬髯客到太原去观察李世民的情节。

除了时间与年龄方面的错误，有些文学作品在地理与空间设置上也犯下错误，出现破绽。

举个例子，顾炎武《日知录》"李太白诗误"。原文如下：

李太白诗："汉家秦地月，流影照明妃。一上玉关道，天涯去不归。"按《史记》言："匈奴左方王将直上谷以东，右方王将直上郡以西，而单于之庭直代云中。"《汉书》言"呼韩邪单于自请留居光禄塞下"，又言"天子遣使送单于出朔方鸡鹿塞"，后单于竟北归庭。乃知汉与匈奴往来之道，大抵从云中、五原、朔方，明妃之行亦必出此。故江淹之赋李陵，但云"情往上郡，心留雁门"。而玉关与西域相通，自是公主嫁乌孙所经，太白误矣。《颜氏家训》谓："文章地理，必须惬当。"其论梁简文《雁门太守行》，而言日逐康居、大宛、月氏，萧子晖《陇头水》而云"北注黄龙，东流白马"。沈存中论白乐天《长恨歌》"峨眉山下少人行"，谓峨眉在嘉州，非幸蜀路。文人之病盖有同者。梁徐徘《登琅邪城》诗："甘泉警烽侯，上谷抵楼兰。"上谷在居庸之北，而楼兰为西域之国，在玉门关外。即此一句之中，文理已自不通，其不切琅邪城又无论也。①

确实，王昭君出塞不会经过玉关道，李白在诗中犯了地理位置的错误。

再看一个例子。有篇网络小说《宝鉴》②，其中有这样一段描写：

白振天犹豫了一下，开口说道："在马六甲的一处坐标海域，近些年来经常有船只失踪，咱们的那艘船并不是第一艘……"

"什么坐标？"唐军追问道。

"北纬三十度……"白振天深深地吸了口气，说道。

"什么？北纬三十度？"白振天话声未落，船舱里顿时响起一阵惊呼声，唐军等人脸上露出一种很奇怪的表情。

"哎，我说，这北纬三十度怎么了？"

见到众人脸上流露出的那种说不出的表情，秦风不由好奇地问道，他

---

① [清] 顾炎武. 日知录 [M]. 上海：上海古籍出版社，2014：472-473.
② 作者：打眼。

不知道这一个海上坐标,为何会引起如此轰动。

"秦风,您不知道北纬三十度?"白振天有些愕然地看向秦风,在他心目里,秦风简直就没有不知道的事情。

"我要知道还问你们吗?"

秦风无辜地摊了摊手,他又不是百事通,更没有系统地学过地理知识,哪里知道北纬三十度代表着什么意思。

"会长,秦先生是在国内长大的。"唐军出言提醒了白振天一句。

"我倒是忘了这茬了……"

白振天点了点头,看到秦风一脸不解的样子,开口说道:"秦老弟,国内讲的是唯物主义,早些年对自然科学多有排斥,这北纬三十度,却是一种很奇异的自然现象……"

大自然充满了一个个神秘的迷团,在地球经纬三十度附近,有许多神秘而巧合的自然现象引起了人们的注意。北半球的几条著名的大河,如美国的密西西比河,埃及的尼罗河,伊拉克的幼发拉底河,中国的长江等,都在北纬三十度入海。世界上最高的青藏高原上的珠穆朗玛峰和最深的西太平洋马里亚纳海沟,也在北纬三十度附近,有很多都是人类无法到达的地方。在北纬三十度附近,山川怪异,奇观绝景比比皆是。举世闻名的钱塘江大潮、安徽黄山、江西庐山、四川的峨眉山都是奇异幽深的神秘境界。古埃及金字塔群,狮身人面像,北非撒哈拉沙漠的"火神火种"壁画,死海,巴比伦的"空中花园",令人惊恐万状的"百慕大三角区",远古玛雅文明遗址都在北纬三十度的附近。而发生在北纬三十度附近最著名的自然现象,就要数百慕大三角区之谜了。

百慕大是一个奇怪的地方,在这里不明不白失事的飞机多达数十架,轮船100多艘。不仅如此。百慕大还出现过许多穿越时间隧道失踪,而又突然出现,且"使人年轻"的传闻。在全球,当人们一提到百慕大,就会感到毛骨悚然,一个科学团体认为,此处可能有一个巨大的陨石。根据这个科学团体的研究,约1500年前。有一个巨大的陨石从太空飞来,掉入大西洋。这块大陨石犹如一个大黑洞,具有极大的吸引力,连光线也能吸引进去,何况飞机、轮船。墨西哥半岛上的伯利兹也曾经飞落过一颗陨石,摧毁了地球上万物生灵,其尘埃在地球上空弥漫十年之久。是否是陨石造成百慕大魔鬼三角区的论点尚未得知,但百慕大三角区的坐标为北纬三十度,却是确确实实的。

"原来北纬三十度和百慕大竟然有着关系？"

听到白振天的解说后。秦风脸上露出恍然的神色。他不知道北纬三十度，但却是知道百慕大魔鬼三角区的。

"我查了航线，咱们那艘船，还真的经过马六甲海峡北纬三十度附近。"

白振天苦笑了一下。作为一个向来不敬鬼神的人，将轮船失踪定义为神秘事件，就连他都感觉有些过于荒谬了。

看了这段描写，大家有没有发现什么破绽？对了，北纬30°确实有一系列神秘现象，但是，马六甲海峡并不在北纬30°。马六甲海峡在赤道附近，在北纬1°至北纬5°之间，离北纬30°还远得很。建立在错误地理知识基础上的情节，自然也成了荒诞不经的笑话。

还有一些文学作品，在器物或道具上出现破绽。这种错误在历史小说、历史剧中经常出现。

有一篇网文，题目叫作《古装剧里人们吃什么不会穿帮？》，作者署名"大众众"。这篇文章指出了我国电视古装剧中出现的多次食物错误。计有：

1. 玉米、红薯、辣椒都是明朝时期传入中国的。凡是题材是明代以前的古装剧，都是不能吃滴！

但是，生吃玉米的情节来自经典的央视版《三国演义》，官渡之战里，曹丞相的士兵饥不择食，生吃玉米。在新版《水浒传》第一集第一分钟一个特写镜头，梁山好汉相约玉米地，宋江和公孙胜在玉米地里斗剑。嗯，剑气所指，500年后才出现的玉米都长出来了。《神探包青天》第29集，元芳大大一行人不仅吃了玉米，还顺道把红薯给吃了。2012版《苏东坡》第7集里，陕西凤翔农民斥责甘肃庆州难民王二偷其地里的红薯……明明就没有的东西怎么偷呢？大文豪苏东坡居然看不出这是诬告……转天这部剧又吃了一样不该吃的东西——辣椒。第8集，寄居在苏轼家的杨伍氏做饭时，屋檐下竟挂着成串的红辣椒。

2. 胡萝卜原产北欧，是元代时从波斯引入的。2011年上映的《关云长》里，姜文演曹操，甄子丹演关羽。丞相请汉寿亭侯做家乡菜，关将军放下青龙偃月刀拿起菜刀切起了胡萝卜。

3. 有些水果吃的时候要注意年代，比如汉代以前有些水果不能吃，葡萄、石榴、核桃这些都是张骞大大从西域带来的。西瓜为辽宋金时期传入，猪八戒能吃西瓜解渴也许是因为人家可以腾云驾雾飞到西域。

4. 牛，尤其是耕牛，在古代是重要的生产资料，相当于今年的大型农机，属于重要的战略物资，除了死亡之外几乎是不会被作为肉食来源而吃掉的。牛肉则属于违禁品，想吃是犯法滴！"小二，来二斤熟牛肉，一坛烧酒！"古装影视剧里的大侠都是豪放的，所以吃牛肉论斤，喝酒要论坛。注意，平常老百姓下馆子是万万不能点牛肉的，而且一般的馆子也不敢卖牛肉。

5. 古装影视剧里出现面食则要多加谨慎。磨面制饼战国时就有了，馒头相传谐音"蛮头"，发明者是诸葛亮。面条的前身叫汤饼，宋代以前的汤饼，实际上就是片汤。切成细条的面叫索面，到北宋后期才流行开来，元代则出现了挂面。《水浒全传》第四十五回记一位送礼者的话说，"无甚罕物相送，些少挂面，几包京枣"。所以，葛大爷在《赵氏孤儿》里吃着火锅涮着面条，桌上摆着尖椒，墙上挂着干辣椒，自然开心得唱起歌啦！

另外，还有一些现代作家在写作时，可能为了古雅，有意运用一些旧器物，但这些器物明显不可能出现在现代社会。这也是需要注意的。

比如胡适的《文学改良刍议》①曾评论"吾友胡先骕先生一词"。该词这样写道："荧荧夜灯如豆，映幢幢孤影，凌乱无据。翡翠衾寒，鸳鸯瓦冷，禁得秋宵几度？幺弦漫语，早丁字帘前，繁霜飞舞。袅袅余音，片时犹绕柱。"胡适这样评论：

此词骤观之，觉字字句句皆词也，其实仅一大堆陈套语耳。"翡翠衾"，"鸳鸯瓦"，用之白香山长恨歌则可，以其所言乃帝王之衾之瓦也。"丁字帘""幺弦"，皆套语也。此词在美国所作，其夜灯决不"荧荧如豆"，其局室尤无"柱"可绕也。

胡适说得有道理。美国人的居室点的是电灯，决不会"荧荧如豆"。美国人的建筑室内无柱，房顶也无鸳鸯瓦，胡先骕填词求古雅，却弄错了时代和地点。

我在一个旧体诗词群里看到，一位当代人写旧体诗，送朋友从武汉去上海，朋友明明是坐轮船去的，但他的旧体诗里用"扁舟一叶"，送朋友去澳大利亚，朋友明明只能乘飞机去，但他的诗里依然用"扁舟一叶"。现在谁还会弄一叶扁舟从武汉划到上海？谁从广州去澳大利亚会乘一叶扁舟？这些显然都是破绽。

唐代张彦远在《历代名画记》中曾指出，绘画要符合历史原貌："若论

---

① 胡适. 文学改良刍议［J］.《新青年》2卷5号，1917年1月1日。

衣服车舆、土风人物，年代各异，南北有殊。观画之宜，在乎详审。只如吴道子画仲由，便戴木剑；阎令公画昭君，已著帏帽。殊不知木剑创于晋代，帏帽兴于国朝。举此凡例，亦画之一病也。且如幅巾传于汉魏，幂离起自齐隋，幞头始于周朝，巾子创于武德，胡服靴衫，岂可辄施于古象？衣冠组绶，不宜长用于今人。芒履非塞北所宜，牛车非岭南所有。详辨古今之物，商较土风之宜，指事绘形，可验时代。"不仅绘画应如此，文学作品也应如此，文学作品里的衣服车舆等各种器物，都应该符合当时的历史原貌。如果出现了不符合历史原貌的器物错误，轻者造成瑕疵，重者造成硬伤。

钱锺书先生将这种不符合历史原貌的错误称为"时代错乱"。他在《管锥编》一书中专门论述过"时代错乱"（anachronism）："道后世方有之事，用当时尚无之物，此亦'与史传乖迕'也。"① 钱锺书举例揭示《西游记》中的"时代错乱"：

《西游记》第一〇回袁守诚卖卜铺"两边罗列王维画"，唐太宗时已有唐玄宗时人画。第七一回献金圣宫以霞衣之"紫阳真人张伯端"，北宋道士也；第八七回八戒笑行者"不曾读"之《百家姓》，五代童课也，人之成仙，书之行世，乃皆似在唐以前。第二三回："两边金漆柱上贴着一幅大红纸的春联，上写着：'丝飘弱柳平桥晚，雪点香梅小院春。'"乃温庭筠《和道溪君别业》腹联，易"寒"为"香""苑"为"院"，初唐外国人家预揭晚唐中国人诗。且门联始见于五代，堂室之联至南宋而渐多，明中叶以后，屋宇内外不可或少此种文字点缀，作者并以之入集。②

有意思的是，钱锺书的小说《围城》，也被人揭示存在着"时代错乱"。这就是范旭仑的文章《钱锺书为〈围城〉的"时代错乱"解嘲》③。

如小说第三章："沈先生下唇肥厚倒垂，一望而知是个说话多而快像嘴里在泻肚子下痢的人。他在讲他怎样向法国人作战事宣传，怎样博得不少人对中国的同情：'南京撤退以后，他们都说中国完了。我对他们说："欧洲大战的时候，你们政府不是也迁都离开巴黎么？可是你们是最后的胜利

---

① 钱锺书. 管锥编（第四册）[M]. 北京：生活·读书·新知三联书店，2007：2033.
② 钱锺书. 管锥编（第四册）[M]. 北京：生活·读书·新知三联书店，2007：2034.
③ 范旭仑. 钱锺书为《围城》的"时代错乱"解嘲[N]. 南方周末，2021-7-1.

者。"他们没有话讲,唉,他们没有话讲。'赵辛楣专家审定似的说:'回答得好!你为什么不做篇文章?'"范旭仑指出,这段对话发生在1938年早春,而二战中法国政府迁都离开巴黎是在1940年,小说中的沈先生怎能提前预知呢?

此外还有,"长沙大火"发生于1938年11月中旬,而方鸿渐一行同年10月上旬抵南城时未由与闻。1938年隆冬,身处鄙野且不喜文艺的赵辛楣也不可能预知1939年晚春都市上演的戏文《这不过是春天》。1938年秋方鸿渐一行在江西境内不该绕远走1939年春以后因战事而改变的路线。1938年正月,Nita小姐的书架上不宜有"电影小说"《乱世佳人》,这部好莱坞大片首映于1939年12月。小说第六章"陆子潇偷偷买了一本翻译的 *Life Begins at Forty*(《人生从四十岁才开始》是当时流行的一本美国书籍)",Walter Boughton Pitkin原著1932年出版,1942年始有希青汉翻译的《事业的返老还童术》,1946年有程鸥译本《四十成名》,又有谢济泽、胡尹民译《四十而立》以及戴圃青译《成功的起点》,陆子潇无从"买"得"翻译的""《人生从四十岁才开始》"。应该说,范旭仑先生目光如炬。钱锺书虽然批评"时代错乱",但自己的创作中也存在"时代错乱"。

还有一种情况,一些文学作品在情节设计中出现了生活常识的破绽,明明不可能发生的事情,作家让它发生了,明明荒诞不经的事情,作家却信以为真。

看一个例子,唐小林的文章《迟子建小说的"痼疾"》①。唐小林批评迟子建"因为缺乏仔细打磨,许多小说常常呈现浮皮潦草的病象,其故事之荒唐,简直就像是发生在天上的故事"。唐小林这样批评迟子建小说《踏着月光的行板》中的一段情节设计:

《踏着月光的行板》中,林秀珊和王锐在不同的城市打工,只能在周末和节假日在小旅馆相会,争分夺秒地寻求欢爱。日子虽然很苦,但他们却过得开心、甜蜜。王锐给林秀珊买廉价的纱巾,林秀珊不惜将好不容易享受到的福利——一床拉舍尔毛毯低价转卖,再从银行取钱,凑钱为王锐买了一把口琴。中秋节前夕,俩人因为没有电话,不方便沟通,各自都急着往对方工作的地方赶,以致一再错过,耽误了难得的欢愉时间。在去寻找王锐的火车上,林秀珊看到,一个胖男人给另一个瘦男人戴上镣铐,安安

---

① 唐小林. 迟子建小说的"痼疾"[J]. 文学自由谈, 2018 (5).

稳稳地睡起了大觉。原来，瘦男人是杀死两个人的重刑犯，押解他的胖男人是便衣警察老王。但列车上，犯人不但丝毫没有恐惧，反而一身轻松。林秀珊每次清完嗓子，犯人就会冲她眨眨眼，微微地一笑。林秀珊摆弄口琴的时候，抬头看他一眼，发现他的眼神变了，先前看上去还显得冷漠、忧郁的目光，此刻变得格外温暖、柔和："犯人看着口琴，就像经历寒冬的人看见了一枚春天的柳叶一样，无限的神往和陶醉。""鸡汤"已经下锅，迟子建就越写越离谱。林秀珊天真地求警察给犯人打开手铐，让他吹一吹口琴。老王连脑子都没过一下，就欣然接受了林秀珊的建议，并对犯人说："这也是你最后一次吹口琴了，就给你个机会吧！"说着，就为犯人打开了手铐。紧接着，一段充满诗意和浪漫的描写便在迟子建的笔下流淌了出来：那小小的口琴迸发出悠扬的旋律，犹如春水奔流一般，带给林秀珊一种猝不及防的美感。她从来没有听过这么柔和、温存、伤感、凄美的旋律，这曲子简直要催下她的泪水。王锐吹的曲子，她听了只想笑，那是一种明净的美；而犯人吹的曲子，有一种忧伤的美，让她听了想哭。林秀珊这才明白，有时想哭时，心里也是美的啊！

　　老王也情不自禁地陶醉起来，随着旋律晃着脑袋。乘客没听够琴声，纷纷要求老王"再让他吹一首吧"——迟子建笔下的这位便衣警察，简直就是个没脑筋，而林秀珊也好，乘客也好，也都像脑子里进了水，或者是严重智障。押送犯人通常都有严格的规定和执行程序，尤其是在押解死刑犯时，更是不能有丝毫的疏忽和马虎，必须给犯人戴上头套，一是为方便执行以后的特殊任务，避免留下影像；二是为了防止引起死刑犯家属的仇恨，制造不应有的社会矛盾；三是为了防止黑恶势力的渗透和报复。我从来就没有听说过，一个警察会单枪匹马地押送死刑犯，将其和普通乘客混杂在一起，还呼噜呼噜地睡大觉。迟子建有没有想过，一旦死刑犯挣脱夺枪，在乘客众多的车厢里将会发生什么样的事情？

　　这个情节设计确实有点离谱，现实生活中一般不会发生，属于作家胡编。不信大家可以去公安局咨询或调查一下，警察押送犯人是有严格规定的，不会发生小说中的这种现象。

　　唐小林还摘录了迟子建两部小说中的两段描写，分别是：

　　她的衣裳还被扯开了一道口子，没有穿背心的她露出一只乳房，那乳房在月光下就像开在她胸脯上的一朵白色芍药花，简直要把她的男人气疯了。他把她踢醒，骂她是孤魂野鬼托生的，干脆永远睡在山里算了。她被背回家，第二天彻底清醒后，还纳闷自己好端端的衣裳怎么被撕裂一道口子？难道风喜欢她的乳房，撕开了它？她满怀狐疑地补衣裳的时候，从那条豁口中抖搂出几根毛发，是黑色的，有些硬，她男人认出那是黑熊的毛发。看来她醉倒之后，黑熊光顾过她，但没有舍得吃她，只是轻轻给她的衣裳留下一道赤痕。——《采浆果的人》

我突然想起了依芙琳的话，她对我说，熊是不伤害在它面前露出乳房的女人的。我赶紧甩掉上衣，我觉得自己就是一棵树，那两只裸露的乳房就是经过雨水滋润后生出的一对新鲜的猴头菇，如果熊真的想吃这样的蘑菇，我只能奉献给它。所以这世界上第一个看到我乳房的，并不是拉吉达，而是黑熊……——《额尔古纳河右岸》

唐小林这样评论："熊不吃有着美丽乳房的女人，这种弱智的故事，只能讲给幼儿园的小朋友听，但必须明确告诉小朋友们千万别当真，否则将会发生惨不忍睹的悲剧。再美丽的鲜花，在牛的眼睛里都只不过是一堆草；再美丽的乳房，在熊的眼睛里也只是两坨肉。过分在小说中宣扬凶猛动物的善良，怀念狼、美化熊，可说是当今小说家哗众取宠，异想天开的幼稚病。"

唐小林被人称为"酷评家"，但唐小林在迟子建小说中挑的这些破绽确实是存在的。迟子建不服气恐怕也不行。

金庸先生的小说《鹿鼎记》大家看过吗？这是一部非常有趣的小说。不过，有人发现了小说中的一个重要破绽。这就是：《鹿鼎记》原著里，韦小宝或主动或被动，不断地与人"义结金兰"。比如第五回，韦小宝与索额图结义；第八回，他与天地会众人结义；第二十八回，与杨溢之结义；第三十三回，与胡逸之结义；第三十八回，与张勇、王进宝、孙思克等人结义；第三十九回里，又与桑结、葛尔丹两人结义。此外，韦小宝与多隆、康亲王等人虽未举行结拜仪式，但也以兄弟相称。义结金兰，成了小说中的韦小宝混迹朝野最重要的手段之一。

言九林先生的文章《像韦小宝那样不断与人"义结金兰"，在清朝是要杀头的》[①]指出："真实的康熙时代，任何形式的义结金兰，都是不被允许的。"言九林先生翻阅了清朝律法，他发现，顺治三年，清廷参照《大明

---

① 方九林. 像韦小宝那样不断与人"义结金兰"，在清朝是要杀头的 [EB/OL]. https：//www.wuhanews.cn/a/23569.html.

律》制定了《大清律》。与之大略同时,还出台了一项律外规定:"凡异姓人结拜弟兄者,鞭一百。"到了顺治十八年(1661),这项规定升级为"凡歃血、盟誓、焚表,结拜弟兄者,著即正法",也就是义结金兰者杀无赦。康熙三年(1664),刑部鉴于"凡异姓人结拜弟兄者,杖一百"这一条未载入《大清律》,于是出台新的正规律条,规定:"凡异姓人结拜弟兄杖一百,如十人以上,歃血、盟誓、焚表结拜,为首者杖一百,徒三年,余各杖一百,相应入律。"但刑部的律条,似乎并不能让皇权满意。所以,同年旧历三月十二日,有圣旨下达:"歃血、盟誓、焚表结拜弟兄者,殊为可恶,此等之人著即正法。"就是仍要求对义结金兰者杀无赦。康熙七年(1668),皇帝又下达了一项新的旨意作为补充:"歃血、结盟、焚表结拜弟兄应正法者,改为秋后处决。其止结拜弟兄无歃血、焚表等事者,仍照例鞭一百。"也就是举行了歃血、盟誓、焚表等仪式的结拜,一律杀无赦;没有举行这些仪式的结拜,一律鞭打一百。康熙八年(1669),也就是鳌拜被皇帝逮捕囚禁的同一年,刑部将上述规定,纳入到了新颁布的律例当中,成为正式的法律条款。康熙十一年(1672),针对结拜的打击政策升级,义结金兰由"杂犯罪"升格为"谋叛罪"。皇帝批准了一项更严厉的新规定:"歃血结拜弟兄者,不分人之多寡,照谋叛未行律,为首者拟绞监候,秋后处决,为从者杖一百,流三千里。其止结拜弟兄无歃血、焚表等事者,为首杖一百,徒三年,为从杖一百。"较之以往,新规定有两处大的变化:(1)以前区分十人以上和十人以下,现在不区分了,只要存在歃血、盟誓、焚表等仪式,一律按"谋叛未行"来严惩。(2)以前不区分主犯和从犯,现在开始区分并对主犯实施严惩。这大约是为了刺激犯案者为抢夺从犯身份而互相指控。

《鹿鼎记》里,索额图与韦小宝结拜时,"一同在佛像前跪下,拜了几拜",发下了"不愿同年同月同日生,但愿同年同月同日死"的誓言,还"两人对拜了八拜",显然存在盟誓仪式,故可归为前一种情况,杀无赦。多隆等人与韦小宝结为兄弟,但书中未交待他们举行过歃血、盟誓、焚表的仪式,故可归为后一种情况,应鞭打一百。韦小宝与张勇、王进宝、孙思克等人结义时,"(张勇)投刀于地,向韦小宝拜了下去。王进宝和孙思克跟着拜倒。韦小宝跳下马来,在大路上跪倒还礼",且约定"今后就如结成了兄弟一般,有福共享,有难共当",大致已可归入"谋叛未行罪"。

言九林先生认为:"这种现象绝不会出现在康熙时代的官场。但好在,韦小宝只是一个虚构的小说人物。"

还有一些破绽，文学作品中的人物形象塑造上存在破绽。或者是人物过于完美，不符合人之常情；或者是人物性格突然发生变异与断裂，不符合性格逻辑。前者如鲁迅批评《三国演义》中的人物塑造："欲显刘备之长厚而似伪，状诸葛之多智而近妖。"① 后者如茅盾在《子夜》中塑造吴荪甫形象时，接受瞿秋白的建议"大资本家到愤怒极顶而又绝望时，就要破坏什么，乃至兽性发作"，特别安排了吴荪甫强奸女佣人一出戏。有人评价说："既不符合情节发展，又违背性格逻辑，使吴荪甫的艺术形象和全书的艺术结构都受到了破坏。"②

总的来说，在文学作品中找到破绽，还是比较容易的。俗话说：无错不成书。作家不是全知全能的，这个世界上不可能存在"上知天文下知地理，四书五经无所不通，三教九流无所不晓"的人。在创作过程中，作家难免会出现破绽。如果找到关键性的破绽，可以写一篇批评文章。非关键性的破绽，可能写不了文章，但可以积少成多，再做文章。

找破绽的时候，一定要小心谨慎辨析清楚：这个破绽究竟是不是真的破绽？有的人自以为找到了破绽，提出质疑，结果贻笑大方。比如有人质疑"司马光砸缸"的故事，认为宋代时期的工艺制造无法生产出水缸。这一质疑就过于武断了。司马光砸的是"瓮"，今人将其称为"缸"，唐朝时候，我国就已经有这种工艺水准了，"请君入瓮"这一成语就发生在唐朝。我们凭什么断定宋朝人造不出"瓮"呢？

思考题：

你在看书过程中，发现过哪些破绽？

---

① 鲁迅. 中国小说史略 [G] //鲁迅. 鲁迅全集（第九卷），北京：人民文学出版社，2005：135.
② 孔庆东. 脚镣与舞姿——《子夜》模式及其他 [J]. 文艺理论与批评，2005 (1).

侦探式批评（3）

这节课我们讲侦探式批评的第三种模式。事物之间往往存在一定的联系，但这种联系有时因为过于隐秘而鲜为人知。发现某事物与另一事物之间的联系，对于我们深入理解该事物是有帮助的。这就好比警察在侦察案件时，突然发现这桩案情与某个人有联系一样，这时警察就会顺藤摸瓜，最后把这个嫌疑人找出来。这就是通过发现联系的方法来破案。我们的文学批评其实与此类似。在研究某一个问题的时候，你会发现这个问题好像与其他事物有联系，然后你可以探究一下这个联系，把这个联系的方方面面都梳理清楚。这是一种非常有意思的文学批评思路。

像这种找联系的文学批评方法，在现实中经常可见。大家可以看一下这些文章或著作题目：

1. 温儒敏：《鲁迅早期美学思想与厨川白村》
2. 康保成：《中国古代戏剧形态与佛教》
3. 傅璇宗：《唐代科举与文学》
4. 曾华鹏、范伯群：《郁达夫与吴越文化》
5. 王瑶：《论鲁迅作品与中国古典文学的历史联系》

像以上5个题目，都是寻找A与B之间的联系，这种题目是可以做的。为加深同学们的印象，下面再给大家讲解几篇范文。

先看例文一，鲁迅先生的《魏晋风度及文章与药及酒之关系》[①]。

众所周知，魏晋风度，指的是魏晋时期名士们所具有的言行风格。当时名士们极为自信、风流潇洒、率真坦荡、风流自赏、淡定自然，超然脱俗、幽默旷达、至情至性、不拘礼节，创造了影响后世的文人言行标杆，得到后来许多文人的赞赏和模仿。但是，鲁迅却发现，魏晋风度的形成，与"药"和"酒"有着密切的联系。

鲁迅这样揭示魏晋风度与药的联系：

"五石散"是一种毒药，是何晏吃开头的。汉时，大家还不敢吃，何晏

---

① 鲁迅. 魏晋风度及文章与药及酒之关系 [G] //鲁迅. 鲁迅全集（第三卷）. 北京：人民文学出版社，2005.

或者将药方略加改变，便吃开头了。五石散的基本，大概是五样药：石钟乳，石硫黄，白石英，紫石英，赤石脂；另外怕还配点别样的药。但现在也不必细细批评它，我想各位都是不想吃它的。

从书上看起来，这种药是很好的，人吃了能转弱为强。因此之故，何晏有钱，他吃起来了；大家也跟着吃。那时五石散的流毒就同清末的鸦片的流毒差不多，看吃药与否以分阔气与否的。现在由隋巢元方做的《诸病源候论》的里面可以看到一些。据此书，可知吃这药是非常麻烦的，穷人不能吃，假使吃了之后，一不小心，就会毒死。先吃下去的时候，倒不怎样的，后来药的效验既显，名曰"散发"。倘若没有"散发"，就有弊而无利。因此吃了之后不能休息，非走路不可，因走路才能"散发"，所以走路名曰"行散"。比方我们看六朝人的诗，有云："至城东行散"，就是此意。后来做诗的人不知其故，以为"行散"即步行之意，所以不服药也以"行散"二字入诗，这是很笑话的。

走了之后，全身发烧，发烧之后又发冷。普通发冷宜多穿衣，吃热的东西。但吃药后的发冷刚刚要相反：衣少，冷食，以冷水浇身。倘穿衣多而食热物，那就非死不可。因此五石散一名寒食散。只有一样不必冷吃的，就是酒。

至于酒与魏晋风度的联系，鲁迅这样说：

吃了散之后，衣服要脱掉，用冷水浇身；吃冷东西；饮热酒。这样看起来，五石散吃的人多，穿厚衣的人就少；比方在广东提倡，一年以后，穿西装的人就没有了。因为皮肉发烧之故，不能穿窄衣。为预防皮肤被衣服擦伤，就非穿宽大的衣服不可。现在有许多人以为晋人轻裘缓带，宽衣，在当时是人们高逸的表现，其实不知他们是吃药的缘故。一班名人都吃药，穿的衣都宽大，于是不吃药的也跟着名人，把衣服宽大起来了！

还有，吃药之后，因皮肤易于磨破，穿鞋也不方便，故不穿鞋袜而穿屐。所以我们看晋人的画像和那时的文章，见他衣服宽大，不鞋而屐，以为他一定是很舒服，很飘逸的了，其实他心里都是很苦的。更因皮肤易破，不能穿新的而宜于穿旧的，衣服便不能常洗。因不洗，便多虱。所以在文章上，虱子的地位很高，"扪虱而谈"，当时竟传为美事。

到东晋以后，作假的人就很多，在街旁睡倒，说是"散发"以示阔气。就像清时尊读书，就有人以墨涂唇，表示他是刚才写了许多字的样子。故我想，衣大，穿屐，散发等等，后来效之，不吃也学起来，与理论的提倡实在是无关的。

又因"散发"之时,不能肚饿,所以吃冷物,而且要赶快吃,不论时候,一日数次也不可定。因此影响到晋时"居丧无礼"。——本来魏晋时,对于父母之礼是很繁多的。比方想去访一个人,那么,在未访之前,必先打听他父母及其祖父母的名字,以便避讳。否则,嘴上一说出这个字音,假如他的父母是死了的,主人便会大哭起来——他记得父母了——给你一个大大的没趣。晋礼居丧之时,也要瘦,不多吃饭,不准喝酒。但在吃药之后,为生命计,不能管得许多,只好大嚼,所以就变成"居丧无礼"了。居丧之际,饮酒食肉,由阔人名流倡之,万民皆从之,因为这个缘故,社会上遂尊称这样的人叫作名士派。

鲁迅的上述分析,可能有点焚琴煮鹤,粉碎了大家对于魏晋风度的美好想象,但鲁迅通过寻找联系,揭示了魏晋风度的历史真相:哦,原来所谓魏晋风度与当时士人服药和饮酒的行为有关啊。

再看例文二,葛晓音老师的文章《论唐代的古文革新与儒道演变的关系》①。文章开头是这样写的:

"文以载道"说是唐代古文运动的核心思想。目前学术界对这一理论的认识大多偏重于文体革新的意义,很少考察"道"的具体内容及其演变过程。由于把"道"看作"义蕴已为周秦两汉儒家发挥殆尽"的老生常谈,以为韩愈古文成功的原因,主要在他的语言文字之工,所以对韩愈倡导古文的评价,亦仅限于"文起八代之衰"这一面,而"道济天下之溺"的这一面,则从未得到过贴切的解释。如果联系古文运动发生的背景以及"载道"说形成的过程再作探索,就会发现:文体的革新取决于"道"的内涵的更新。唐代古文之所以至韩、柳始成,主要是因为韩、柳从现实的需要出发,在批判继承古文运动先驱之文说的基础上,对儒道进行全面的清理,提出了许多反传统观念的新解,以文章内容的变革带动形式的变革,才使"文以载道"说产生了实践意义,并在理论上臻于完善。

这篇文章也是"寻找联系",寻找到了唐代古文运动与儒家思想演变的联系。

再看例文三,钱锺书先生《谈艺录》第四则附说《八股文》。

八股文实骈俪之支流,对仗之引申。阮文达《研经室三集》卷二《书

---

① 葛晓音. 论唐代的古文革新与儒道演变的关系 [J]. 中国社会科学,1987 (1).

文选序》后曰"《两都赋》序白麟神雀二比、言语公卿二比,即开明人八比之先路。洪武永乐四书文甚短,两比四句,即宋四六之流派。是四书排偶之文,上接唐宋四六,为文之正统"云云。余按六代语整而短,尚无连犿之句。暨乎初唐四杰,对比遂多;杨盈川集中,其制尤夥。汪随山《松烟小录》卷二谓柳子厚《国子祭酒兼安南都护御史中丞张公墓志铭》中骈体长句,大类后世制艺中二比云云,即是此意。宋人四六,更多用虚字作长对。谢《四六谈尘》谓宣和多用全文长句为对,前人无此格;孙梅《四六丛话》卷三十三论汪彦章四六,非隔句对不能,长联至数句,长句至十数字,古意寖失。《四库提要》明胡松编《唐宋元明表》条云:"自明代二场用表,二表遂变为时文。久而伪体杂出,或参以长联,如王世贞所作,一联多至十余句,如四书文之二小比。"言尤明切。皆可与阮汪说印证,惜均未及盈川。至于唐以后律赋开篇,尤与八股破题了无二致。八股古称"代言",盖揣摹古人口吻,设身处地,发为文章;以俳优之道,抉圣贤之心。董思白《论文九诀》之五曰"代"是也。宋人四书文自出议论,代古人语气似始于杨诚斋。及明太祖乃规定代古人语气之例。参观《学海堂文集》卷八周以清、侯康所作《四书文源流考》,然二人皆未推四书文之出骈文。窃谓欲揣摩孔孟情事,须从明清两代佳八股文求之,真能栩栩如活。汉宋人四书注疏。清陶世徵《活孔子》,皆不足道耳。其善于体会,妙于想象,故与杂剧传奇相通。徐青藤《南词叙录》论邵文明《香囊记》,即斥其以时文为南曲,然尚指词藻而言。吴修龄《围炉诗话》卷二论八股文为俗体,代人说话,比之元人杂剧。袁随园《小仓山房尺牍》卷三《答戴敬咸进士论时文》一书,说八股通曲之意甚明。焦理堂《易馀籥录》卷十七以八股与元曲比附,尤引据翔实。张诗舲《关陇舆中偶忆编》记王述庵语,谓生平举业得力《牡丹亭》,读之可命中,而张自言得力于《西厢记》。亦其证也。①

这一篇札记,寻找到了八股文与骈文、戏曲的隐秘联系,真可谓是"阐幽抉微"。

再看例文四,吴承学老师的《古代兵法与文学批评》②。

从文章标题即可看出,这篇文章试图寻找古代兵法与文学批评的内在

---

① 钱锺书. 谈艺录 [M]. 北京:生活·读书·新知三联书店,2008:93-94.
② 吴承学. 古代兵法与文学批评 [J]. 文学遗产,1998(6).

联系。从表面上看，兵法似乎与文学批评风马牛不相及，但吴承学老师发现，古代兵法术语与思想观念对古代文学批评、文学创作的影响确是一种值得批评的客观存在。这篇文章就对两者之间的联系进行了梳理。因为文章较长，这里不作引用，但我们可以看一下这篇文章的结构。

  一、兵势与文势

  二、奇正相参

  三、兵法与文法

  四、小说评点与兵法理论

1. 伏兵与伏笔

2. 布设疑阵

3. 文家之突阵法

4. 置之死地而后生

5. 欲擒故纵法

6. 避与犯

  吴承学老师这篇文章的结论是：

  兵法思想对文学批评的影响大体上说可分为术语和观念两个层面。首先，兵法术语可转化为文学批评术语，比如那些具体的艺术技巧，这只是词语层面的借喻。这种现象之所以产生，从批评方式看是因为古代文学批评注意形象生动，而文学技巧比较抽象，以兵法比喻当然更容易为人理解。一般谈写作技巧总有著形相之嫌，而以兵法论文法，不但形象生动，还可以提高技巧论的理论品位，所论不再是雕虫小技，而似乎是运筹决胜之大计。

  从更深层来看，以兵法来喻文法，是因为古人认为"文章一道，通于兵法"。他们认为文章与兵法之间有相通之处，所以兵法的思想观念可以转化而成为文学批评的思想观念，如"势""法"以及"奇正"等充满辩证法的观念，就为文学批评注入了活力，提供了非常有生命力的论题与范畴，这是更为重要的层面。中国古代文学批评与文学创作以十分开放的态度吸收各种文化养料，古代兵法对文学批评与文学创作的影响便是其中一个方面。当然，兵法与文法毕竟本质不同，过分强调其一致性就容易牵强附会。我们固然不可忽视古代兵法对文学批评之影响，但对此不必也不可夸大。

  吴承学老师这篇文章写得非常扎实、非常细致，寻找到了古代兵法与文法之间的隐秘联系。

再看例文五，杨扬老师的《商务印书馆与20年代新文学中心南移》①。

这篇文章对1920年代新文学中心南移上海进行了重新解释。杨扬认为，1920年代上海之所以能够取代北京成为国内新文学的中心，除了人们通常解释的南北政治、经济和文化上的变化及差异外，与当时上海拥有经济实力和社会影响都远甚于北京的文化组织机构——商务印书馆是分不开的，正是商务印书馆的文化组织作用，1920年代上海开始吸引越来越多的新文学人士的注意，使之成为中国新文学人士活动的主要区域。现代文学的兴起及发展，不仅仅只是一种观念的活动过程，还得益于大的文化环境，特别是一些文化组织机构的物质保证。创造社的文学影响在当时不及文学研究会深广，并不是因为创造社所提出的文学主张或文学观念不如文学研究会，而是因为创造社的出版代理人只是一家小规模的印书企业——泰东书局。这家书局因资金不足，支持创造社的出版物不到一年，便宣告撤消对创造社的资助，创造社成员的作品发表渠道不畅，其社会影响无形之中受到抑制。而文学研究会的文学影响，相当多地依赖于《小说月报》。如果不是有商务印书馆强大的财力作后盾，《小说月报》也就不可能对中国新文学产生如此深远和广泛的影响。

要在文学作品中侦破一个案件，这种概率不是很大。发现破绽相对容易，但是有些破绽好像太细太小了，不值得写成文章，而"发现联系"，我觉得选题成功的概率很大，写成文章的概率也很大。

需要说明的是，事物之间的联系，有时情况比较复杂。有时可能会找错，有时可能会发现不了。这需要我们增强发现的本领。至于怎么发现，我们这门课程以后会在"文学批评的步骤"里面讲到。

找错的例子我们这里不举了，举了得罪人。我们这里举一个不容易发现联系的例子。比如模仿，作家与作家之间有时会存在模仿关系。但这种模仿关系有时如羚羊挂角无迹可寻。比如钱锺书就发现三种模仿情况："或袭其句，或改其字，或反其意。"袭其句、改其字、反其意，都可以体现出模仿关系。钱锺书的这一发现见其《谈艺录》中《王荆公改诗》一则。我们看一下原文：

> 荆公诗精贴峭悍，所恨古诗劲折之极，微欠浑厚；近体工整之至，颇乏疏宕；其韵太促，其词太密。又有一节，不无可议。每遇他人佳句，必

---

① 杨扬. 二十年代新文学中心的南移[J]. 中国现代文学研究丛刊，1999（1）.

巧取豪夺，脱胎换骨，百计临摹，以为己有；或袭其句，或改其字，或反其意。集中作贼，唐宋大家无如公之明目张胆者。本为偶得拈来之浑成，遂着斧凿拆补之痕迹。

子才所摘刘苏两诗，即其例证。《能改斋漫录》卷八载五代沈彬诗："地隈一水巡城转，天约群山附郭来"，荆公仿之作"一水护田将绿绕，两山排闼送青来"。《石林诗话》载荆公推少陵"开帘宿鹭起，丸药流莺啭"为五言模楷，因仿作"青山扪虱坐，黄鸟挟书眠"。《渔隐丛话》后集卷二十五谓荆公选《唐百家诗》，有王驾《晴景》云："雨前初见花间蕊，雨后兼无叶底花。蛱蝶飞来过墙去，应疑春色在邻家"；想爱其诗，故集中亦有诗云："雨来未见花间蕊，雨后全无叶底花。蜂蝶纷纷过墙去，却疑春色在邻家"，改七字，"语工意足"。

他若《自遣》之"闭户欲推愁，愁终不肯去。底事春风来，留愁不肯住"，则"攻许愁城终不破，荡许愁城终不开。闭户欲推愁，愁终不肯去。深藏欲避愁，愁已知人处"之显形也。《径暖》之"静憩鸡鸣午，荒寻犬吠昏"，则"一鸠鸣午寂，双燕话春愁"之变相也。《次韵平甫金山会宿》之"天末海门横北固，烟中沙岸似西兴。已无船舫犹闻笛，远有楼台只见灯"，则"天末楼台横北固，夜深灯火见扬州"之放大也。《钟山即事》之"茅檐相对坐终日，一鸟不鸣山更幽"，按《老树》七古亦有"古诗鸟鸣山更幽，我意不若鸣声收"之句。则"蝉噪林逾静，鸟鸣山更幽"之翻案也。《闲居》之"细数落花因坐久，缓寻芳草得归迟"，则"兴阑啼鸟换，坐久落花多"之引申也。五律《怀古》、七律《岁晚怀古》则渊明《归去来辞》等之掇华也。此皆雁湖注所详也。

他如《即事》："我意不在影，影长随我身。我起影亦起，我留影逡巡"，则太白《月下独酌》："月既不解饮，影徒随我身。我歌月徘徊，我舞影零乱"之摹本也。《自白土村入北寺》："独寻飞鸟外，时渡乱流间。坐石偶成歇，看云相与还"，又《定林院》："因脱水边履，就敷岩上衾。但留云对宿，仍值月相寻"，则右丞《终南别业》："行到水穷处，坐看云起时"，及《归嵩山作》："流水如有意，暮禽相与还"之背临也。

《示无外》："邻鸡生午寂，幽草弄秋妍"，则韦苏州《游开元精舍》："绿阴生昼静，孤花表春余"之仿制也。《次韵吴季野题澄心亭》："跻攀欲绝人间世，缔构应从物外僧"，则章得象《巾子山翠微阁》："频来不是尘中客，久住偏宜物外僧"之应声也。《春晴》："新春十日雨，雨晴门始开。静看苍苔纹,莫上人衣来",则右丞《书事》:"轻阴阁小雨,深院昼慵开。坐看苍苔色,欲上人衣来"之效颦也。

子才所举荆公学刘威一联,曾裘甫《艇斋诗话》已言之,雁湖亦未注。按与公唱酬之叶涛《望日庐有感》:"已愧问人才识路,却悲无柳可知门",自注:"《江令寻宅》诗云:'见桐犹觅井,看柳尚知门。'"荆公诗盖兼用此意,曾袁仅知其一。又如荆公晚岁作《六年》一绝句,其三四句云:"西望国门搔短发,九天宫阙五云深",窃疑即仿所改刘贡父之"明日扁舟沧海去,却将云气望蓬莱"也。《次韵平甫金山会宿》又演杨公济《陪裴学士游金山回》一联为西联,盖渔猎并及于时人,几如张怀庆之生吞活剥矣。

子才讥荆公《梅花》五绝,《诚斋集》卷一百十四《诗话》已云:"苏子卿云:'只应花是雪,不悟有香来',介甫云:'遥知不是雪,为有暗香来。'述者不及作者。陆龟蒙云:'殷勤与解丁香结,从放繁枝散诞春';介甫云:'殷勤为解丁香结,放出枝头自在春'。作者不及述者。"语甚平允。而方虚谷《瀛奎律髓》卷二十齐己《早梅》下批曰:"一字之间,大有径庭。知花之似雪,而云不悟香来,则拙矣。不知其为花,而视以为雪,所以香来而知悟。荆公似更高妙。"曲为回护,辛弘智、常定宗之争"转"字,惜未得此老平章。唐东方虬咏《春雪》云:"春雪满空来,触处似花开。不知园里树,若个是真梅";仿苏子卿,又在荆公以前。

公在朝争法,在野争墩,故翰墨间亦欲与古争强梁,占尽新词妙句,不惜挪移采折,或正摹,或反仿,或直袭,或翻案。生性好胜,一端流露。其喜集句,并非驱市人而战,倘因见古人佳语,掠美不得,遂出此代为保管,久假不归之下策耶。①

这篇札记写得较长,举出了大量例子,证明王安石在写诗时"或正摹,或反仿,或直袭,或翻案",找到了王安石诗作与他人诗作之间隐秘的联系。

思考题:

你在阅读中,是否发现过 A 事物与 B 事物之间的联系?

---

① 钱锺书. 谈艺录[M]. 北京:生活·读书·新知三联书店,2008:600-602.

侦探式批评《4》

研究学术有时如同做警察。警察要侦破案件，要发现破绽，学术研究同样如此。警察在办案过程中会注意到一些现象。比如，有的司机在驾驶过程中胡乱变线、强行超车、闯黄灯、骂粗口，警察将这种表现称为"路怒症"。"路怒症"可以说就是一种现象，这一现象如果被忽视，就会对司机的身心健康和安全驾驶带来不良后果。学术研究同样可以发现一些与案件有关的现象。

王瑶先生在总结鲁迅的治学方法时曾说："鲁迅把他拟写的六朝文学的一章定名为'酒·药·女·佛'，这四个字指的都是文学现象。关于'酒'和'药'同文学的关系，我们已在《魏晋风度及文章与药及酒之关系》一文中得知梗概，'女'和'佛'当然是指弥漫于齐梁的宫体诗和崇尚佛教以及佛教翻译文学的影响。这些现象既同时代背景和社会思潮有联系，又同文人的生活和作品有联系，是可以反映和概括文学史的历史特征的。又如他把唐代文学的一章定名为'廊庙与山林'，那是根据作家在朝或在野而对现实采取不同的态度和倾向加以概括的，其意盖略近于他的一篇讲演的题目《帮忙文学与帮闲文学》，目的是由作家的不同的社会地位来考察作品的不同倾向。他能从丰富复杂的文学历史中找出带普遍性的、可以反映时代特征和本质意义的典型现象，然后从这些现象的具体分析和阐述中来体现文学的发展规律，这对文学史研究工作者是具有方法论性质的启示意义的。"①

发现文学现象，并分析文学现象，虽然比不上侦破文学案件，但也是一种学术含金量比较高的方法。这种方法在文学批评中经常被采用。有些文学现象本身，似乎也可构成一种谜团，侦探这种文学现象发生发展的原因，也类似于破案。

先看例文一，钱锺书先生的《长吉用代字》（钱锺书《谈艺录》第十二则）。全文如下：

长吉又好用代词，不肯直说物名。如剑曰"玉龙"，酒曰"琥珀"，天

---

① 王瑶. 中古文学史论·重版题记 [M]. 北京：北京大学出版社，1986：2-3.

曰"圆苍",秋花曰"冷红",春草曰"寒绿"。

（补订略）

人知韩孟《城南联句》之有"红皴"、"黄团",而不知长吉《春归昌谷》及《石城晓》之有"细绿"、"团红"也。偶一见之,亦复冷艳可喜,而长吉用之不已。如《咏竹》五律,黏著呆滞,固不必言。《剑子歌》、《猛虎行》皆警炼佳篇,而似博士书券,通篇不见"驴"字。王船山《夕堂永日绪论》讥杨文公《汉武》诗是一"汉武谜",长吉此二诗,亦剑谜、虎谜,如管公明射覆之词耳。《瑶草乐》云:"铅华之水洗君骨,与君相对作真质";欲持斯语,还评其诗。盖性僻耽佳,酷好奇丽,以为寻常事物,皆庸陋不堪入诗。力避不得,遂从而饰以粉垩,绣其鞶悦焉。微情因掩,真质大伤。牛鬼蛇神,所以破常也;代词尖新,所以文浅也。张戒《岁寒堂诗话》卷上谓长吉诗"只知有花草蜂蝶,而不致世间一切皆诗",实道著长吉短处。"花草蜂蝶"四字,又实本之唐赵璘《因话录》论长吉语。长吉铺陈追琢,景象虽幽,怀抱不深;纷华散藻,已供拌扯。若陶、杜、韩、苏大家,化腐为神,尽俗能雅,奚奴古锦囊中,固无此等语。蹊径之偏者必狭,斯所以为奇才,亦所以非大才欤。①

钱锺书发现,李贺作诗好用代名词,不肯直说物名。这就抓住了李贺创作中的一个重要现象。

再看例文二,王瑶先生的《拟古与作伪》。文章开头这样说:

近代研究文学历史的人,一篇作品一定要还它一个本来的作者与时代;于是经过许多考定辨伪的工夫,发现了好些托名古代的赝品。这些文字从内容风格或史料的证明,有很多都可以断定是魏晋时人所拟作的;于是大家都认为魏晋人喜好托古作伪,好像明末的风气一样。清王士禛《居易录》云:"万历间学士多撰伪书以欺世盗,如天禄阁外史之类,人多知之。"但魏晋间的士风实与明末不同,一般名士并不专务于盗名欺世的事情。而且他们的拟作是经过现代的辨证才知道了的,有一些又是他们已经自言为拟古,算不得作伪的,所以并不像明末的作伪,是"人多知之";当然原来的目的也就并不一定在故意欺世。但魏晋人的有这种风气,自是事实,那么这种情形究竟是在什么样的动机下产生的呢?我们不妨先找几篇实在的例

---

① 钱锺书.谈艺录[M].北京:生活·读书·新知三联书店,2008:145-149.

子来讨论一下。①

王瑶先生发现,中国文学史上有很多托名古代的赝品,其中不少是魏晋时人所拟作的。后人都认为魏晋人喜好托古作伪,王瑶认为,魏晋人虽然与明末的托古作伪有所不同,但这种风气自是事实。"自是事实",就是一种现象。

再看例文三,谢伟民的《徘徊于两种文化冲突之间——中国现代文学长子形象简析》。文章开头是这样写的:

长子,是中国现代文学尤其是家庭文学中一个十分引人注目的文学形象,譬如《家》中的觉新,《四世同堂》中的瑞宣,《财主的儿女们》中的蒋蔚祖,《北京人》中的曾文清,《前夕》中的黄静宜。这些产生于不同时期的长子形象,基本构成了一个长子形象系列。他们在作品中都扮演了特别重要的角色,其思想性格内涵以及个人在家庭中的地位和处境乃至应对表现也显示出大致相同的特点。他们以其独特的家庭地位,鲜明的形象特征,复杂的性格内涵,自然不同于家庭中其他角色。他们既非纯粹旧式人物,也不完全属于新的一代。他们既不同于顽固守旧的老一辈家长,也不同于堕落腐败的末代浪子,又不同于激进反抗的新生一代逆子。但他们又集家庭所有的矛盾冲突于一身,是社会、家庭、代际之间种种矛盾斗争的集结点和中介物,成为家庭各派力量既争夺又攻击的目标。

这一切,使长子的思想文化性格和心理内涵得到极其充分的展现,从而我们能从中发现隐藏于长子形象中的历史的和文化的复杂意蕴。可以说,长子形象是现代家庭文学人物形象中最重要最突出的,是大家庭生活中至关重要的特殊人物,又是现代家庭文学中性格最鲜明,刻划最成功的人物形象。②

这篇文章抓住了现代文学史中的一个现象,就是出现了众多长子形象,这些长子形象具有一定的共性,构成了一种现象,值得进一步分析。

再看例文四,唐沅先生的《历史风暴中的"时代女性"》。文章开头这样写:

在茅盾早期小说创作中,写得最多,最引人注目,最具有艺术魅力的

---

① 王瑶. 中古文学史论 [M]. 北京:北京大学出版社,1986:196.
② 谢伟民. 徘徊于两种文化冲突之间——中国现代文学长子形象简析 [J]. 吉首大学学报,1989(2).

是一群不同性格，不同际遇、不同归宿的"时代女性"的艺术形象。她们是《幻灭》里的静女士、慧女士（周定慧），《动摇》里的方太太（陆梅丽）、孙舞阳，《追求》里的章秋柳和《虹》里的梅行素，以及短篇小说集《野蔷薇》里的女主人公们。这些人物构成了一个绚丽夺目的形象系列，显示了茅盾早期艺术探索的杰出成就，从性格刻画的多姿多彩，反映生活的广阔深入，以及对现代小说创作的影响来看，在同时代作家当中可以说是罕有其匹的。①

唐沅先生的这篇文章发现了茅盾早期创作中的一个重要现象，即茅盾塑造了大量时代女性形象。这一现象确实值得探究。题外说一句，茅盾早期创作中还有一个重要现象，这就是茅盾还塑造了大量资本家的形象，这在中国新文学作家中也是独树一帜的。

发现现象本身已经很有意思。当然，发现现象只是第一步，发现现象之后，还需要对这一现象进行进一步研究，进一步研究有两个方向，一是评论，二是解释。

如前引例文一《长吉用代字》，钱锺书发现李贺作诗好用代词，不肯直说物名这一现象，对这一现象，钱锺书先是列举，最后指出："长吉铺陈追琢，景象虽幽，怀抱不深；纷华散藻，已供挦扯。若陶、杜、韩、苏大家，化腐为神，尽俗能雅，奚奴古锦囊中，固无此等语。蹊径之偏者必狭，斯所以为奇才，亦所以非大才欤。"钱锺书从这一现象看出，李贺是奇才，但不是大才。这就是评论。

前引例文二，王瑶先生的《拟古与作伪》则对魏晋人喜欢拟古这一现象进行了解释。王瑶先生这样解释原因：首先，这本来是一种主要的学习属文的方法，正如我们现在的临帖学书一样。前人的诗文是标准的范本，要用心地从里面揣摩、模仿，以求得其神似。所以一篇有名的文字，以后寻常有好些人的类似的作品出现，这都是模仿的结果。"但他们原来的目的却最多只是文字技术上的逼真，并没有一定想传于后世，自然更没有企图于历史意义的'乱真'。所以虽然蔚为风气，却仅只是拟古，而不能说是作伪；是当时很正常的一般情形，自然也谈不到盗名或欺世。"其次，这是因为当时人对历史和文学的观念和我们不同，"其实即当时人对历史上某些真

---

① 唐沅.历史风暴中的"时代女性"[G]//北京师范大学中文系现代文学教研室.现代文学讲演集.北京：北京师范大学出版社，1984：177.

实的事件的看法，也并不像我们现在这样认真，至少有一些属文之士是这样。……作者所要说的是自己的感怀，并不是史实的考证，则他对于历史上某些事件的看法，也只是那些事件中底人的活动；就是说他常常会情不自已来设身处地在古人的地位里，所以思古之幽情，在他们是特别浓厚的。……所以在读历史上某些事件发生兴味时，设身处地，幽然思古，试着想弥补一些历史的缺憾，给它多增加一点完满性和戏剧性，于是来拟托古人作一点诗文，是当时极流行而并不可怪的事情。他们哪里会想到时代久远后，会混淆了历史的真实呢！"王瑶先生解释得很好，侦破了一个文学史上的悬案。

在文学史上，还有一种情况，就是一种文学现象在不同时期不断发生。如何研究这种现象呢？这里大致分两种类型，一是异中求同，一是同中求异。

所谓异中求同，就是把这些现象聚拢起来，归纳其共同特征。

看一篇例文，朱国华老师的《论中国爱情文学中的"女追男"现象》①。这篇文章发现，在中国爱情文学中，有一种奇怪的现象，就是"女追男"，即处于爱恋中的女人采取攻势，而男人倒往往采取守势。《诗经》中"女追男"式的诗歌颇为常见，也最为坦白直率。两汉魏晋南北朝有两类"女追男"的爱情诗。一类是文人诗，基本上是拟女子口吻写的。另一类是民歌，其热情奔放、直抒胸臆程度与《诗经》相比，毫不逊色。唐诗宋词中，"女追男"式的诗不乏其作。从元到明初的杂剧中，女子明显采取攻势的作品非常之多。明清两代著名的爱情戏，如汤显祖之《牡丹亭》、孟称舜之《娇红记》、孔尚任之《桃花扇》、陈言加父女之《雷峰塔传奇》，女性形象大抵上也是演奏第一小提琴的角色。明清小说中也同样如此。

朱国华老师对这种现象进行了解释。他认为：正是中国传统社会男性的自恋倾向，因为他们从心底里不屑于热爱一位女子，才使得中国爱情文学中出现了奇特的"女追男"现象。在古代中国，男性的自恋人格使得他们无法成为爱情的主导力量，于是，爱情往往变成了女子一厢情愿付出艰巨努力的事。这样，在中国文学史上上演的大部分爱情故事都是以"女追男"模式出现的。到了20世纪，男性作家的自恋情结，以及女性作家对这种传统不自觉的认同，使得"女追男"模式仍然以或隐或显的方式延续存

---

① 朱国华. 论中国爱情文学中的"女追男"现象 [J]. 南京师大学报，1995（2）.

在着。即以新时期文学为例,张洁等女作家在相当长的时间里一直执著于"寻找男子汉"的主题;张贤亮、贾平凹、顾城在其名噪一时的小说中,男女主人公的关系是不平等的,男人的自私冷酷均得到这些男性作家的不同程度的美化处理。

再看一篇例文,黄子平老师的《同是天涯沦落人——一个"叙事模式"的抽样分析》①。这篇文章从白居易诗歌《琵琶行》、马致远杂剧《青衫泪》、郁达夫小说《春风沉醉的晚上》、张贤亮小说《绿化树》中,发现了一个共同的叙事模式。文章最后这样说:

当知识者被打到社会下层的时候,"国家不幸诗家幸"的情况就产生了。正是在这些升降浮沉、盛衰荣辱中,最鲜明地表露了知识分子的心理状态、深层意识、人格理想和社会理想,以及形成这一切的社会历史条件。当我们注意到他们与另一阶层的邂逅相遇时,由于充满了戏剧性的映照、撞击、共鸣、投射,这些心态、意识、理想的表现更增添了具有丰富层次的历史内容。由于文学本身的艺术特性,它对某一类"邂逅相遇"表现了特别持久而浓厚的兴趣,这便逐渐形成了某种"叙事模式",正是在这种模式中,积淀着某些已经"艺术形式化"了的历史内容,在我们论及的这个模式中,便凝定着中国知识分子文化心理结构中最稳定、最深沉、至今还在发挥着作用的那些因素。

所谓同中求异,就是从同一类现象中阐述不同时期现象的创新意义。

看一篇例文,刘卫国、陈淑梅的《古今"人鬼恋"模式的演变》②。文章的开头是这样写的:

在中国文学作品中,存在着大量的"人鬼恋"故事。从魏晋志怪到唐朝传奇,从宋代话本到元明戏曲,"人鬼恋"的故事长盛不衰。清代小说《聊斋志异》中,"人鬼恋"故事更是洋洋大观。民国以降,科学昌明,妖魔鬼怪被驱逐出文学作品,但是,从1930年代徐訏的《鬼恋》到1980年代李碧华的《胭脂扣》,"人鬼恋"故事在中国文学作品中依然不绝如缕。

对于中国文学作品中的"人鬼恋"现象,已经有不少研究成果进行了解释和评价。但这些研究往往专注于某一时期,这就导致其结论具有鲜明

---

① 黄子平. 同是天涯沦落人——一个"叙事模式"的抽样分析[J]. 中国现代文学研究丛刊, 1985(3).
② 刘卫国, 陈淑梅. 古今"人鬼恋"模式的演变[J]. 文化遗产, 2014(3).

的阶段性特征，适合这一阶段的结论不一定适合另一阶段。学术研究需要孤立的、细致的阶段分析，但也需要打通阶段的宏观分析。本文试图将古往今来中国文学作品中的"人鬼恋"故事纳入同一分析框架，探讨"人鬼恋"模式的古今演变。

本文发现，"人鬼恋"故事在不同时期形成了不同模式，大致而言，先后出现了"门第婚姻模式"、"自由爱情模式"、"宣讲道德模式"和"探询爱情模式"。本文试图对这些模式的出现进行描述和解释，探讨各种模式中寄予的创作动机和社会心理，分析模式演变的前提条件和美学效果。

这篇文章分析"人鬼恋"故事在不同时期的不同模式，属于求异型的研究。

思考题：

你在阅读中，发现过什么文学现象？

侦探式批评（5）

今天我们讲侦探式批评的第五种方法——发现原型。很多作品特别是叙事性作品，往往都有原型人物和故事。如果我们找到原型的故事和人物，然后与作品的人物和故事进行比对，思考作家是怎样将原始素材转化为创作的，就可以在一定程度上揭开作家创作的秘密。

原型人物和故事与作品中的人物和故事，总是有一些缝隙的，并不一定完全对得上。作家在创作的过程中肯定有一些艺术性的加工，比如说拔高、美化，有的时候也有贬低、丑化。那么，作家为什么会这样做呢？这里就涉及作家隐秘的创作心理，还涉及时代的文学规范与文学风气。

先看第一篇例文，陈淑梅的《影响与迎合：革命文学规范下的自叙传写作——基于〈青春之歌〉与〈母亲杨沫〉的对照分析》。[①]

文章开头指出：

作为中国现当代文学史的一个重要现象，革命文学自1920年代兴起，至"文革"期间臻于完善。在这一过程中，一系列或隐或显的革命文学规范逐步建立起来。革命文学规范，是制约革命文学写作的理论、模式、原则、方法，既包括政治上的领导者对文学提出的方向性的规定，也包括文艺界、批评家对文学创作提出的要求。具体说来，阶级理论、革命现实主义和革命浪漫主义相结合、典型论、为工农兵服务、"三突出"等，都属革命文学规范之列。通过阅读革命文学的一些经典之作，从作家写什么、不写什么和怎样写，我们不但可以发现革命文学规范对文学创作的影响，也可以发现作家面对这种影响的反应。

《青春之歌》是革命文学的一部经典之作。这是一部自传性的小说，小说中的林道静是作家杨沫的化身，余永泽、卢嘉川等人物也有原型，小说中的一些事件也是作者亲历的。关于《青春之歌》中人和事的原型，杨沫的儿子老鬼在《母亲杨沫》（长江文艺出版社2005年版）中作了不少介绍。《母亲杨沫》以大量的第一手资料为依据，真实客观，可以作为批评的依

[①] 陈淑梅. 影响与迎合：革命文学规范下的自叙传写作——基于《青春之歌》与《母亲杨沫》的对照分析 [J]. 中山大学学报（社会科学版），2013（3）.

据。虽然我们不能在自传性小说和自传之间简单地画等号，但是，一个值得探讨的问题是：现实生活中的人和事是怎样转化到小说中去的？或者说，源自现实的哪些细节在小说中被改变了？是如何改变的？

文章的第一部分分析"知识分子题材与阶级叙事"。作者发现：小说中的林道静出身于大地主家庭，父亲林伯唐是"住在北平城里的大地主"，母亲秀妮则是贫农的女儿，"是个又漂亮、又结实、又能干的姑娘"，下乡收租的林伯唐看上了秀妮，强娶为姨太太。秀妮生下林道静后就被赶出了林家，跳河自尽，林道静受到继母的百般虐待。而从《母亲杨沫》中可以得知，杨沫的父亲叫杨震华，湖南湘阴人，中过举人，毕业于京师大学堂（北京大学前身）商科，先后创办新华商业讲习所，新华商业专门学校和国内第一所私立大学——北京新华大学，并任校长。杨沫的母亲丁凤仪，湖南平江县人，出身书香门第，曾在长沙女子师范学校读书，俊美出众，知书达理。本来门当户对，郎才女貌的婚姻，但两人却感情不和。由于杨沫的父亲后来整日出没于娱乐场所，并娶姨太太，杨沫的母亲不断跟他争吵，心灰意冷，也不再管家，整日与一帮阔太太打牌，看戏，对孩子（尤其是杨沫）不仅撒手不管，而且严酷无情，动辄打骂。

对照《母亲杨沫》，可以看出，《青春之歌》对童年经历的描写基本上是真实的，但是作了几处改动：一是把亲生母亲的打骂安在小说中的继母身上；二是创造出另一个亲生母亲，并对亲生父亲的形象作了简单化处理。从潜意识的角度来说，对童年黑暗记忆的再现反映了这些经历带给杨沫的心灵创伤，把这些打骂安在继母身上，体现了作者对母亲的"生母犹如继母"的负面评价。但值得注意的是，小说中对林道静亲生父母的形象和身份的处理，并不能简单地归结为创伤经历的再现，而是按照规范的自觉改写。作者认为：

原有的家庭内部问题染上了明显的阶级色彩：杨沫幼时被生母打骂虐待到了小说中就成为被地主婆打骂虐待；将林道静的生母写成被侮辱与被损害的贫苦而善良的女性，与有钱却恶毒的后母作对比，更好地表达了作者对人民大众的同情和对反动阶级的憎恶。在小说中，作者让林道静对王晓燕讲述"可怜的母亲"的遭遇以及自己在剥削阶级家庭的痛苦生活时进行了如下总结："我亲眼看到了这些阶级的许多罪恶"，"恨死了一切的剥削阶级！"

这样，小说的初始情境就变成一个贫农女子和有着贫农血统的孩子受尽地主剥削压迫的故事：它被处理成一个阶级叙事。作为革命文学规范的一个核心内容，阶级叙事显然比家庭悲剧更斩截，对立更鲜明，更符合时代的要求。

而将林道静生母设定为一个贫农女子，表现了作者杨沫试图使其笔下的主人公更靠近无产阶级的努力。通过这一改写，小说中的林道静既是地主的女儿，又是贫农的女儿，"有白骨头也有黑骨头"，至少拥有了一半的贫农血统，而不再完全是可疑的小资产阶级的女儿。

在此基础上，杨沫在小说中有意强化主人公林道静与贫苦农民的关系，描写林道静同家中的女佣王妈的深厚情谊，以表现林道静与农民阶级的亲近；强调卢嘉川的教育使她身上"白骨头的成份"减少了，使其走向革命有更多的血统上的依据。从这些地方，我们依稀看到了"文革"中一度甚嚣尘上的"血统论"的影子。

作者认为：从杨沫对林道静出身的改写，我们看到了作者尽力淡化知识分子色彩的用心，也看到了阶级叙事的增强，甚至"血统论"萌芽的痕迹。这是时代语境与作者主观意愿共同作用的结果。

文章的第二部分分析"女性形象与拯救模式"。作者认为，《青春之歌》也可以说是一部"拯救小说"：林道静的"成长"过程也就是林道静被"拯救"的过程。首先，余永泽拯救了跳海自杀的林道静，这可以说是身体的拯救；而卢嘉川和江华，则在精神上、灵魂上拯救了她。卢嘉川热心地启发林道静，借给林道静许多革命书籍，将林道静从"沉闷、窒息"的琐碎家庭生活中解救出来，把她带入一个全新而激动人心的世界，而被林道静当作"尊敬的老师"。而江华，在每一次见到林道静时，都会对她进行革命问题的考问，进行革命理论的教导，指出她的弱点，并对具体的工作进行指导，让她油然而生一种"崇敬的感情"，被她当成"恩师"和"兄长"，甚至"父亲"。最终，在他们的引导下，林道静成长为一个坚定的革命者。

作者发现：小说中，林道静是在与余永泽决裂很久后才与江华结合的。但现实生活中，杨沫在与马建民相恋时还没有跟张中行分手。而且在还没有认识马建民时，曾和路扬认识，并有过一段比较亲密的友谊，后来因为误会，他们分手了。再后来，两人曾重逢，并存在"死灰复燃"的可能，但杨沫内心矛盾重重，最后理智占了上风，拒绝了路扬，路扬失望而去。这段经历，在现今很容易被命名为"一个女人与三个男人的故事"。但杨沫在《青春之歌》中采取了巧妙的讲述方法。在杨沫的叙述中，卢嘉川是杯道静由余永泽走向江华的一座桥,承担了把林道静引向革命道路的使命。而进一步让林道静摆脱小资产阶级的浪漫空想,把林道静培养成一个成熟的革命者的任务,则落在了江华的身上。这样,林道静无论是在感情上还是在思想上走向江华都是顺理成章的。由此,小说中三个男性与林道静的关系被叙述为一个小资产阶级女性被革命者拯救并走上革命道路的故事,从而避免了"见异思迁"的道德规训。

作者还发现,在拯救模式的笼罩下,杨沫对女性主人公的自我形象进行了改写。在《青春之歌》中,第一次出场的林道静是这样的:

不久人们的视线都集中到一个小小的行李卷上,那上面插着用漂亮的白绸子包起来的南胡、箫、笛,旁边还放着整洁的琵琶、月琴、竹笙……这是贩卖乐器的吗?旅客们注意起这行李的主人来。不是商人,却是一个十七八岁的女学生,寂寞地守着这些幽雅的玩艺儿。这女学生穿着白洋布短旗袍、白线袜、白运动鞋,手里捏着一条素白的手绢,——浑身上下全是白。她没有同伴,只一个人坐在车厢一角的硬木位子上,动也不动地凝望着车厢外边。她的脸略显苍白,两只大眼睛又黑又亮。

作者认为,作家有虚构的特权,即使是自传色彩的小说,也不可能做到客观全面地呈现自我。需要追问的是,作者对主人公形象进行了怎样的处理与修饰以及原因何在。以上的描写传达出的明确的信息是:这是一个纯洁、柔弱、具有艺术气质的女性形象。那么,现实生活中的林道静——杨沫是什么样的呢?据老鬼的《母亲杨沫》介绍:"受武侠小说影响,也为了改变自己被欺负的命运,母亲立志要做个侠客。曾拜著名武术家邓云峰为师学艺。因为练武,母亲身体健壮,在中学拔河时,三四个同学都拉不过她。"但在小说中,我们完全看不到林道静的这一面。杨沫故意把主人公的出场形象塑造得相当文弱,而且还给她一个透露着文弱气息的名字"林道静",让人想起《红楼梦》中林妹妹的名字。杨沫让林道静带着乐器出场,而乐器是"幽雅的玩艺儿",是一个代表小资情调的符号。一个小资的女性,在众人的视线中,呈现着"寂寞""苍白"的姿态。杨沫在林道静出场之时即已确定了她在小说中的位置和姿态:一个期待拯救的女性的姿态。这样一个出场姿态给了读者明确的暗示:按照叙事成规,以一个男性、一个革命者来填补拯救者位置的空白。

作者认为:

在茅盾早期的革命小说中,健康茁壮的女性曾经是一道耀眼的风景。

如《蚀》中"有一种摄人的魔力"的慧，《动摇》中有着旺盛的生命力的孙舞阳，《追求》中有着"丰腴健康的肉体"的章秋柳。健壮有力的女性表现了个性的张扬，她们代表着无法被规范的欲望和力量动摇革命者的决心，腐蚀革命者的意志。对男性革命者来说，她们既是诱惑，也是威胁。在某种程度上，对既有叙事秩序也是一种潜在的颠覆。

杨沫显然并未打算追随这一先例，她隐藏了身体健壮的自我，以特定的修辞符号——女学生、乐器、一身白衣等，将女性主人公刻画成柔弱的、期待拯救的形象。与健壮的女性相比，弱女子显然更符合读者对于革命文学中的拯救模式的心理期待。柔弱的女性是一种充满暗示的形象符号，它将读者引入一个熟悉的文学成规之中，使读者能够流畅地、自动地以既有的规范加以诠释和理解，从而获得一种满足。

从现今的角度来看，如果杨沫如实展现一个习武的健壮的小资产阶级女性的成长经历，中国当代文学画廊中必定会增加一些个性和多样性。但是与塑造个性化的形象相比，杨沫更多考虑的是"循规蹈矩"：被拯救者当然应该是柔弱的。对于将要展开的革命叙事而言，一个柔弱的小资产阶级女性是恰如其分的，而强壮的小资产阶级女性则有些格格不入。如果让林道静带着习武用的刀枪剑戟，以健壮有力的形象出场，那么对读者来说，将是一番怎样令人诧异的景象？自然地，我们也注意到，习武的经历在小说中是空缺的。

作者注意到：林道静所写的思念卢嘉川的诗中说："你高高地照亮了我生命的道路，我是你催生下来的一滴细雨。"在诗中林道静把自己的位置摆得很低，对革命者是仰望、崇敬的姿态，而这，也正是杨沫作为一个女性作家为自己设定的位置和姿态。从《母亲杨沫》和杨沫日记中我们可以看到，党和革命在杨沫心中有着至高无上的地位。在这两者面前，杨沫表现出完全的谦卑、虔诚和信奉；同样，在革命文学趣味面前，杨沫也表现出完全的顺从与迎合，她把男性与女性地位的世俗陈规，与革命叙事揉和在一起。正如同林道静的柔弱与成长强化了小说中革命者的崇高感一样，杨沫对革命文学规范的顺应崇奉，也让曾经的革命者——如今的文学审查者产生一种自我崇高感。

文章的第三部分，分析"人物修辞学"。作者发现，从毛泽东《在延安文艺座谈会上的讲话》，一直到"文革"中的"三突出""三陪衬"，对于"典型化"的强调一直伴随着革命文学的发展，成为革命文学的重要规范，成为衡量作品好坏的一个标尺。"典型化"走向极端的结果就是本质化,即突出表现人物作为某一阶级的本质特征,其方法不外乎两种:丑化与美化。在《青春之歌》叙述小资女性走上革命道路主题的过程中,丑化与美化成为作者塑造人物的重要修辞手段。

其中,"丑化"或曰"矮化"突出地表现在对余永泽形象的塑造上。余永泽的原型是杨沫的第一个丈夫张中行。余永泽刚开始是作为"多情的骑士,有才学的青年"出现的,这与张中行的形象是相符的。张中行是一个爱读书的知识分子,对于这样的知识分子,杨沫说:"他们埋头在图书馆里或实验室里,国家么,社会么,为人民大众么,这和他们的切身利益有多大关系呢?为了一个字,一个版本的真伪,他们可以掏尽心血看遍所有有关的书籍、材料。可是当爱国的人群就在他们的窗下呼嚎、搏斗、流血时,他们却可以心安理得地埋头不动……他们的心灵里,只想着个人成名成家,青云直上。至于政治斗争么,那是另一种人的事!"杨沫明显地表现出对埋头读书的知识分子的嘲讽,把余永泽塑造成自私冷漠的个人主义者,用"老里老气""狸猫一样又偷偷地跳进来""像秋虫一样可怜""阴森地冷笑"来描写他。《青春之歌》中还有一个细节:余永泽对家里的老佃农冷酷无情,拿出一块钱来打发身无分文的佃农,而林道静则追出门外,给了佃农一些钱。对于余永泽的形象塑造来说,这是非常关键的一笔。这一笔,"以阶级分析的方法"表现了余永泽的阶级立场和阶级本性,在肯定林道静的同时,在余永泽身上涂上了一抹浓重的暗色。此外,杨沫还给余永泽加了一个罪名,因为他不让卢嘉川留在家里,而导致卢被捕,客观上对革命造成了危害。

而据老鬼的《母亲杨沫》介绍:"真实的张中行,要比书中的余永泽好得多。他有着中国文人的正直,从不干告密打小报告之类的事,也从不乱揭发别人,踩着别人往上爬。尽管杨沫在书中塑造的以他为原型的余永泽虚构了一些他所没有的毛病,矮化了他,让他背上了一个落后分子的帽子,他对杨沫的评价始终是肯定的,正面的,从没有什么怨言……'文革'中他被发配到安徽凤阳劳动改造,其间,被批斗三次……后被遣返回原籍,一贫如洗,饱尝了世态炎凉……他的处境,不能说与杨沫的《青春之歌》没有一点关系。然而张中行却始终没指责过杨沫一句。"①

---

① 老鬼·母亲杨沫[M].武汉.长江文艺出版社,2005:117-118.

文章认为:"丑化"与"美化"还表现在人物相貌的描写中。在革命文学规范中,人物的相貌并非无关紧要,可以说存在着一种相貌的修辞学。坏人的相貌不能是英俊的,健康的,往往是苍白的,黑瘦的。比如《青春之歌》中,在狱中审问林道静的人,有着"苍白的瘦脸""狼样发亮的眼睛""没有血色的乌黑的瘪嘴唇";叛徒戴愉,有着"金鱼样的鼓眼睛""浮肿的黯黄色的脸"。革命者江华,则是"高高的、身躯魁伟面色黧黑"。林红的丈夫,已经牺牲的革命者李伟,也是"眼睛大大的,头发黑黑的,身材高大而英俊"。卢嘉川的形象也是:"那挺秀的中等身材(修改版中改为'高高的挺秀的身材'),那聪明英俊的大眼睛,那浓密的黑发,和那和善端正的面孔。"总之,在描写革命者时,杨沫一下笔就是高大挺拔魁伟。这既表现了作者对革命者的崇拜,也表现了她对人物形象塑造的理解:由外貌向本质接近,与本质呼应。与此相伴的,就是反向的推导,面貌不行,本质也有问题。作者认为:"显然,这种在外貌和本质之间划等号,以相貌来区分革命与不革命的做法过于简单。如果说对余永泽的丑化是受到外在的阶级理念的影响,那么对外貌的美化或丑化则出自内在的简单的推断。由这种推断出发,杨沫对人物进行了类型化单一化的描写。这种描写固化了人们头脑中关于革命者、奸细、叛徒的印象,为'文革'样板戏中进一步美化革命者、丑化反面人物的'三突出''三陪衬'埋下了伏笔。从另一方面来说,'三突出''三陪衬'等原则是革命文学规范本身越走越狭窄的表现,而从《青春之歌》我们看到了受制于革命文学规范的作家的思维模式在此过程中所发挥的作用。也许并非自觉,而只是凭直觉,杨沫以自己的笔参与了革命文学规范的制造。"

文章最后得出结论:

从上面的对照分析,我们可以发现,杨沫在《青春之歌》中对生活的本来面目进行了饶有意味的修改剪裁,她把枝枝蔓蔓的经历归入到革命文学的叙事规范之中,从而重新书写了历史。

她没有"照相式地"反映自己的生活、感情经历,而是如外在的文学规范所要求的,描写知识分子女性在革命者引领下,在革命斗争中的锻炼和成长。为了淡化知识分子色彩,强化阶级观念,她改变了主人公的出身。在革命拯救小资产阶级女性的主题下,她重新叙述了感情经历,并有意让主人公以柔弱的而非原本强壮的形象出现在读者面前。而在人物塑造方面,她简单地使用了美化或丑化的修辞方法对人物进行了模式化描写。

总之，对于曾经的人和事，她有所突出，有所回避；有的地方浓墨重彩，有的地方淡而化之；有的地方明显违背原貌，而有的地方进行了简单化的推断。这种改写的初衷也许只是为了甚至在最细微的地方中规中矩，但结果却是巨大的成功。

当然，作家的创作初衷不可能与革命话语、政治理念完全一致，《青春之歌》并非完全符合主流意识形态，小说开头几章流连于与余永泽的感情纠葛，其后在革命外衣下笔触常涉爱情，都多少表现出了作者对情爱叙事的偏爱，这也是它问世一年后引起争论的原因之一。但是可以认为，面对主导意识形态和文学规范，杨沫表现出过度的自觉和虔诚。如果说外在的要求是A，那么杨沫做到的是A+1。

在创作过程中，《青春之歌》既受到既有革命文学规范的影响，又有对规范的主动迎合，而这种迎合在一定程度上对革命文学规范起到了推波助澜的作用。这一说法也许并不为过。

这篇文章根据《母亲杨沫》里面提供的原型人物与事实，拿《青春之歌》与《母亲杨沫》进行对照分析，揭示了《青春之歌》迎合革命文学规范进行创作的秘密。

再看一篇文章，陈淑梅的《论〈白门柳〉对〈影梅庵忆语〉的颠覆性书写》[①]。文章的开头这样说：

冒襄是著名的复社四公子之一，幼有俊才，少负盛名，为人风流倜傥，慷慨好士。同时代人张明弼曾描写他"姿仪天出，神清彻肤"，"所居凡女子见之，有不乐为贵人妇，愿为夫子妾者无数"。这些女子中，前有陈圆圆，后有董小宛，皆绝代佳人。阴差阳错，陈圆圆被掳而去，董小宛矢志相从，历经曲折，两人终成眷属。董小宛不幸早亡后，冒襄曾著《影梅庵忆语》纪念亡姬。在他笔下，我们看到，董小宛才色俱佳，幽娴好静，在病中和冒襄第二次相见后，即对冒襄一往情深，虽屡遭拒阻，仍矢志相随。入冒门后，"居数月，于女红无所不妍巧"，喜书画，爱菊月，常与冒襄对坐，饮茶品香，又善酿露制豉，厨艺绝佳，又能和家中长幼珍重相亲，侍奉殷勤，故冒襄之母与妻皆"爱异之，加以殊眷"。清军南下，"群横日劫，杀人如草"，冒襄携家逃难，"一手扶老母，一手曳荆人"，屡次不能顾及小

---

① 陈淑梅. 论《白门柳》对《影梅庵忆语》的颠覆性书写 [J]. 粤港澳大湾区文学评论，2020（2）.

宛之安危，使之倍受颠沛惊吓之苦，但董小宛深明大义，从无怨言。冒襄病中，董小宛又竭心尽力，悉心呵护，以至"星屑如蜡，弱骨如柴"，终因劳顿不堪，憔悴早卒。

此外，张明弼《冒姬董小宛传》记述董小宛追随冒襄的始末，吴梅村《题冒辟疆名姬董白小像并引》八章及《又题董君画扇》等诗作，对佳人薄命一表恻怆之怀，龚芝麓《贺新郎》一词寄托怀人感旧之意。正是经过这些文人之笔的描摹书写，这个故事流传后世，广为人知，成为才子佳人故事的典范。

作为当代历史小说中的一部巨著，《白门柳》对士阶层在明末清初乱世中的复杂心态的探讨体现了作者刘斯奋面对历史时的独特眼光和深刻思考，这一点在作为主线之一的冒襄和董小宛的故事中亦有鲜明体现。《白门柳》中关于冒董故事的写作参照了《影梅庵忆语》，《影梅庵忆语》应是冒、董故事最原始的记录，况且又出自当事人之手，可信度自然较高。《白门柳》在故事的大致经过及基本事件方面和《影梅庵忆语》是一致的，但在详略处理以及某些具体细节上却作了自己的发挥。而正是在这样的地方，我们看到了作者刘斯奋对于历史文本的创造性解读以及对于历史人物的深入独到的理解。

这篇文章考察的是刘斯奋长篇小说《白门柳》对冒襄与董小宛故事的重新书写。冒襄的《影梅庵忆语》已经讲过冒襄与董小宛的故事，刘斯奋在《白门柳》中重写了冒襄与董小宛的故事。通过比对冒襄的讲述与刘斯奋的重写。文章最后得出了这样的结论：

近人赵苕狂在《〈影梅庵忆语〉考》文中对冒襄与董小宛的故事玩味不已，并为冒襄冷拒董小宛一节辩解道："有人或者要说他太是狠心了一些，其实，这是太不明了他的环境，他在当时倘然不是处在非常困难的一个环境中，他又何尝不愿意把这美人儿赶快娶了回去呢？"又大赞董小宛在逃难时的表现："她是何等的贤德，又是何等的懂得大道理的！"同时又对董小宛给冒襄带来的种种佳趣艳福称赏不绝："像这样的一种艳福，决不是庸俗之子所能享受得到，而也决不是他们所能梦想得到的！"这种种感想议论无一不是站在冒襄的立场所发出的，是潜意识中对冒襄的认同，对那种名士风流的认同，在这种认同中，赵本人得以分享《忆语》中笼罩在才子佳人故事之上的美丽、精致、凄惋感伤的诗意和光彩。

刘斯奋却没有简单地认同于冒襄这个叙述人，也没有停留于唏嘘艳美的层次,他透过冒襄的叙述寻找那些未被叙述、有可能被叙述人故意漏掉的故事。《影梅庵忆语》中的叙述似乎只是为了表现董小宛嫁入冒家这一过程的曲折,而这个曲折的过程似乎只是踏入美好生活之前的一个插曲。但《白门柳》则揭示了这角逐的根本动因,即女性的生存危机,这注定了一种支配与从属关系的存在,而且这种关系并未随着"终成眷属"而终结。《影梅庵忆语》中董小宛只是个客体,她只是作为冒襄的名士生活的组成部分而被讲述着,关于她的真实处境及内心生活我们一无所知。而在《白门柳》中那些未被触及的、可能被忽视的或可能被故意略去的悲伤和恐惧,希望和绝望,处境的难堪以及情感上所遭受的粗暴践踏被充分地表达出来,人物有了内在的完整性,不仅如此,冒襄的性格也被合理构想并全面展示,于是《影梅庵忆语》中那些暧昧之处有了完整的合乎情理的解释。由此我们得到了才子佳人故事的另一种讲法:并非光彩照人、珠圆玉润、幸福完满的,而是追逐和拒绝的相持,充满了恼火、烦躁、怒气、担忧、恐惧等感情的危机,具有一切不平等的关系所可能具有的任意的横暴与默默的忍受。如果说《影梅庵忆语》隐隐透露了男性中心的信息,《白门柳》的作者则敏感地捕捉到了这一点,并在塑造人物时予以放大,同时,对弱女子的处境予以更多的关注和同情。正是从这一写作立场出发,《白门柳》撕破了笼罩在《影梅庵忆语》上的美丽的面纱,完成了对《影梅庵忆语》的颠覆性书写。

文章认为,刘斯奋在重写冒襄与董小宛的爱情故事之时,并未一律听信冒襄的讲述,并未像某些人那样认同冒襄的男性中心主义的立场,而是对董小宛的处境给予了更多的关注与同情,因此撕破了笼罩在《影梅庵忆语》上的关于才子佳人故事的美丽的面纱,完成了对《影梅庵忆语》的颠覆性书写。

发现人物和故事的原型之后,将人物和故事的原型与作品中的人物与故事进行比对分析,这种方法可以揭示出文学创作的深层秘密。

再看第三篇例文,张业松的《增删之际的隐微——试论〈风筝〉的改写》①。

文章开头说:"《野草》中的《风筝》我们很熟悉,但《风筝》还有个早期版本,《我的兄弟》,相对就不那么著名了。"《我的兄弟》是鲁迅最初

---

① 张业松. 增删之际的隐微——试论《风筝》的改写 [J]. 现代中文学刊, 2021 (4).

发表于 1919 年 8—9 月《国民公报》"新文艺"栏的系列作品《自言自语》中的最后一节（第七节），其情节与《风筝》完全相同，也是第一人称叙事，但叙述要简单得多，基本上只是对情节的一个简单的描述，没有去做情景的构造和刻画，也没有议论和抒情，可以说只是用极简笔法直述其事，把事情的起因、过程和结果讲清楚就结束了。篇幅只有 300 余字，大致算是有 1300 字左右的《风筝》的零头。张业松老师指出：

这就非常有意思了。同一个故事的两个文本、两种讲法，正是文学批评可以用来大做文章的好材料。文学批评中一条颠扑不破的原则是，文本中"关键性的不同"才是更具生产性的，我们也不能轻易放过，而要牢牢捉住它，看看能从中掘到什么样的宝。

张业松老师这篇文章的具体观点我们就不讲了，但请大家注意张业松老师所说的一句话："同一个故事的两个文本、两种讲法，正是文学批评可以用来大做文章的好材料。"大家以后要是碰到这种情况，就该知道，做文章的好材料有了。

思考题：

找到一部文学作品的"本事"，将本事与文学叙事进行比较，思考作家为什么这样创作。

封神式批评（1）

封神式批评，我们在文学批评和研究中也经常接触并使用。封神式批评就是要确定作家作品在文学史上的位置。类似于封神榜，谁有资格上榜？在榜上排什么位置？这种批评模式在文学批评中应用颇广。

在古代文学批评中，也有这种封神仪式。钟嵘的《诗品》品评了两汉至梁代的诗人 122 人，计上品 11 人，中品 39 人，下品 72 人。这就是为诗人排座次。明代李渔提出"四大奇书"，即《三国演义》《西游记》《水浒传》《金瓶梅》，这也是在封神。清朝时期，舒位著《乾嘉诗坛点将录》，汪辟疆著《光宣诗坛点将录》。民国时期，上海《时报》曾做了一个《文坛点将录》。1949 年后，钱仲联著有《近百年诗坛点将录》《近百年词坛点将录》。当代学者郑绩著有《浙江现代文坛点将录》。这些也是在封神。

还有其他形式的封神，比如给作家各种荣誉称号等。如 1940 年，毛泽东在《新民主主义论》中给予鲁迅这样的评价："鲁迅是中国文化革命的主将，他不但是伟大的文学家，而且是伟大的思想家与伟大的革命家。鲁迅的骨头是最硬的，他没有丝毫的奴颜与媚骨，这是殖民地半殖民地人民最可宝贵的性格。鲁迅是在文化战线上，代表全民族的大多数，向着敌人冲锋陷阵的最正确、最勇敢、最坚定、最忠实、最热忱的空前的民族英雄。鲁迅的方向，就是中华民族新文化的方向。"1941 年 11 月底，中国共产党策划了为郭沫若祝贺五十大寿的活动。中共领导人周恩来在讲话中对比分析了鲁迅和郭沫若："郭沫若创作生活二十五年，也就是新文化运动的二十五年。鲁迅自称是革命军中马前卒，郭沫若就是革命队伍中人。鲁迅是新文化运动的导师，郭沫若便是新文化运动的主将。鲁迅如果是将没有路的路开辟出来的先锋，郭沫若便是带着大家一道前进的向导。"这些都可以看作是封神行为。

1990 年代以来，文化界、新闻界出现遴选文学大师的行为，还有搞"作家排行榜"和"作品排行榜"，这些行为也是在封神。

换言之，在文学批评中，"封神"的仪式不断在进行。大家各封各的神，只要你有理由。

要想封神，首先必须准确抓住这个作家的特征。只有抓准了特征，才能在封神榜中为作家找到一个合适的位置。如果特征抓得不准,位置肯定就定不准。

抓特征的一个技巧,是从作家的创作自述中找关键词、关键短语和关键话语。通常而言,最了解自己的还是自己,作家本人总是比他人更了解自己的实际。另外,从作家的创作自述中找关键词、关键短语和关键话语,还有一个好处,就是如果作家的创作并不符合其自述的话,可以解释为理想与现实的差距,还可以推卸你概括不当的责任。

大家都知道汪晖的博士论文《反抗绝望——鲁迅的精神结构与〈呐喊〉〈彷徨〉研究》,这篇博士论文的书名取得特别好。这个书名其实来自鲁迅的自述。鲁迅1925年4月11日在致赵其文的信中说:"《过客》的意思不过如来信所说那样,即是虽然明知前路是坟而偏要走,就是反抗绝望,因为我以为绝望而反抗者难,比因希望而战斗者更勇猛,更悲壮。"①

下面看两篇例文。

一篇是关纪新的《"我的见解总是平凡"——前期老舍精神理路之再梳理》②。文章开头是这样写的:

历史本真,是复杂的,多元的。

对历史的批评,也理应承认复杂,包容多元。

1982年,当中国对前一荒谬过程拨乱反正之际,老舍批评开始了集团式活动。学人们力图从政治诬罔中打捞老舍。当时甚而有种意见,认为被冤屈的老舍本是"党外布尔什维克"。虽说该意见当时及随后都未获得普遍认可,我却理解论者的善意。其实,我们的有些思考,不仅在当日,就是在今天,也时常难以摆脱依赖体制元素与主流话语的尺子。学术上的仁者见仁智者见智很正常。不过,防止透过被核心思维格式化过的习惯批评维度来看问题,也并非是不必要的提醒。

"我的见解总是平凡。"——上世纪30年代的他,有过这句不失中肯的自我解剖。前期老舍的平凡,抑或是相对于某些神圣概念而言,这样的平凡,至今给批评者留下了多重思索角度与较大阐释空间。

---

① 鲁迅.致赵其文[G]//鲁迅.鲁迅全集(第十一卷).北京:人民文学出版社,2005:477-478.
② 关纪新."我的见解总是平凡"——前期老舍精神理路之再梳理[J].文学评论,2013(1).

老舍在创作自述中曾自承："我的见解总是平凡。"关纪新抓住这一句话，对老舍创作中表露出的思想进行重新评述，显然更贴近老舍创作的实际情况。

第二篇是拙作《丘东平"战争叙事"特征新论》①。文章开头是这样写的。

丘东平是一个"一开始就是受着文坛底冷遇"，至今仍未得到充分重视的左翼作家。由于丘东平的作品大多取材于战争，不少批评者大都从题材角度阐述其"战争叙事"的意义，如展现了海陆丰的农民革命，揭露了国民党抗日无能的行径，描写了新四军的英勇战斗等等；或者从题材入手归纳作品主题，认为丘东平的战争叙事体现了"战斗道德的庄严意识"，贯穿了"新的英雄主义"。但这样的批评较为浅显，未能抓住丘东平战争叙事的深层特征。另有少数批评者注意到丘东平战争叙事的"另类性"，认为丘东平开创了革命文学的另一种模式，这一类批评无疑更为深入，但可惜的是，批评者未能对丘东平的"另类性"给予准确的概括和恰当的命名，也未能在革命文学发展的历史框架中深入阐述这种"另类性"的意义。

我们知道，丘东平对于自己的创作意图有过如是说明："我的作品中应包含着尼采的强者，马克思的辩证，托尔斯泰和《圣经》的宗教，高尔基的正确、沉着的描写，鲍特莱尔的暧昧，而最重要的是巴比塞的又正确、又英勇的格调。"由于丘东平的这一意图过于自负，学术界很少将这句话当真。但从丘东平的这一自述中，我们不难看出，丘东平并不追求作品的单纯性。作为一名左翼作家，丘东平并不满足作品中只有一个马克思，还企图将尼采、托尔斯泰、高尔基、鲍特莱尔、巴比塞等都囊括进来。丘东平1939年在致胡风的信件中又说："战争使我们的生活单纯了，仿佛再没有多余的东西了，我不时的有一种奇异的感觉，以为最标本的战士应该是赤条条的一丝不挂，所谓战士就是意志与铁的坚凝的结合体。这显然是一种畸形的有缺憾的感觉，而我自己正在防备着这生命的单纯化，这过分的单纯化无疑的是从战争中传染到的疾病。"

从丘东平的这些创作自述中，我们显然可以提取出一个关键词，就是"单纯化"，而丘东平在战争叙事中，非常注意防备"单纯化"。防备单纯化，这也许就是丘东平战争叙事最核心的特征，对于这一特征，我们需要

---

① 刘卫国. 丘东平"战争叙事"特征新论[J]. 文学评论, 2013（3）.

在革命文学规范建立的背景中理解其意义。

这篇文章从丘东平的创作自述中,提取出"防备单纯化"这一短语,用这一短语来概括丘东平战争叙事的特征。

如果作家没有创作自述,还可以从他人的评论中寻章摘句,去把握这个作家的特征。比如拙文《"一个新的世代的先影"——丘东平新论》①,文章正标题出自郭沫若对丘东平的评论。第一节标题"这是中国新进作家丘东平,在茅盾、鲁迅之上",出自十九路军翁照桓旅长向郭沫若介绍丘东平时的话语,第二节标题"我们东平写了发生在我们中国的战争",出自彭燕郊评论丘东平的话语。第三节标题"他所写的却是活生生的真实的东西",出自马宁回忆丘东平的文章。第四节标题"直追人物底心理性格的写法",出自胡风的评论。第五节标题"那宏大的思想力所提出的深刻的问题",也出自胡风的评论。第六节标题"他的死为抗战以来艺术文学上的最大的损失",出自《解放日报》的报道。

还有一种情况,如果作家本人没有创作自述,他人也没有评论,那就得靠你自己去衡量和把握这个作家的特征了。

抓特征时,还应注意将这个作家的作品与其他作家的作品进行比较,因为只有在比较中才能清晰地了解这个作家的作品与其他作家的作品的异同。

先看一个例子,袁行霈老师的《论李杜诗歌的风格与意象》②。

前人说李诗万景皆虚,杜诗万景皆实,固然未必十分确切,但从意象的虚实上的确可以看出李杜风格的不同。

李白虽不乏对于景物的精确描写,但许多诗是写胸中丘壑,不能当成真山真水看待……李白诗歌的意象常常是超越现实的,他很少对生活细节作精致的描绘,而是驰骋想象于广阔的空间和时间,穿插以历史、神话、梦境、幻境,用一些表面看来互相没有逻辑联系的意象,拼接成具有强烈艺术效果的图画。

杜甫虽然也用夸张的手法,他的诗也有想象的成分,但总的看来确实偏于写实的。……杜甫诗的意象多取自现实生活,他善于刻划眼前真实具

---

① 刘卫国. "一个新的世代的先影"——丘东平新论 [J]. 粤港澳大湾区文学评论,2021(3).
② 袁行霈. 论李杜诗歌的风格与意象 [J]. 社会科学战线,1981(4).

体的景物，表现内心感情的细微波澜。杜甫写诗往往从实处入手，逐渐推衍到有关国家和人民命运的统摄全局的问题。杜甫赞赏王宰的山水画，说他能在尺幅的画面中表现出万里之势，杜甫自己的诗也是如此。……

李白写诗往往在虚处用力，虚中见实。杜甫写诗则在实处用力，实中有虚。在虚处用力，妙在烘托，虚写好了，实可以让读者自己去联想补充，诗的意象不粘不滞，显得飘逸。在实处用力，妙在刻划，在深入的刻划之中见出气魄，诗的意象不浮不泛，显得沉郁。李白的《古风·西上莲花山》和杜甫的古诗《悲陈陶》，都是以安史之乱为题材的古体诗，篇幅的长短也差不多，但虚实的处理不同，风格就很不一样。

袁行霈此文通过比较方法，鲜明且准确地揭示了李白和杜甫诗歌各自的特征。

再看一个例子，钱锺书先生论竟陵派。

竟陵派钟谭辈自作诗，多不能成语，才情词气，盖远在公安三袁之下。友夏《岳归堂稿》以前诗，与伯敬同格，佳者庶几清秀简隽，劣者不过酸寒贫薄。《岳归堂稿》乃欲自出手眼，别开门户，由险涩以求深厚，遂至于悠晦不通矣。牧斋《历朝诗》丁集卷十二力斥友夏"无字不哑，无句不谜，无篇不破碎断落"，惜未分别《岳归》前后言之。友夏以"简远"名堂，伯敬以"隐秀"名轩，宜易地以处，换名相呼。伯敬欲为简远，每成促窘；友夏颇希隐秀，只得扦格。伯敬而有才，五律可为浪仙之寒；友夏而有才，五古或近东野之瘦。如《籴米》诗之"独饱看人饥，腹充神不完"，绝似东野。《拜伯敬墓过其五弟家》之"磬声知世短，墨迹引心退"，《斋堂秋宿》之"虫响如成世"，又酷肖陈散元。然唐人律诗中最似竟陵者，非浪仙、武功，而为刘得仁、喻凫。以作诗论，竟陵不如公安；公安取法乎中，尚得其下，竟陵取法乎上，并下不得，失之毫厘，而谬以千里。然以说诗论，则钟谭辈识趣幽微，非若中郎之叫嚣浅卤。盖钟谭于诗，乃所谓有志未遂，并非望道未见，故未可一概抹杀言之。①

有句成语叫作"旁征博引"，我觉得钱锺书先生这一段文章，可以称为"旁较博比"。不仅将钟惺与谭元春相比，还将钟惺与贾岛相比，将谭元春与孟郊相比，将两人与公安三袁相比，通过一系列比较，明确了竟陵派两位主将的创作特征。

---

① 钱锺书. 谈艺录［M］.北京：生活·读书·新知三联书店，2008：250.

还有一个例子，缪钺先生的《论宋诗》，我们截取文章的片段。

唐代为吾国诗之盛世，宋诗既异于唐，故褒之者谓其深曲瘦劲，别辟新境；而贬之者谓其枯淡生涩，不及前人。实则平心论之，宋诗虽殊于唐，而善学唐者莫过于宋，若明代前后七子之规摹盛唐，虽声色格调，或乱楮叶，而细味之，则如中郎已亡，虎贲入座，形貌虽具，神气弗存，非真赏之所取也。何以言宋人之善学唐人乎？唐人以种种因缘，既在诗坛上留空前之伟绩，宋人欲求树立，不得不自出机杼，变唐人之所已能，而发唐人之所未尽。其所以如此者，要在有意无意之间，盖凡文学上卓异之天才，皆有其宏伟之创造力，决不甘徒摹古人，受其笼罩，而每一时代又自有其情趣风习，文学为时代之反映，亦自不能尽同古人也。

唐宋诗之异点，先粗略论之。唐诗以韵胜，故浑雅，而贵酝藉空灵；宋诗以意胜，故精能，而贵深折透辟。唐诗之美在情辞，故丰腴；宋诗之美在气骨，故瘦劲。唐诗如芍药海棠，秾华繁采；宋诗如寒梅秋菊，幽韵冷香。唐诗如啖荔枝，一颗入口，则甘芳盈颊；宋诗如食橄榄，初觉生涩，而回味隽永。譬诸修园林，唐诗则如叠石凿池，筑亭辟馆；宋诗则如亭馆之中，饰以绮疏雕槛，水石之侧，植以异卉名葩。譬诸游山水，唐诗则如高峰远望，意气浩然；宋诗则如曲涧寻幽，情境冷峭。唐诗之弊为肤廓平滑，宋诗之弊为生涩枯淡。虽唐诗之中，亦有下开宋派者，宋诗之中，亦有酷肖唐人者；然论其大较，固如此矣。

兹更进而研讨之。就内容论，宋诗较唐诗更为广阔。就技巧论，宋诗较唐诗更为精细。然此中实各有利弊，故宋诗非能胜于唐诗，仅异于唐诗而已。

唐诗以情景为主，即叙事说理，亦寓于情景之中，出以唱叹含蓄。惟杜甫多叙述议论，然其笔力雄奇，能化实为虚，以轻灵运苍质。韩愈、孟郊等以作散文之法作诗，始于心之所思，目之所睹，身之所经，描摹刻画，委曲详尽，此在唐诗为别派。宋人承其流而衍之，凡唐人以为不能入诗或不宜入诗之材料，宋人皆写入诗中，且往往喜于琐事微物逞其才技。如苏黄多咏墨、咏纸、咏砚、咏茶、咏画扇、咏饮食之诗，而一咏茶小诗，可以和韵四五次。（黄庭坚《双井茶送子瞻》、《和答子瞻》、《省中烹茶怀子瞻用前韵》、《以双井茶送孔常父》、《常父答诗复次韵戏答》，共五首，皆用"书""珠""如""湖"四字为韵。）余如朋友往还之迹，谐谑之语，以及论事说理讲学衡文之见解，在宋人诗中尤恒遇之。此皆唐诗所罕见也。夫诗本以言情，情不能直达，寄于景物，情景交融，故有境界，似空而实，似疏而密，优柔善入，玩味无斁，此六朝及唐人之所长也。宋人略唐人之所详，详唐人之所略，务求充实密栗，虽尽事理之精微，而乏兴象之华妙。李白、王维之诗，宋人视之，或以为"乱云敷空，寒月照水"（许尹《山谷诗注序》），不免空洞，然唐诗中深情远韵，一唱三叹之致，宋诗中亦不多觏。故宋诗内容虽增扩，而情味则不及唐人之醇厚，后人或不满意宋诗者以此。①

    这几段比较，也让人目不暇接。通过与唐诗的比较，缪钺先生揭示了宋诗在各方面的特征。

思考题：
    你最喜欢的作家是谁？试着概括一下其创作特征。

---

①   缪钺. 诗词散论·论宋诗［M］. 上海：上海古籍出版社，1982：36－38.

封神式批评（2）

这节课继续讲封神式批评。

封神式批评的第二个要诀是定位置。位置并不好定，不能随便安排。随便安排，很可能不准确。随便册封一个作家是伟大作家，或方向性作家，或标志性作家，之后又称赞一个作家是伟大作家，或方向性作家，或标志性作家，人们就会问：伟大作家怎么这么多？到底有多少方向，多少标志？

要定位置，首先心中要有全局，要有整个文学史的脉络。

我们有一门课程叫做中国文学史，这门课程就是告诉大家整个文学发展的全局，让大家头脑中有整幅文学史的地图，然后方便大家在这幅地图上确定某个作家的位置。大家要学好中国文学史这门课程。学好了这门课程，就可以在自己头脑中建立一幅中国文学史的整体坐标。以后，研究那位作家作品，就很容易在这个坐标中给其定位。

先看一个例子。钱锺书在编纂《宋诗选注》时，为选入者作小传，是这样写的：

柳开：他提倡韩愈和柳宗元的散文，把自己名字也弄得有点像文艺运动的口号："肩愈"、"绍先"。在这一方面，他是王禹偁、欧阳修等的先导。

郑文宝：根据司马光和欧阳修对他的称赏，想见他是宋初一位负有盛名的诗人，风格轻盈柔软，还承袭残唐五代的传统。

王禹偁：在北宋三位师法白居易的名诗人里——其他两人是苏轼和张耒——他是最早的，也是受影响最深的。

晏殊：据说他爱读韦应物诗，赞它"全没些儿脂腻气"。但是从他现存的作品看来，他主要还是受了李商隐的影响。也许因为他反对"脂腻"，所以他跟当时师法李商隐的西昆体作者以及宋庠、宋祁、胡宿等人不同，比较活泼轻快，不像他们那样浓得化不开。

欧阳修：他是当时的文坛领袖，有宋以来第一个在散文、诗、词各方面都成就卓著的作家。梅尧臣和苏舜钦对他起了启蒙的作用，可是他对语言的把握，对字句和音节的感性，都在他们之上。他深受李白和韩愈的影响，要想一方面保存唐人定下来的形式，一方面使这些形式具有弹性，可以比较的畅所欲言而不致于削足适履似的牺牲了内容，希望诗歌不丧失整齐的体裁而能接近散文那样的流动潇洒的风格。在"以文为诗"这一点上，他为王安石、苏轼等人奠了基础，同时也替道学家像邵雍、徐积之流开了个端。①

显然，在为上述作家写小传时，钱锺书都胸怀整个诗歌史的全局。他为每一个作家安排的安置都有条不紊，井然有序，并不会发生冲突。

再看一个例子。缪钺先生的《论宋诗》，文章开头就勾画出了一幅宋代诗歌的地图。

宋初沿袭五代之余，士大夫皆宗白居易诗，故王禹偁主盟一时。真宗时，杨亿、刘筠等喜李商隐，西昆体称盛，是皆未出中晚唐之范围。仁宗之世，欧阳修于古文别开生面，树立宋代之新风格，而于诗尚未能超诣，此或由于非其精力之所专注，抑或由于非其天才之所特长，然已能宗李白、韩愈，以气格为主，诗风一变。梅尧臣、苏舜钦辅之。其后王安石、苏轼、黄庭坚出，皆堂庑阔大。苏始学刘禹锡，晚学李白；王黄二人，均宗杜甫。"王介甫以工，苏子瞻以新，黄鲁直以奇。"（《苕溪渔隐丛话前集》卷四十二引《后山诗话》）宋诗至此，号为极盛。宋诗之有苏黄，犹唐诗之有李杜。元祐以后，诗人迭起，不出苏黄二家。而黄之畦径风格，尤为显异，最足以表宋诗之特色，尽宋诗之变态。《刘后村诗话》曰："豫章稍后出，会萃百家句律之长，究极历代体制之变，搜讨古书，穿穴异闻，作为古律，自成一家，虽只字半句不轻出，遂为本朝诗家宗祖。"其后学之者众，衍为江西诗派，南渡诗人，多受沾溉，虽以陆游之杰出，仍与江西诗派有相当之渊源。至于南宋末年所谓江湖派，所谓永嘉四灵，皆爝火微光，无足轻重。故论宋诗者，不得不以江西派为主流，而以黄庭坚为宗匠矣。②

缪钺先生的这幅宋代诗歌史地图画得非常清晰，把其中的地标（人物）、源流、脉络全部勾勒出来了，作家的座次排得井井有条。

再看一个例子。吴方老师评论杨绛的散文集《干校六记》，在最后部分这样说：

有人提出，中国的散文有"感伤"与"达观"两种传统类型。大致而言，一个有我一个无我；一个执著、进入，一个超脱、静观；一个浓郁一

---

① 钱锺书. 宋诗选注 [M]. 北京：生活·读书·新知三联书店，2002：1, 3, 6, 19, 39.
② 缪钺：诗词散论·论宋诗 [M]. 上海：上海古籍出版社，1982：35-36.

个清淡。这也是两种人生态度、审美态度。这么说,我们且不厚此薄彼,可说杨绛先生的散文是属于"达观"类型的了。《干校六记》的取材立意之不拘于微末、平常,已先给予初步的印象,更能说明其心理态度的,则是整个叙述的平静从容。尽管本可能引起"对反常的抗议"和"悲悯心"的地方,却也并不特别使力,都安静过去了。①

这一段话就搭起了一个文学史的架子,不搭这个架子,就难以准确地给杨绛的散文定位置。

有了文学史的全局,就可以给作家作品定位置了。不过,定位置并不是一件容易的事情。俗话说:"文无第一,武无第二。"武人要排座次,相对容易一些,不服气就打一架,谁赢了谁就在前面。文人要排座次,则没有绝对的评价标准,往往会引起争议。

比如钟嵘的《诗品》择取自汉至南朝梁代之间的 122 位知名诗人,根据创作水准的高低而分成上、中、下三品,其中上品 11 人,中品 39 人,下品 72 人。《诗品》把陶渊明列为中品,把曹操列为下品。胡仔的《苕溪渔隐丛话》对钟嵘此举曾大加批评。后代文学研究者也常为陶渊明、曹操等未被列入上品的诗人"忿忿不平"。

唐朝殷璠的《河岳英灵集》遴选了开元二年(公元 714 年)到天宝十三年(公元 754 年)40 间 24 位诗人的 234 首诗作(该集序称 234 首,今本存 229 首)。其中,常建 15 首,李白 13 首,王维 15 首,刘眘虚 11 首,张谓 6 首,王季友 6 首,陶翰 11 首,李颀 14 首,高适 13 首,岑参 7 首,崔颢 11 首,薛据 10 首,綦毋潜 6 首,孟浩然 9 首,崔国辅 11 首,储光羲 12 首,王昌龄 16 首,贺兰进明 7 首,崔署 6 首,王湾 8 首,祖咏 6 首,卢象 7 首,李嶷 5 首,阎防 5 首。《河岳英灵集》以常建为第一,李白、王维都在其下,杜甫甚至没入围。这也引人诟病。

为什么钟嵘和殷璠的"封神"引起争议呢?关键在于,钟嵘和殷璠虽然也建立了文学史的框架,但还没有认清每个作家真正的历史贡献。当然,要做到这一点很不容易。时代的文学风气会影响批评家,批评家难免又有个人的偏好,这些都决定了,要认清一个作家真正的历史贡献,不能寄望于一个批评家,可能要付出几代人的努力才能真正做到。因此之故,封神

---

① 吴方. 小窗一夜听秋雨——重读杨绛《干校六记》[G]//吴方. 尚在旅途. 杭州:浙江人民出版社,1997:288-289.

行为不断进行，一代一代批评家都在不停地为作家重排座次。

如何把握一个作家真正的历史贡献？这个很考验文学批评家的水准。

看一篇例文，葛晓音老师的《论齐梁文人革新晋宋诗风的功绩》①。文章这样阐述齐梁文人的历史贡献：

> 隋唐以来，齐梁文风一直是浮靡之习的代称，其骨力不振之弊，人皆见之，其艺术变革之功，则毁誉不一。当代学者论及这一段诗歌时，即使对形式追求的成绩有所肯定，也仅限于声律的提倡和写景的技巧，除了少数诗人的名篇佳句受到注意以外，大多数作品都被冷落在故纸堆里。今天倘能拂去上面的尘封，抛开传统的偏见，或许对于我们更客观地研究中国古典诗歌发展的轨迹不无益处。我认为齐梁文人在诗歌发展史上的功绩主要还不在声律技巧，而是在以下两方面对晋宋诗风的革新：首先，他们在晋宋诗歌走到生涩僵滞的绝境时，通过学习乐府古诗和南北朝乐府民歌，懂得了必须从当代口语中提炼新的语言才能使诗歌获得新生的规律，大力提倡流畅自然的诗风，促使诗歌完成了由难至易、由深至浅，由古至近的变革；其次，他们批评晋宋诗过于典正、酷不入情的弊病，强调文学吟咏情性的特点，在理论上提出了文笔之辨的重大问题，在创作上更侧重于变现日常生活的温情。尽管格调不高，甚至产生了不少趣味低级的艳情诗，但由于重视情灵的表现，晋宋山水诗中对自然景物的纯客观描写才在齐梁与人的情感相结合，原来局限于出庄入释的内容也扩大到行旅、送别、宴游、闲居等各个方面，诗人的乡思、闲愁、别情与江山形胜打成一片，月露风云又随时触发诗人纤巧而灵敏的想象，使日常生活普遍诗化。从此以后，人与大自然的和谐便成为中国古典诗人共同的气质，成为古典诗歌的基本审美特征之一。这次变革既有理论上的明确目标，又有创作上的密切配合，实为我国诗歌史上第一次自觉的革新之举，只是与淫靡的宫廷文学搅在一起，其意不容易得到足够的重视和恰当的评价而已。

齐梁文人的贡献被历史尘封，被后人低估了，葛晓音非常有见识，清晰地揭示了齐梁文人的历史贡献。

再看一篇例文，王富仁老师的《他开辟了一个新的审美境界——论郭

---

① 葛晓音. 论齐梁文人革新晋宋诗风的功绩[J]. 北京大学学报，1985（3）.

沫若的诗歌创作》①。

据我所知，学术界有些人瞧不起郭沫若的新诗，认为郭沫若在新诗上没有做出什么贡献。但王富仁老师认为，郭沫若在新诗上是有重要的历史贡献的。这就是：郭沫若在"海"这个物象基础上，创造出了一种全新的审美艺术境界。郭沫若是第一个在中国诗歌中注入了真正的海的精神的人，是第一个以海的精神构成了自己诗歌的基本审美特征的人。

王富仁老师这样分析：

大海是什么？大海是一个浑融的整体，是一片浩浩茫茫的景观。在大海中，每一个浪峰，每一片粼光，每一次涛声，都是瞬息即逝的东西，都不具有独立的价值和意义，只有由他们组合在一起的一个整体，才是永恒的、壮丽的，才会给人产生一种强烈的印象和精神上的冲击。一般说来，这并非中国古代诗歌的特征。中国古代诗歌也讲整体，也要注意诗歌的整体艺术效果，但这里的整体是由每一个有独立意义的部分组成的。有时一个字可以照亮整首诗，可以赋予全诗以新的境界、新的精神。……郭沫若的诗，每个单句的独立性是极小的，即便那些最好的诗篇，我们从中抽出一句或数句，或则仅仅成了毫无诗意的口号，或则成了并无意义的词句，都会顿然失色，但作为整体，它的精神一下子便显现出来了。

王富仁老师举《立在地球边放号》一诗为例分析说：

可以说，这首诗中的每一句都不是诗，都没有可以称为诗意的东西。"啊啊！力哟！力哟"一句如果抽出来单读，谁也不会认为它有什么诗意。"啊啊！好幅壮丽的北冰洋的情景哟！"这是多么抽象而又意味索然的感叹呀！即使像"无限的太平洋提起他全身的力量来把地球推倒"，如果仅就单句来说，也是拖沓无力的，很难感到词意所表达的那种海的力量和气势。但是，一当把这些毫无诗意的词句组合成一个整体，我们却不能不承认它是一首诗，并且是有强烈诗意的一首诗。你好像也置身于整个太平洋的怀抱中了，你感到滚滚的海涛正向你涌来、扑来，你感到整个大海蓬勃着无穷的力，蓬勃着势欲将整个地球翻转过来的伟大力量。在这一刹那之间，你沉醉了，你与大海在精神上拥抱在一起了，一切狭隘实利的考虑，一切蝇营狗苟的打算，一切虚伪弄假的念头，一切偷安苟且的怯懦，一切平庸

---

① 王富仁. 他开辟了一个新的审美境界——论郭沫若的诗歌创作 [G] // 王富仁. 王富仁学术文集（第三卷）. 太原：北岳文艺出版社，2021：886-902.

伧俗的秽气，全被大海的磅礴气势一冲而光了。你感到自我内心的开阔和疏朗，感到自我充满了大海一样的力量，感到自我的生命力像太平洋的洪涛一样在汹涌，在奔流……这难道不正是你乞望于诗的东西吗？

王富仁老师最后指出：

郭沫若的诗歌是单调的，单调得像大海一样，永远是那样的躁动不安；郭沫若的诗没有回味的余地，经不起你反复的品咂咀嚼，但我认为，关键在于我们不应以这样的标准衡量它。要体验郭沫若的诗，你得重新回到郭沫若的诗上去，正像你要感受大海，必须再站在大海面前那样。在读的过程中松弛下你的神经，一任你自己的心弦随着他的诗的旋律和节奏而波动，而震荡，正像你面对大海时一任海涛、海浪冲击你的心灵一样。在这时，你才会进入郭沫若为你设定的特殊的审美境界和精神境界。

我认为，王富仁老师的观点非常有道理，抓住了郭沫若新诗的本质特点，捕捉到了郭沫若新诗所做的历史性贡献。

葛晓音老师、王富仁老师都是知名学者，他们学养深厚，文学感觉好，学术眼光犀利，因此能看出作家的真正价值和贡献。这也说明：第一，封神，也是需要资格的，不是所有人都有资格封神的。第二，封神式批评和印象式批评是不同的，封神，对封神者本人的要求是很高的，不像印象式批评的门槛那么低。

下面我们再看两个封神的例子。

1994年，海南出版社出版了王一川、张同道主编的《二十世纪中国文学大师文库》（以下简称《文库》），重新给现代文学史大师排座次。这套文库分为小说、诗歌、散文、话剧四卷。每卷封面都写着："重重迷雾遮挡了文学的真实面目，在世纪的尽头，我们以纯文学的标准重新审视百年风云，洞穿历史真相，力排众议重论大师，再定座次，为21世纪中国文学提供了一个纯洁的榜样。"

《文库》为小说所排的大师座次依次是：鲁迅、沈从文、巴金、金庸、老舍、张爱玲、郁达夫。其理由是："从我们的标准看，鲁迅仍是当之无愧的20世纪小说大师，而且是迄今无人能比拟的第一大师。唯有鲁迅小说才能把20世纪中国文化的病症揭示得如此深刻、传神、令人震撼，具有'永久的魅力'。沈从文排到第二，这必然与通常文学史座次相悖。我相信，他被政治与学术偏见'活埋'几十年重新出土，以自己借湘西边城风情而对中国古典诗意的卓越再造，在开创现代抒情文体上的巨大影响力，足以越过许多大师而上升到次席。巴金位居第三，是考虑到他的独特贡献和巨大人格感召力：以浓烈而直露的人道主义之爱与憎，刻划大家庭复杂关系及其悲剧结局，塑造典型性格，伸张人文精神，表达时代的社会良知。老舍对北京市井世相的描绘和在调制'京味'上的杰出成就，郁达夫作为现代感伤文体奠基人和'零余者'典型创造人的影响力，张爱玲伴随冷月意象而对男女悲剧的性本能——无意识渊源的深刻挖掘，使他们分别获得余下的几席。"

诗歌领域的大师则是：穆旦、北岛、冯至、徐志摩、戴望舒、艾青、闻一多、郭沫若、舒婷、纪弦、海子、何其芳。编者的评语是："穆旦并不广为人知——这正是中国的悲哀。穆旦呈现了开创与总结的集合，他以西方现代诗学为参照，吸收现代生活语汇，建构了独立的意象符号系统，为20世纪中国现代诗学带来了革命性振荡。穆旦潜入现代人类灵与肉的搏斗的内部，他诗的力度、深度与强度抵达了空前的水准，构成了中国现代知识分子的一部心灵史。穆旦被誉为'中国现代诗最遥远的探险者，最杰出的试验者与最有力的推动者'。冯至的诗拥有纯粹的力量与诗格的高度，然而，长期以来，文学史家敷衍地认同鲁迅对冯至的赞美，却又把《十四行集》漫不经心地从史书上抹去。徐志摩、戴望舒、闻一多、何其芳以独立的创造赢得了诗的光辉，而艾青、郭沫若以雄浑的声音开一代诗风，只是他们的后期作品发生了并不良好的影响。"①

在话剧领域，编者认为，在现当代已然可以盖棺论定的剧作家之中，真正能够担当得起"大师"一词的，只有曹禺先生一人。但一个人的几部作品，又支撑不住"文库"，于是，再等而下之地挑选若干相比而言最优秀的作品，一并放在"大师文库"之中。这些等而下之的作家有田汉、夏衍、郭沫若、老舍。

而散文领域的大师有：鲁迅、梁实秋、周作人、朱自清、郁达夫、贾平凹、毛泽东、林语堂、三毛、丰子恺、冰心、许地山、李敖、余秋雨、王蒙。引人注目的是梁实秋、周作人、林语堂这些自由主义作家的入选，其排名都很靠前。

第二个例子，1995年，钱理群在《"分离"与"回归"——彩色绘图

---

① 王一川，张同道. 20世纪中国文学大师文库·诗歌卷[G]. 海口：海南出版社，1994.

本《中国文学史》（20世纪部分）的写作构想》中也提出了自己的现代文学大师新名单。与王一川的名单不同，钱理群的名单没有按文体分类，而是综合性的排名。钱理群认为"20世纪中国出现了一位足以与中国文学史与世界文学史上的伟大作家相并列的伟大作家，这就是鲁迅。在鲁迅之下，我们给下列六位作家以更高的评价与更为重要的文学史地位，即老舍、沈从文、曹禺、张爱玲、冯至、穆旦"。钱理群老师这样阐述这6位作家的历史贡献：

老舍、曹禺的文学史地位是早有"定论"的，近15年来，学术界对沈从文的独特价值的认识，也在逐渐深化中，而在我们看来，对这三位作家创作的深层、潜在意义，超越价值，至今仍然认识不足，开掘不够，而批评潜力本身即是意味着一种远未被充分认识的价值。张爱玲早已成为近年的批评热点，并还有上升的趋势，但目前对于她的批评视野大多停留在外在层面上，而较少注意到，她对于战争的独特而真实的生存体验，以及由此而形成的她的"边缘性的话语方式"：不同于主流派作家与文学的独特的感受、把握、表现世界的方式，独特的历史观、人生哲学与审美追求，从而对在大量的战争浪漫主义理性之光照耀下的悲壮的战争文学中出现的"这一个"苍凉的手势，在文学史上独特意义与价值估计不足。人们往往把张爱玲看作是海派通俗作家，却忽视了这位中国晚清士大夫文化走向式微之后的最后一个传人，这位上海滩上的才女，骨子里的古典笔墨趣味，感受方式与表达上的深刻的现代性。张爱玲完全自觉地与自由地出入于"传统"与"现代"，"雅"与"俗"之间，并且达到了两者的平衡与沟通：这正是她的特殊所在。冯至也是近年来学术界有巨大批评兴趣的作家，短短的一两年内，即出版了两部各具特色的传记。据说，已有学者提出冯至《十四行集》是本世纪最杰出的新诗诗集；我们完全赞同这一评价，并在我们的重写中作出了这样的评价："沉思的诗人在日常生活与自然里，发掘出既属于他的时代，又是超越的人们不易发现的哲理，又纳入凝定的形式与确定的秩序里，创造出有法度的美：这就是冯至的《十四行集》。"但我们还想强调，仅仅从诗歌领域去评价冯至的意义，是远远不够的。尽管长期以来，冯至在人们心目中是作为一个"诗人"存在的，但冯至同时是散文集《山水》的作者，中篇小说《伍子胥》的作者，仅有的这两部作品，却都达到了40年代，以至整个现代散文、小说创作的艺术高峰。像冯至这样，以极其精粹的三部作品，同时占领诗歌、小说、散文三个领域的艺术制高点，树立起三块艺术的里程碑，在中国现代文学作家中是仅见的，在世界文学史中也是罕见的。我们把穆旦视为中国最重要的现代诗人，也许会引起更多的争议。我们所看重的是穆旦诗歌中的"现代性"：不是来自对西方某种"现代"观念的横移，而主要出于自身直面"战争"与"死亡"的个体感性生命体验，穆旦建立了自己的怀疑主义，"在毁灭的火焰中"，他发现与正视"历史的矛盾"与不断分裂、破碎的自我，从而在思维方式、感受与把握世界的方式上，直接承接了鲁迅，并由此而建立了自己的智性化的，近于抽象的隐喻似的抒情方式，从根本上突破了中国传统诗学规范。而穆旦的诗歌语言又最无旧体诗词味道，他用纯粹的现代白话文曲折而有深度地传达了惟有现代中国人才能产生的现代意识与现代诗绪。①

钱理群老师讲清楚了这六位作家的历史贡献，这些历史贡献就是他们的入选理由。

封神很容易引起争议。这是很自然的事。你喜欢这个作家，不等于我也喜欢这个作家。你把这个作家排在前列，我则会把这个作家排在后面，甚至不让他上榜。所以，各人有各人的封神榜。时代变了，人们有时对某个作家的看法也会发生新的变化，有的作家会上榜，有的作家会落榜。不同时代有不同时代的封神榜。这两种情况是无法避免的，也不用避免。文学批评，就在这两种情况下显示了自己的活力。

有一种排名特别讲究科学准确，试图用最精当的数据说话。一个国家的国土大小、人口多寡确实可以数字化，一个人的财富也可以数字化，竞技体育成绩也可以数字化，不过，文学创作的质量很难数字化。因此，文学上的排名，或者讲定性，如用"诗圣"冠名杜甫、用"诗仙"冠名李白、用"诗鬼"冠名李贺，用"诗佛"冠名王维。如果不好定性，遇到难排的座次，不妨搞并列式排名。如"建安七子""竹林七贤""初唐四杰""唐宋八大家"之类。

封神式批评应该注意的事项：

第一，就一张封神榜来说，封神的标准应该统一，不能搞双重标准。如果标准不统一，封神就难以准确，就会被人诟病。

第二，封神的理由一定要讲清楚。

---

① 钱理群. 返观与重构——文学史的研究与写作 [M]. 上海：上海教育出版社，2000：193-195.

由封神式批评可以展开其他研究。研究文学接受学，展示某个作家或某部作品在不同时代的不同评价。因为每个时代的社会变动、文化趣尚和价值取向都有很大的不同，这会影响当时人对作家作品的评价。

现在，封神的权力已经下放，我们平时在读书的时候，应该建立起封神的意识，即在读书过程中遴选出自己认为出色的作家作品。朱光潜先生曾说："每个研究文学者对于所读的作家都应自作一个选本，这当然不必编印成书，只要有一个目录就行。学问如果常在进展，趣味会愈趋纯正。今年所私定的选目与去年的不同，前后比较，见出个人趣味的变迁，往往很有意味。同时，你可以拿自己的选目和他人的选本参观互校，好比同旁人闲谈游历某一胜境的印象，如果彼此所见相同，你会增加你的自信，否则，你也会发生愉快的惊讶，对于自己的好恶加一番反省，这是文学批评的一种有益的训练。"[①] 这段话说得非常好。我们在读书过程中，心目中应该建立一个优秀作家作品的"目录"，然后看看今年所私定的选目与去年的有何不同，看看自己的选目和他人的选目有何不同。这对于文学批评来讲，确实是"一种有益的训练"。

思考题：

建立一个排行榜，为你欣赏的作家（或作品）进行排名。

---

① 朱光潜. 谈文学选本 [G]//朱光潜全集(第9卷). 合肥：安徽教育出版社，1993：220.

印象式批评（1）

讲完了侦探式批评和封神式批评，我们接着讲第三种类型：印象式批评。

你看了一部文学作品，这部作品是好看还是不好看，是精彩还是沉闷，总会有一个印象。然后对作品的创作者，肯定也有印象，是很喜欢这个作家还是不喜欢，至少心里会有一种感觉。你把自己的这种印象、这种感觉直接表述出来，就是印象式批评。

印象式批评是最常见的批评方法，因为文学批评都得从自己的印象出发。但是印象式批评主观性比较强，学术性含金量不是很高，大家都听过这样一句话，"一千个读者就有一千个哈姆雷特"。印象式批评是仁者见仁智者见智的，缺乏本质性的判定。你的印象不一定就是我的印象。你看了这部作品，觉得很精彩，但我觉得一点都不好看。印象式批评的主观性比较强，但凡主观性强一点的东西，它的学术性一般都是存疑的，要想说服别人就比较困难。

那怎么办呢？不从自己的印象出发吗？看了一本书，明明自己很喜欢，写文章的时候偏要反着说，这不是很别扭吗？你可能对自己的印象拿不准，如果别人都说这本书不好看，我说这本书好看，会不会引起众怒，那我就委屈自己，跟着别人说不好看。这样更不好。搞文学批评如果人云亦云，不从自己的主观印象出发的话，那我不就成了傀儡或木偶了吗？我的观点不就被别人操纵了吗？那我还搞什么批评呢？

写文学批评文章需要勇气，我这篇文章出来可能得罪人，但是我不怕得罪人，我一定要表达自己的看法，而不是表达别人的看法。说到这里，大家会发现一对矛盾。印象式批评有一定的主观性，因为有主观性，所以客观性就比较弱，但是不从自己的主观出发也不对。那我们应该怎么办呢？我们的选择是，还是要从自己的主观出发，然后用一定的方式方法，或者技巧性的东西，辅助来说服人。

有哪些方式方法呢？

第一种办法是以美诱人。这个办法是最朴素的，也是大家都能想到的，就是把话说得很好听，把文章写得很好看，这个叫做以美诱人。人都是会被美诱惑的，美丽的东西会产生一种光环效应，会让人觉得美即真。即使不是真的，人们也会因为这篇文章太美了，不舍得不相信。所以，首先要把文章写得很美。如果你的文章言语无味甚至面目可憎，谁愿意来看你的印象？更谈何让人相信你的印象？

举一个例子。在现代文学批评史上，李健吾的文学批评大多是印象式批评，但一直享有盛名，这与李健吾的文章之美是分不开的。比如李健吾对沈从文小说《边城》的评价，常被称作经典之评。

《边城》便是这样一部 idyllic 杰作。这里一切谐和，光与影的适度配置，什么样人生活在什么样空气里，一件艺术作品，正要叫人看不出艺术的。一切准乎自然，而我们明白，在这种自然的气势之下，藏着一个艺术家的心力。细致，然而绝不琐碎；真实，然而绝不教训；风韵，然而绝不弄姿；美丽，然而绝不做作。这不是一个大东西，然而这是一颗千古不磨的珠玉。①

最后这几段文字，用了排比、对仗的手法，实在写得美，让人不自觉地就相信了批评家的话。

第二个例子是鲁迅。一提起鲁迅，大家就觉得鲁迅是个思想家，鲁迅的思想太深刻，大家不觉得他的文笔很美。但实际上不是这样的，你去读鲁迅的作品，你会发现鲁迅的有些文章，思想其实也很空洞，但是他文笔很美。大家看看鲁迅为柔石的《二月》写的序。这篇序文描述了鲁迅对柔石的小说《二月》的印象，并没有多少深刻的见解，但文笔优美，令人读后印象深刻。

冲锋的战士，天真的孤儿，年青的寡妇，热情的女人，各有主义的新式公子们，死气沉沉而交头接耳的旧社会，倒也并非如蜘蛛张网，专一在待飞翔的游人，但在寻求安静的青年的眼中，却化为不安的大苦痛。这大苦痛，便是社会的可怜的椒盐，和战士孤儿等辈一同，给无聊的社会一些味道，使他们无聊地持续下去。

浊浪在拍岸，站在山冈上者和飞沫不相干，弄潮儿则于涛头且不在意，惟有衣履尚整，徘徊海滨的人，一溅水花，便觉得有所沾湿，狼狈起来。这从上述的两类人们看来，是都觉得诧异的。但我们书中的青年萧君，便

---

① 李健吾. 李健吾批评文集 [M]. 珠海：珠海出版社，1998：56.

正落在这境遇里。他极想有为,怀着热爱,而有所顾惜,过于矜持,终于连安住几年之处,也不可得。他其实并不能成为一小齿轮,跟着大齿轮转动,他仅是外来的一粒石子,所以轧了几下,发几声响,便被挤到女佛山——上海去了。

他幸而还坚硬,没有变成润泽齿轮的油。

但是,瞿昙(释迦牟尼)从夜半醒来,目睹宫女们睡态之丑,于是慨然出家,而霍善斯坦因以为是醉饱后的呕吐。那么,萧君的决心遁走,恐怕是胃弱而禁食的了,虽然我还无从明白其前因,是由于气质的本然,还是战后的暂时的劳顿。

我从作者用了工妙的技术所写成的草稿上,看见了近代青年中这样的一种典型,周遭的人物,也都生动,便写下一些印象,算是序文。大概明敏的读者,所得必当更多于我,而且由读时所生的诧异或同感,照见自己的姿态的罢?那实在是很有意义的。①

鲁迅这篇文章其实没有什么深刻的思想和精辟的见解,但是有时候我写批评文章,脑海中总会闪出鲁迅这篇序来。为什么呢?因为我当时看的时候印象很深刻,特别是头两段,鲁迅对柔石的《二月》进行了富有文采的概括描述,每当我想概括描述对一部作品的印象时,就会想起鲁迅的这篇序。

再看第三个例子。

在当代批评家中,南帆老师的文笔特别出众。南帆老师的文章有一个特色,就是善用成语。南帆老师写过一篇《白鹿原》的评论文章,这里请大家欣赏开头一段。

"小说被认为是一个民族的秘史"——陈忠实郑重其事地将巴尔扎克这句名言引为《白鹿原》的题词,这再度显明了文学对于历史的爱好。历史是中国文化之中的一个超级概念。尽管煌煌二十五史已经连篇累牍,我们仍未表现出丝毫的厌倦之情。我们不仅通过历史记忆往昔,同时,我们还企图按照历史推演今天的答案。陈忠实曾经坦率表示,《白鹿原》源于他对民族命运的思考——民族命运这种异乎寻常的问题总是被无可避免地导入历史。历史对于今天拥有特殊的权威,"以历史的名义"发言暗示了不容辩

---

① 鲁迅. 柔石作《二月》小引[G]//鲁迅.鲁迅全集(第四卷). 北京:人民文学出版社,2005:153-154.

驳的气势。所以，历史不仅仅是历史学家的疆土；文学时常插手历史，试图分享历史的权威。许多人认为，长篇小说是一个作家的成熟标志；许多作家则认为，历史是长篇小说的首要对象。同样，重现历史显然是《白鹿原》的雄心，陈忠实想象出了一批活灵活现的人物和故事召回白鹿原上已逝的时光。这个雄心理所当然地赢得了周围的交口赞誉。①

这一段就用了好多成语，我数了一下，有郑重其事、连篇累牍、异乎寻常、无可避免、不容辩驳、活灵活现、理所当然、交口赞誉等。成语的使用，会让文章显得比较典雅。我们写文章，如果碰到能用成语的场合，千万别放弃。

再看第四个例子。

在老一辈批评家中，谢冕老师的文笔是非常出色的。谢冕老师1993年曾主编过一套20世纪中国文学丛书，我当时读到谢冕老师所写的序言非常震动，原来文章可以写得这样美啊。这篇序言叫作《世纪末：中国知识分子的思索》，下面我们看一下前面几段。

新世纪的钟声即将敲响。我们已把二十世纪的大部分时间抛在了身后。对于中国人来说，这一百年的长途之上，洒满的是汗水、泪水和血水。那是一条为苦痛和灾难所滋润的道路，那又是一条屈辱和创伤铺成的记忆之路。近百年我们中国人希望过、抗争过，也部分地到达过，但依然作为世纪的落伍者而存在。落伍的感觉残忍地抽打着中国，使我们站立在世纪末的风声中难以摆脱那份悲凉。

中国知识分子未曾辜负这一百年，他们和这个多灾多难的世纪共命运，自从上一个世纪中国海附近出现了在当日的中国人看来是怪物的西洋舰队，那隆隆炮声中腾起的硝烟惊破了强盛的帝国梦想。随后开始的是列强为所欲为的践踏。中国从自认为天下第一的王国尊严下跌到负数。这就造成了中国人、特别是中国知识分子的心理重压。

这一百年有过无数志士仁人的奋斗牺牲，知识分子没有回避他们承担的那份感时忧世的沉重。小农经济汪洋大海般的保守麻木，使中国知识分子自然生发出文化精英意识。这使他们自觉地对时代和社会作出承诺。投身于社会变革的激情与作为精英的使命感的结合，造出了极为动人的精神

---

① 南帆. 姓·性·政治——读陈忠实《白鹿原》[G]//南帆. 沉入词语——南帆书话. 杭州：浙江人民出版社，1997：75.

景观。近百年的社会激荡之中有着中国知识分子的情感与智慧的投入。从戊戌变法、辛亥革命、五四新文化运动,直到本世纪下半叶为结束中世纪式的文化暴虐而进行的抗争,中国知识分子都付出了积极的劳绩。

艰难的时势加上历史的积重,特别是与外界接触之后反顾自身,一些新鲜的先锋的思考遭受封建积习的禁锢,促使知识界的先进人士对传统文化秩序持警惕的和怀疑的态度。当挽救危亡和变革现实的奔走呼号受到传统势力的扼杀和阻挠,这种激进的立场便获得了社会广泛的同情与理解。由此派生出来的革命性即寓于对传统的否定之中的价值判断,也就成为当日普遍的思维倾向。

这当然是一种偏颇。中国悠长的文化传统是历代中国人创造实践的综合,它拥有的智慧性和沉雄博大都曾使世人为之倾心。在古代和今日,中国文化为丰富和促进世界文明所作的巨大贡献无可置疑。中国人理应为自己先人的建树自豪。但中国文化在它发展历程之中形成的封建性体系和价值观,作为维护过去社会形态的原则体现,已成为现代社会前进的羁绊,这当然具有消极的品质。基于这样的前提,对传统文化加以质疑而有所扬弃有它的合理性。

我们希望站在分析的立场上,我们愿认同于近代结束之后中国知识分子的呐喊、抗争以及积极的文化批判。因为它顺应了社会现代化的历史要求,它的功效在于排除通往这一目标的障碍。但我们理所当然地注意到保存和发扬那些优良传统的必要,而避免采取无分析的一概踩倒的激烈。①

1993年,我读到谢冕老师的这篇序言,当时真是击节赞叹:文笔实在是太漂亮了。谢冕老师是诗人,他的文笔有诗的凝练与优美。

刚刚我们讲了第一种方法:以美诱人,就是把文章写得优美动人。肯定有同学会诉苦:老师,我从小写文章就没什么文采,总是干巴巴的,怎么办呢?还有一种办法,就是"以诚感人"。不会用成语,不会用修辞手法,文章没文采,也不要紧,你把文章写得真诚一点,就像一个人和你掏心窝子说话一样,用这种办法来打动人。

举个例子,钱理群老师有一篇文章《试论五四时期"人的觉醒"》②,

---

① 谢冕. 世纪末:中国知识分子的思索[G]//谢冕. 新世纪的太阳. 长春:时代文艺文学出版社,1993:1-2.
② 钱理群. 试论五四时期"人的觉醒"[J]. 文学评论,1989(3).

在这篇文章中，钱理群从自己的阅读印象出发，对五四时期文学中有关"人的觉醒"的表现，作了一定程度的整理归纳。文章的观点并没有太多新意，无非是表彰五四时期作家在推进"人的觉醒"方面所做的贡献。但在文章最后一段，钱理群老师说了一段非常真诚的话。

　　五四所提出的许多问题，包括在一些朋友看来，已经是十分肤浅、软弱、幼稚的人道主义命题，在当今多数或相当部分中国人民中还被认为是大逆不道的异端邪说而遭拒绝，以至围剿；惟其肤浅、软弱、幼稚（在这一点上，我与一些朋友在认识上并无分歧），这些命题仍然具有的现实意义，就特别令人感到悲哀与沮丧：我们仍然未从根本上走出历史循环的怪圈。有什么办法呢，我们只能如鲁迅1925年所说的那样，"什么都要从新做过"。更准确地说，既是前进又是停滞、循环的现实逼得我们一方面要做出新的努力，解决五四所未曾提出的问题，另一方面却又不能不对五四所提出的许多问题"重新做起"，而且要接受五四"浮光掠影"、"浅尝辄止"的历史教训，做得更扎实，更深入，更彻底。这是需要科学的理性与韧性精神的。如果不是这样，把追求目标当作现实存在，仅凭一时的热情，或者抓住某些现象，轻易地宣布五四已成为"历史"，那反而真正会重复五四过于肤浅与情绪化的弱点，客观上想"超越"，最后仍回到原来的起点上。说句老实话，我最耽心、忧虑的恰恰是，几十年后，我们的后代又要来"重新做过"，再像今天的"我"似的，写着《论五四时期"人的觉醒"》这样的文学史的研究论文，却不断地想着"仿佛什么也没有变"的现实，心沉甸甸的，笔也沉重，却要继续写下去，尽管明知文章写出来，发表了，也不过"如一箭之入大海"，不会有什么作用的……

　　钱老师的这段话说得非常真诚，非常沉痛，这就一下子激发了读者的同情心，也让读者认同了钱老师的观点。钱老师文章前面的内容，大家也能写出来，但是最后这一段话，大家就不一定能写得出来。不过今天我们举例了，大家以后可以借鉴这种以诚感人的方法。

　　再举一个例子。王晓明老师的《搁浅的航船》一文，评论了王宏志的著作《思想激流下的中国命运》一书，在这篇文章中，王晓明反思自己以前在研究中把"方法"看得比"材料"更重要，写了一段真诚而沉痛的文字。

　　我清楚地记得，从1980年开始的五六年里，我是怎样入迷地捧读理论著作。由美学而哲学，由认识论而本体论，越是难懂的书，我读得越虔诚。

为了理解结构主义，我会找来一堆语言学的书，一本接一本念；大约是被"数理逻辑"和"耗散结构"搅昏了头，我甚至买起了高等数学和物理学的书。作为一个专业的文学研究者，在好几年间，我看得最多的却似乎是哲学书。当然了，我这样一头钻进去，就是想学几样文学批评的新方法，正是那种"原来可以这样来分析文学?!"的兴奋心情，引诱我一次又一次翻开那些难懂的书。

……

一个人在疾驶的快艇上站久了，感觉就会发生变化。他会渐渐习惯于劲风的吹拂，习惯于享受急转弯的晕眩，追求大起落的刺激。我自己便是如此，在那几年间，凡看别人的著述，倘不能立刻发现全盘皆新的思路，听到掷地有声的断言，我就会失去兴趣，随手抛开。自己提笔作文，则往往大纲还没有拟就，心里先会冒上一股冲动，想要一下子列出震撼性的标题，宣布别出心裁的新论，要推翻前人的公断，自己另起炉灶，要逆着流行的思路，做翻案文章……那置身快艇式的亢奋越强烈，心态就越倾斜，越容易走极端，变得一天比一天浮躁，肤浅和粗糙。我对"方法"的崇拜，在这时候是达到了顶峰。

但是，就像一个人不可能老是纵情浪峰，他总得返回陆地，八十年代末，在人们从一系列的震动中惊醒过来时，文学研究界也从阿基米德式的亢奋中清醒过来。人们终于发现，虽然大道上尘土飞扬，实际却没有推进多少。看上去人人都在运用新方法，排列新思路，可你仔细读读这些年出版的书籍和文章，就会发现许多人对文学作品的具体感受，对历史材料的基本判定，其实都还是老一套，就仿佛造一幢新大楼，设计是新的，图纸也是新的，可那造楼的材料，还是用旧平房拆下来的砖和瓦，甚至最关键的预制件，也是照旧平房的尺寸铸就的，这大楼怎么造得起？这些年也确实提出了一些新创见，各处地方都长出了研究的新萌芽，可许多年过去了，你却难得看到有哪一株已经长成为大树，多数还是从前的老样子，依旧是几条空洞的宣言，不见有多少具体的实践，也依旧是某个局部的尝试，不见有多少深化和扩展。就以自己来说，新方法是知道了一些，对文学的了解却没有相应的增长，有时候我检索自己的头脑，竟会发现对许多作品的印象，都还是停留在多年以前，甚至是少年时代的水平上。我向人滔滔不绝地谈论文学，可实际上许多作品并未读过，我不过是在引用别人的意见。我在大学里讲授二十世纪中国文学，可直到不久前，我对这段文学历史的基本了解，还是十多年前当学生时看来的那一套。我们显然是被那理论之神的灵光照花了眼，我们醉心于购置和陈列武器，却忘了应该将它们付诸实战；我们醉心于解释文学，却忘了应该用双手和心灵去触摸它。一切文学批评和研究的根本目的，都是在扩大人类对文学的了解，倘若对观念和方法的入迷，竟然使我们变得疏懒和冷漠，不再有接触实际材料的欲望，不再向活生生的文学世界去汲取体验和灵感，这是多么荒唐的事情？①

大家注意，要以诚感人须在行文中多批评自己、反省自己，而不是表扬自己、夸耀自己。像王晓明老师这篇文章，就是在反省自己，批评自己。吹牛皮肯定不会让人觉得你很真诚，会给人王婆卖瓜，自卖自夸的印象，这样没人会相信你。所以，你要经常批评自己，我这个不知道，那个也不懂，姿态摆低一点，才会显得真诚，才会让别人相信你。

这又让我想起当代文学研究的一位大家洪子诚老师，洪子诚老师的文章就经常批评自己：谁谁谁指出了我的一个错误，我以前怎么样愚笨，走了什么弯路。写文章千万不要吹牛皮，不要自吹自擂，检讨自己，反省自己，才会让人觉得，你这个人真是坦诚啊，这才值得信任。

如果你不会以美诱人，可以尝试一下以诚感人，我觉得以诚感人的难度要小一点。

印象式批评要让人信服，第三个办法是讲述自己的心路历程，即讲述自己对作家作品看法的变化过程。读者总会和你其中一个看法相似，也会感兴趣你的看法是怎样变化的，为什么会变化。这样就能吸引读者。

王晓明的著作《无法直面的人生——鲁迅传》，我认为写得非常好，写得好的原因有很多，其中一个，我认为是王晓明在序言中讲述了自己对鲁迅看法的心路历程，王晓明这样说：

为鲁迅写一部传，一部凸现他精神危机和内心痛苦的传，是我久蓄于心的愿望。我曾经那样崇拜他，一直到现在，大概都没有像读他那样，认真而持续地读过其他人的书。书架上那一套淡绿色封面的《鲁迅全集》，大多数分册的书脊，都被我摩挲得裂了口。我生长在那样一个荒谬的年代，今天的年轻读者也许想象不到，我十七八岁的时候，唯一可以自由阅读的非"领袖"著作的全集，就是《鲁迅全集》。偏偏那里面的思想是如此深刻

---

① 王晓明. 搁浅的航船［G］//王晓明. 太阳消失之后——王晓明书话. 杭州：浙江人民出版社，1997：82-84.

复杂，文字又那样生动有力，它们自然会深入我的灵魂，在我的意识深处沉淀下来。在差不多十年的时间里，只要有什么事情强烈地触动我，我就多半会想起它们。譬如，从稍懂人事起，我在生活中几乎随处都感觉到人民的盲目和愚昧，种种大的事情且不去说，就是走在街上，也会看见歹人白昼作恶，周围的人群中却无一人上前喝止；去乘公共汽车罢，车子还没停稳，身强力壮的小伙子已经一哄而上，将下车的老夫人挤得踉踉跄跄。每当这种时候，我都会想起鲁迅那些刻画"麻木的国人的魂灵"的小说，想起他那"愚民的专制"的论断。无论是在七十年代中期，我在工厂做工，从广播里听到那些可笑的政治宣传，禁不住心生厌烦，还是八十年代以后，我开始在大学任教，惊讶于知识界中竟有这么多卑琐、狭隘、懦怯和无耻，我都会记起鲁迅，记起他对形形色色的愚民术的憎恶，记起他那句"中国其实并没有俄国之所谓知识阶级"的沉痛的告白。不用说，我选择文学批评作自己的职业，那样忘情地与人议论社会、民族和人生，甚至被若干年轻的学生讥为"理想主义"，也正是因为鲁迅"我以我血荐轩辕"一类的誓词在我心头回荡得太久了。有时候，我甚至在文章上不自觉的摹仿鲁迅，竭力显出一脸严峻的神色，那就不单是在看待人世的眼光上以他为师，而且在面向人生的姿态，对待自己的期望上，都下意识地与他认同了。

  时间飞快地过去，人生体验不断增加，我现在对鲁迅的看法，自然和先前大不相同。从他对阿Q们的居高临下的批判当中，我愈益体会出一种深陷愚民重围的不自觉的紧张，一种发现自己的呐喊其实如一箭射入大海并不能激起些微浪花的悲哀；从他对历代专制统治者的轻蔑背后，我也分明感觉到一种无能为力的痛苦，一种意识到思想和文字远远敌不过屠刀和监狱的沮丧；从他对形形色色的知识分子，尤其是对吕纬甫、魏连殳一类颓唐者的剖析当中，我更看到了他对自己的深刻的失望，对心中那挥赶不去的"鬼气"的憎恶；从他那强聒不舍的社会斗士的姿态背后，我还看到了深藏的文人习气，看到了他和中国文人精神传统的难以切断的血缘联系。他写过一篇题为《论睁了眼看》的文章，断言"中国的文人，对于人生——至少是对于社会现象，向来就多没有正视的勇气"，因此他呼吁人们"取下假面，真诚地、深入地、大胆地看取人生"。可是我对他的了解越是深入，就越禁不住要认定：他自己也并不能真正实践这个呼吁，面对自己处处碰壁，走投无路的命运，他就不止一次地发生过错觉。这也难怪，一个人要直面人生，也须那人生是可以直面的，倘若这直面竟等同于承认失败,承认人生没有意义,承认自己是个悲剧人物,必然要沉入绝望的深渊,等待无可延宕的毁灭——你还能够直面吗?不幸的是,鲁迅恰恰遇上了这样的人生,他自然要发生错觉了。我甚至想,能够懂得这人生的难以直面,大概也就能真正懂得鲁迅了吧。我不再像先前那样崇拜他了,但我自觉在深层的心理和情感距离上,似乎是离他越来越近,我也不再将他视作一个偶像,他分明就在我们中间,和我们一样在深重的危机中苦苦挣扎。①

　　王晓明老师写出了两次不同的阅读感受,勾勒出一个心路历程。这个心路历程前后有一个变化,这等于设置了一个悬念,提出了一个问题。读者会情不自禁地想,他的看法为什么会产生变化呢?这就能吸引读者看下去。同时,王晓明老师的讲述又很真诚,这就使得其观点更容易得到认同。

　　再看一个例子,王晓明老师写的对沈从文小说《黔小景》的评论文章。这篇文章也是印象式批评。我们看文章的前两段:

　　十年前我读过这篇《黔小景》,记得是一目十行,很快就看完了,随手往桌上一搁,心中并不起什么反应。那时候我正扬眉捋袖地写一篇长长的毕业论文,满脑子神圣的文学理想,可这《黔小景》写的是什么呢?贵州三月的深山和细雨,绵绵雨雾中的阴晦和泥泞,在这泥泞中负重奔走的商人,以及迎接这些商人的客舍,客舍中的热水、糙米饭,和发硬微臭的棉絮:这一些都与我隔得太远了。一篇小说要获得读者的理解,也需这读者有一份适合去理解的心情,以我那时的天真和偏执,自然是难与这《黔小景》发生共鸣的。

　　十年过去了,我对人生的体验逐渐增加,再重读这篇小说,感觉就和当初不大一样。譬如第一段,一上来就打动了我,特别是"大小路上烂泥如膏","挨饿太久,全身黑区区的老鸦"等几句,一直激起我的想象,造成我的错觉,仿佛自己也正陷在那泥泞之中。我由此也领会了作者的用心,他是精心安排了这样一段动人的开头,要将读者一下子拽入那阴晦迷蒙的情绪氛围。②

　　这两段,王晓明老师描述了自己的心路历程,同一部小说,十年过去了,再重读时,感觉就和当初大不一样。那为什么感觉会大不一样呢?这

---

① 王晓明.无法直面的人生——鲁迅传[M].上海:上海文艺出版社,1993:1-3.
② 王晓明."沉默无言"的暗影——读沈从文的《黔小景》[G]//王晓明.太阳消失之后——王晓明书话.杭州:浙江人民出版社,1997:166.

就设置了一个悬念，吸引读者看下去。

如果你写评论文章，写不出来时，可以尝试一下这个办法，你检查一下自己的几次阅读，有没有不同的感受。如果有，你将这个变化的过程讲述出来，并予以分析，这篇文章也就自然而然地写成了。

思考题：
用真诚的话语讲述一段自己对作家作品看法的心路历程。

印象式批评（2）

印象式批评学术含金量不高，怎样提高印象式批评的学术含金量呢？上一讲我们讲了三种办法。这一讲我们再讲三种办法。

你如果根据自己的印象批评作家作品，必须拿出证据证明时，最好的证明方法是"同题比较"，即找另外一个作家所写的同题文章进行比较，一比较，就可以检验出好坏、优劣，大家就会相信你的印象。当然，同题作文的现象在文学史上不大常见，如果你找不到其他作家的同题作文，也可以自己尝试一下同题作文。我自己阅读文学作品，主要的判断标准是：如果我也能写出同样的作品，那这部作品水的平就一般，如果这部作品我自己写不出来，那它就是好作品。

先看一个例子，吴小如先生的《说李白〈玉阶怨〉》。

吴小如先生文章开头即说："《玉阶怨》本乐府旧题。郭茂倩《乐府诗集》卷四十三《相和歌辞·楚调曲》中收此题共三首，即谢朓、虞炎和李白各一首，而以李白这一首最有名，写得也最好。"① 然后分析了李白的《玉阶怨》"玉阶生白露，夜久侵罗袜。却下水精帘，玲珑望秋月"，认为此诗并非泛咏宫怨，而是确有所指，即专咏西汉成帝时之班婕妤，并作了一段赏析：

夫此身既为弱质女子，又美而多才，既有可能受到强暴欺凌，复不免遭到铄金之谗口，因此即使庭阶无人，茕茕独立，犹顾忌罗袜之浸湿，为人们闲言碎语所讥诮；只有转入户中，"却下水精帘"，以示与世隔绝，屏弃尘嚣。而自己望幸之心（亦即贤士思为世用之心）无时或已，在这种又怨又怕的心情支配下，不能自已地仍复凝伫于闺中，透过珠帘，徒倚而"望秋月"。这种矛盾曲折的细微心理，只有李白这样高才逸思，才能传神阿堵，写得出来。至于"玲珑"二字，鄙意实涵三义。人之玲珑，珠帘之玲珑，月之玲珑，可能都兼而有之。妙在介乎人与帘与月之间，而并未断

---

① 吴小如.说李白《玉阶怨》[G]//吴小如.含英咀华：吴小如古典文学丛札.北京：北京大学出版社，2012：105.

然指实，于是这首诗在蕴藉委婉的同时，也显得玲珑剔透了。①

赏析完毕，吴小如先生又引用了谢朓的同题诗"夕殿下珠帘，流萤飞复息。长夜缝罗衣，思君此何极！"和虞炎的同题诗"紫藤拂花树，黄鸟度青枝。思君一叹息，苦泪应言垂"，进行了对比分析："谢诗颇饶意趣，虽较切直，仍不失为佳作，首二句且为白居易《长恨歌》'夕殿萤飞思悄然'句所本。虞诗不仅意尽，末句还显得生硬拗口（其意为应声而泣，闻言而泪下），去李白之作远甚。于是乃知李白为大不可及也。"②吴小如老师认为李白的这首《玉阶怨》写得很好，读者可能还不承认，但吴小如老师拉来两首同题作品一比较，读者可能就不得不承认，李白这首诗确实更胜一筹。

再看第二个例子，黄天骥老师的《三首〈贫女〉的比较》③。

黄天骥老师这篇文章比较了晚唐诗人薛逢、李山甫和秦韬玉的三首同题诗作《贫女》，他认为，薛逢的诗作水准一般，李山甫的相对技高一筹，秦韬玉的出类拔萃。如果黄老师只评价这三首中的一首，说这首诗水准如何如何，大家可能不大相信，但他将三首诗摆在一起分析比较，观点就非常具有说服力。

薛逢的《贫女吟》一诗是这样的："残妆满面泪阑干，几许清幽欲画难。云髻懒梳愁折凤，翠蛾羞照恐惊鸾。南邻送女初鸣佩，北里迎妻已梦兰。唯有深闺憔悴质，年年长凭绣床看。"黄天骥老师认为："这首诗，用了一些颇为华美的词藻，但总体而言，创作是失败的。首先，就诗中两联而论，对偶是工整的，却有'合掌'的毛病，它上下两句，重复说着是同一个意思，十四个字等于七个字，浪费了笔墨，此属诗家大忌。其次，这诗以'贫女'为题，但诗中描写的，哪里有贫的内容？作者写她没有打扮，那是她内心的思想问题。勉强能和贫穷扯得上边的，是末句出现'绣床'一词。绣床应是指女性用以刺绣的工具，不是用作睡觉的绣榻。不过，过去妇女，不论贫富，都要做'女红'。因此，若以'绣床'表现这女子的贫，严格来说，也不准确。以我看，与其说薛逢这诗，写的是贫女，不如

---

① 吴小如．说李白《玉阶怨》［G］//吴小如．含英咀华：吴小如古典文学丛札．北京：北京大学出版社，2012：107．

② 吴小如．说李白《玉阶怨》［G］//含英咀华：吴小如古典文学丛札．北京：北京大学出版社，2012：108．

③ 黄天骥．三首《贫女》的比较［G］//黄天骥．黄天骥诗词曲十讲．广州：花城出版社，2015：70－78．

说它写的是怀春的剩女。因为诗中一点没有写她如何贫苦，只写她内心的痛苦。这痛苦，是因为南邻北里的青年都成婚了，只有她独在深闺。至于为什么她嫁不出去？诗人没有半句涉及。所以，这诗水平并不高。"

这样批评，说服力也许还不是很强。黄天骥老师又拉来李山甫的一首《贫女》来作比较。李山甫的诗是这样的："平生不识绮罗裳，闲把金簪暗自伤。镜里只应怜素貌，人间多是重红妆。当年未嫁还忧老，终日求媒即道狂。两意定知无处说，暗垂珠泪滴蚕筐。"

黄天骥老师认为："和薛逢的诗不同，李山甫诗的第一句，让抒情主人公说她平生以来，不知道什么是贵重的衣服，这就把'贫'字点破了。第二句就说她在无聊的时候，便拿起金簪暗自悲伤了。所谓金簪，是金属簪的泛指，例如铜簪，也可称金簪。至于为什么闲把金簪，这女孩便自觉悲伤呢？因为，过去女性如果用发簪绾起头发，梳成髻子，便意味着结了婚了。当她拿起了金簪，便自然想到，在什么时候才用它来绾发成髻的婚姻问题。一想到这里，就不由得暗自悲伤了。从拿起金簪，便自然地联系到梳妆打扮了。和薛逢所写不同的是，薛诗写贫女懒得打扮，因为一打扮，发现自己那么美，却又迟迟未嫁，不禁悲从中来。而李诗，则写贫女是对镜梳妆的。可是在梳妆时，便发出感慨。她发现镜里的自己，长得白白净净，蛮好看的。她认为，人们本应只爱像她那样不施脂粉，具有自然美的女孩子；可是，在现实生活中，情况却正好相反，人们只是看重那些浓妆艳抹的女人。这一联，实际上不仅是谈打扮的问题，而是从对美的评价中，接触到社会价值观的问题。诗人从贫女长得素净、真实而得不到赏识，联系到在现实生活中，存在着只重视乔装打扮表里不一的人物的现象，为此感到不平。这样的写法，当然远比薛诗深刻。第五、六句是说：贫女正当豆蔻年华，可是因家贫，没法嫁出去，这不能不让她担忧。再深想一层，如果拖延时日，人老珠黄，那怎么办？这让她越想越怕。而要改变命运，唯一的办法，就只有赶快结婚，找一个好人家。这是在封建时代妇女的普遍希望。在婚姻无法自主的情况下，谈婚论嫁，只好急切地请求媒人帮忙。这一来，又招致别人认为是举止轻狂的讥讽。人言可畏，实在让她左右为难。这两句，看似浅白，但能表现出贫女内心的苦恼和外在的压力，写得比较深刻。如果和薛诗的五、六句作一比较，显然，薛诗只写到那贫女羡慕别人在嫁娶，在那里顾影自怜，相形之下，便觉肤浅。诗的最后说，'两意定知无处说，暗垂珠泪滴蚕筐'。两意，指的是忧贫和忧嫁。她这两层的担心,让她着急地求媒,但又招致别人讥讽。而她也早就预料到有这样的结果,可又无处诉说,'哑巴吃黄连,有苦自家知',只好暗自悲伤,让泪水滴在蚕筐上。蚕筐,是劳动工具,这和贫女身世暗合,不同于薛诗用不确切的'绣床'一词。"

黄天骥老师最推崇的是晚唐诗人秦韬玉的《贫女》。这首诗是这样的:"蓬门未识绮罗香,拟托良媒益自伤。谁爱风流高格调,共怜时世俭梳妆。敢将十指夸针巧,不把双眉斗画长。苦恨年年压金线,为他人作嫁衣裳。"黄天骥老师将秦诗与前面的诗歌相比,这样分析说:

秦诗的第一句,和李诗的第一句,基本上是一样的,但仔细品味,又有所不同。秦诗首提"蓬门",蓬门是用蓬草搭成的柴门。这两字一下,这女子的贫穷身世,便被点明了。秦诗说贫女"未识绮罗香",是说她未曾领略过绮罗制成的贵重衣服的香气,从来未穿过绮罗衣服的意思。这比李诗说"平生不识绮罗裳",更为贴切。试想,从事纺织的贫女,怎会不认识衣料是否珍重呢?相形之下,李诗显得过分夸张,反不完全切合实际。

秦诗的第二句,和李诗的五、六句相近,贫女也知道,要改变自己的命运,只有找个好婆家。请注意,秦诗明确说"托良媒",是要找个好媒人,找个有能力、有眼光、能真实反映情况的媒人。她把希望寄托在"良媒",而不是找些能说会道的一般的三姑六婆。但秦诗不同李诗的是,李诗写贫女"终日求媒",而秦诗说贫女只想到"拟托",她只准备委托一个好的媒人帮助自己。实际上,她还没有去找哩!但刚刚有这念头,便越发感到悲伤了。这样的写法,比李诗所说终日求媒,人言可畏,更为细致深刻。而从"拟"字到"益"字,也能写出贫女内心矛盾的过程。

为什么贫女会越发伤心?秦诗的第三、四句便顺着写贫女的想法。"谁爱风流高格调"?这是反问句,意思是说,在当下,有谁喜爱像她那样有才华、有品位、格调高雅的人物?因为时下的眼光,都是低下的,俗不可耐的。贫女认为,她越是高雅,越是不可能被世俗人们所接受。这便是她"益自伤"的原因。

"共怜时世俭梳妆",这一句,比较费解。……怜,这里是喜爱的意思。共怜,指的是共同喜欢。至于时世,其实即时髦的意思。时世妆,也是中唐时期一个特有的词组。据陈寅恪先生在《元白诗笺证稿》中指出,从天宝到贞元期间,有一种打扮,被称为"时世妆"指的是时髦打扮。……至于"俭",通"险"。俭妆,即险妆。《唐书》中有"禁高髻险妆"条。险妆是指时髦的古怪的打扮。中唐以后，女性流行这样的"时世险梳妆"，例如梳髻，有所谓"半翻髻"、"闹扫妆髻"、"抛家髻"、"堕马髻"之类，画眉则有"鸳鸯眉"、"小山眉"、"五岳眉"、"三峰眉"、"蛾眉"等等，涂唇则有"啼妆"、"红妆"、"泪妆"。总之，这些都属时世的"险梳妆"，是富贵人家女性的时髦打扮，是唐代社会的风尚。在秦韬玉笔下的贫女，她认为这很可笑，对此也忿忿不平。当然，秦诗中的贫女，是从她自己因贫穷而无法谈婚论嫁的痛苦，发展到对时下妇女共同喜爱"险妆"的讥讽。但是，诗人真正的着眼点，是通过贫女的怨恨，针砭当时整个社会风气堕落。

把秦诗的三、四句和李诗的三、四句相比，两者意思相通，但高下立见。在李诗，语调平缓，诗人只叙述了现实生活中不合理的现象，而秦韬玉的这一联，则在叙述现实生活不合理的同时，使用"谁爱"的反诘句式，从而流露出忿忿不平的情感。这不仅使作品结构产生曲折变化的效果，而且也表明作者对社会认识程度深浅的不同。

承接着忿忿不平的语气，诗的五、六两句，秦韬玉又透露贫女倔强兀傲的情绪。贫女知道，她出身贫贱，格调虽高而不合时宜，但她毫不自卑，相反，她很自豪，"敢将十指夸针巧"，她敢于夸耀她自己刺绣的本领。在过去，女红亦即刺绣，是显示女性才能的重要方面。在文学作品中，也常以刺绣手段来表现人物的心灵手巧，像《红楼梦》写晴雯补裘，就是其中的一例。这一联，秦韬玉既写出贫女的自信心和自豪感，表现出贫穷的劳动者骨气，实在难能可贵。这和薛逢笔下的贫女，只是羡慕邻家婚嫁落泪悲伤大不一样。当然，秦诗写贫女的心情，也是作者的自况，它寄寓着诗人傲然自负，不屑与凡夫俗子同流合污的态度。

第七、八两句是全诗最精彩之笔。"苦恨"两字，分量很重，比伤心又进一层。这贫女年复一年，裁缝华丽的衣服，那是别人制作出嫁的衣妆。"压金线"，即以指头用力压着金线制作的意思，这是劳累活，有过缝衣经验的人，都会理解。可怜这贫女年年都要缝制嫁衣，却不是给自己穿的。为了生活，她不能不制造嫁衣，而辛勤劳动的成果，却供别人享用。她没有幸福，眼看别人出嫁，只能用自己的辛勤，为别人编织幸福。她心有不甘，又很无奈，一边缝，一边心里泛起了多少波澜！

在这里，作者选用"作嫁衣裳"的细节来表达贫女的心理状态，十分精妙。首先，这女子要谋生，便要替别人缝衣，这和贫女的身份切合。其次，她缝制的是用金线刺绣的衣服，只配给富贵人家享用衣服，而她则从来"未识罗绮香",这是多么的不平等。宋代张俞有诗:"昨日入城市,归来泪满巾,遍身罗绮者,不是养蚕人。"《蚕妇》意思也一样,但秦诗这句,写得更深刻,那辛苦地压痛了指头缝成的珍贵衣裳,与荆钗布裙缝制者的贫贱,构成鲜明的对比。更重要的是,她缝制的是女性出嫁所需的衣服,这必然引起"拟托良媒益自伤"的贫女,产生复杂的联想,这滋味,不是别的劳动所能比拟。试想,如果诗人把"嫁衣"改作"新衣"、"绣衣"之类的词语,那么,效果将完全不同。在李山甫的诗里,也写到贫女"暗垂珠泪滴蚕筐",蚕筐和贫女的身份也有联系,但与贫女待嫁的心态无关。可见,诗人对意象的运用,反映出他对生活观察的能力,以及艺术水平的高下。也正因为秦韬玉选择这一意象,具有深刻的典型性,"为人作嫁",也成为汉语中的成语。

和薛逢、李山甫所咏的贫女相比,秦韬玉的高明,还在于以顿挫的笔触,层层推进地表达贫女复杂的心态。整首诗,作者从"自伤"着墨,第一、二句是自伤身世的不幸,第三、四句,从自伤发展到伤时,发展为对现实生活的不满。而在伤时的同时,又包含"自伤"的意绪。第五、六句,则表现贫女的自信和自负,这情绪的变化,在诗的结构中有顿挫的作用。所谓顿挫,是诗意出现高低起伏的状态,它像摇橹一样,通过短促的反作用力,推动舟船的前进。贫女的自强自重,和自伤自怜,构成两股反作用力,让读者清晰地看到贫女思想感情的发展过程。但是,贫女即使是自负自傲,有志气,有能力,也不可能改变自己的命运。也就是由"自伤"进而为"苦恨",发展为具有广泛意义的更大的悲哀。

通过对三首同题诗细致深入的比较,黄天骥老师最后得出结论:"这三首诗,同是八句,同是写未嫁的贫女,但贫女感情抒发的重点各不相同,诗人的表现力也各不相同。通过比较,我们可以判断作者不同的思想水平和艺术水平,也可以提高我们的鉴赏和分析能力。"

这个结论是令人信服的。黄天骥老师对三首诗作了细致入微的比较,在比较中将薛逢、李山甫诗作的短处指出来了,同时在比较中鉴定出秦韬玉诗作的长处。我想如果三位作者重生,看到黄天骥老师对他们诗作的评点意见,恐怕也不得不服气。

再看第三个例子,余光中先生的文章《评戴望舒的诗》[①]。

---

① 余光中. 评戴望舒的诗 [J]. 名作欣赏, 1992 (3).

余光中此文的核心观点是，虽然戴望舒名气很大，但其实成就有限。其作品水准，高下颇不一致，真正圆融可读的实在不多。特别是其语言，常常失却控制，不是陷于欧化，便是落入旧诗的老调，能够调和新旧融贯中西的成功之作实在不多。余光中对戴望舒的诸多名篇都进行了批评，其中特别批评了戴望舒的《村姑》一诗。原诗是这样的：

村里的姑娘静静地走着，
提着她的蚀着青苔的水桶；
溅出来的冷水滴在她的跣足上，
而她的心是在泉边的柳树下。
这姑娘会静静地走到她的旧屋去，
那在一棵百年的冬青树荫下的旧屋。
而当她想到在泉边吻她的少年，
她会微笑着，抿起了她的嘴唇。
她将走到那古旧的木屋边，
她将在那里惊散了一群在啄食的瓦雀，
她将静静地走到厨房里，
她将静静地把水桶放在干蒭边。
她将帮助她的母亲造饭，
而从田间回来的父亲将坐在门槛上抽烟，
她将给猪圈里的猪喂食，
又将可爱的鸡赶进她们的巢里去。
在暮色中吃晚饭的时候，
她的父亲会谈着今年的收成，
他或许会说到他的女儿的婚嫁。
而她便将羞怯地低下头去。
她的母亲或许会说她的懒惰，
（她打水的迟延便是一个好例子，）
但是她会不听到这些话，
因为她在想着那有点鲁莽的少年。

余光中认为："这首诗的构思和布局本来不坏，坏在语言。冗长而生硬的散文句法，读起来有如西洋诗的中译，或是唐诗的语译，意思是可解的，但不是中文。一共只有二十四行，却有十二个'她'，一个'他'，九个

'她的'，一个'他的'，一个'它们的'，共为二十四个，平均每行一个代名词；其实大半可以删去，结果不但无损原意，而且可以净化语言。其次，形容子句用得太滥：'在泉边吻她的少年'，'从田间回来的父亲'等都是例子。每个名词头上都顶着这么一个大帽子，真是吃力。还有一项严重的欧化，便是表示未来或常态的'将'与'会'；作者在诗中一共用了七个'将'，六个'会'，画蛇添足，反而损害了中文动词的优越弹性。此外，有些事情，英文用'形容词加名词'来表达，中文用一个浑成的短句就可以了。例如末段的前两行：她的母亲或许会说她的懒惰，（她打水的迟延便是一个好例子，）在西洋语法的影响下，戴氏陷入了'某人的某事'的公式，竟忘了中文的语法是说'某人如何如何'。现在把这两句改写于后，看是否比较像中文：母亲或许会说她懒惰（她打水迟归，便是好例子）。"

余光中在诊断《村姑》的欧化之病后，把《村姑》全诗改写了一遍。

村里的姑娘静静地走着，
提着青苔剥蚀的水桶；
冷水溅滴在她的跣足上，
她的心却在泉边的柳树下。
她静静地走到旧屋子去，
百年的冬青树下，那旧屋；
想到在泉边吻她的那少年，
她便微笑，抿起了嘴唇。
她走到那古旧的木屋边，
惊散了一群啄食的瓦雀，
她将静静地走到厨房里，
静静地，把水桶放在干蒭边。
有时，她帮着母亲做饭，
父亲从田间回来，坐在门槛上抽烟。
她喂罢猪圈里的猪，
又把可爱的鸡赶进巢里。
在暮色中吃着晚饭，
父亲谈起今年的收成，
或许还说到女儿的婚事。
她便羞怯地低下头去。

母亲或许会说她懒惰,
(她打水迟归,便是好例子,)
但是她听不进这些话,
正想着那有点鲁莽的少年。

余光中先生说:"无论如何,删改后的《村姑》比起未删的原作来,毕竟眉清目秀,瞭然得多了。我删掉的,大半是中文不需要更承受不起的代名词、辅动词、联系词、形容子句等———一句话,语法上的种种'洋罪'。所谓'新文艺腔',就是甘受洋罪的一种文体,看起来是中文,听起来却是西语,真是不中不西的畸婴。《村姑》原作295字,删后减为236字。一首相当有名的新诗,为什么删掉50多字,只留下五分之四的篇幅后,不但无损原意,反而有助表达呢?难道所谓新诗,只是一种漫不经心的'填字游戏'吗?把纯净的中文扭曲成洋腔,把大量本国的和外国的冗词虚字嵌进节奏的关节里去,就成了新诗的语言了吗?"

余光中修改后的《村姑》确实比戴望舒的原诗要好得多,这就佐证了余光中对戴望舒《村姑》的批评意见是正确的。

批评家在批评一部作品时,经常会遇到作家的反诘:"你有本事,写来试试?"以前批评家会拿食客和厨师的比喻来推辞:"我虽然不会炒菜,但我有资格批评你的菜炒得不好。"这话说得有理,但作家还是口服心不服。但如果批评家敢说:"试试就试试。"且批评家写的作品真比作家写得好,那作家应该是心服口服的。

提高印象式批评学术含金量的第五种办法,是提炼观点。

在读一部作品或研究一个作家时,你可能会有很多感慨、触动等印象,读完之后,可以将这些感慨和触动等印象做个归纳和总结,合并同类项,化繁为简,从感性认识到理性认识,形成对这部作品或这个作家的核心判断,即提炼出一个核心观点。写作时则围绕这个核心观点,将自己的印象铺展开来。

比如谢冕老师的文章《一颗星亮在天边》[①],是为穆旦诗集所作的序言。谢冕老师在文中描述了自己对穆旦很多诗作的读后印象,但如果仅仅描述自己的印象,文章将没有核心,一盘散沙。谢冕老师在读穆旦的作品,发现这首诗写得好,那一首也写得好,这么多首诗都写得好,于是他将自己

---

① 谢冕. 一颗星亮在天边[J]. 名作欣赏, 1997 (3).

的阅读印象形成条例，提炼出这样一个观点："穆旦是一个诗歌天才，但他生不逢时，所以终被遮蔽。"有了这一核心观点，谢冕老师的这篇序言就纲举目张了。

还有一种办法，就是把"印象"变成"现象"，这就把印象式批评转换成侦探式批评，侦探式批评里面有一条就是"发现现象"。举个例子，钱锺书先生在《谈艺录》中有一章分析李贺，用的就是这种办法。这一章标题为《长吉年命之嗟》，我们先看钱先生的分析。

细玩昌谷集，舍侘傺牢骚，时一抒泄而外，尚有一作意，屡见不鲜。其于光阴之速，年命之短，世变无涯，人生有尽，每感怆低徊，长言永叹。《天上谣》则曰："东指羲和能走马，海尘新生石山下。"《浩歌》则曰："南风吹山作平地，帝遣天吴移海水。王母桃花千遍红，彭祖巫咸几回死。"《秦王饮酒》则曰："劫灰飞尽古今平。"《古悠悠行》则曰："白景归西山，碧华上迢迢。今古何处尽，千岁随风飘。"《过行宫》则曰："垂帘几度青春老，堪锁千年白日长。"《凿井》则曰："一日作千年，不须流下去。"《日出行》则曰："白日下昆仑，发光如舒丝。奈尔铄石，胡为销人。羿弯弓属矢，那不中足，令久不得奔，诅教晨光夕昏。"《拂舞歌词》则曰："东方日不破，天光无老时。"《相劝酒》则曰："羲和骋六辔，昼夕不曾闲。弹乌崦嵫竹，挟马蟠桃鞭。"《梦天》则曰："黄尘清水三山下，更变千年如走马。"皆深有感于日月逾迈，沧桑改换，而人事之代谢不与焉。他人或以吊古兴怀，遂尔及时行乐，长吉独纯从天运着眼，亦其出世法、远人情之一端也。所谓"世短意常多"，"人生无百岁，常怀千岁忧"者非耶。①

上段话中的"细玩昌谷集，舍侘傺牢骚，时一抒泄而外，尚有一作意，屡见不鲜。其于光阴之速，年命之短，世变无涯，人生有尽，每感怆低徊，长言永叹"，其实是钱锺书对李贺作品的一个印象，但钱锺书将这个主观印象转化为一种客观现象。这就将印象式批评转化为侦探式批评中的"发现现象"模式，增加了学术含金量。

如果不能从自己的印象中提炼出观点，那么，还可尝试用一个外在的理论来包装自己的印象。外在的理论会给你提供一个新的思考角度，让你戴上一副眼镜，这样你会看见作家作品中新的细节，会形成新的印象，然后用理论加印象的方式将自己的观点表述出来。这是提升印象式批评学术

---

① 钱锺书. 谈艺录[M]. 北京：生活·读书·新知三联书店，2008：151.

含金量的第六种办法——理论包装法。

看一篇例文，孔庆东老师的《从〈雷雨〉的演出史看〈雷雨〉》①。

孔庆东老师文章开头就亮出了接受美学理论。孔庆东老师发现，长期以来，研究话剧总是以剧本为中心，至于剧本怎么演，为什么这么演，读者怎么评，为什么这么评，好像不是文学研究的课题。对此，孔庆东老师指出："根据接受美学的观点，纯粹的案头剧本，已经丧失了戏剧的体裁意义，只能看作是一种戏剧体的小说。离开了导演和演员，离开了舞台和观众，戏剧就没有存在的价值和意义了。"而在戏剧的接受过程中，"演出者成了关键部分。他们一方面直接面对作者、面对剧本原作，对剧本进行原始接受，另一方面又直接面对观众，把原始接受之后的理解加以再创作，把这再创作的成品呈现给观众。因此可以说，一部话剧的接受史是以它的演出作为里程标记的"。

孔庆东以丰富的史料勾勒了《雷雨》的演出史。他发现，在《雷雨》1935年4月的首演及此后中国旅行的多次演出中，序幕和尾声都被删掉了。经过导演删节之后演出的《雷雨》，已经是另外一部《雷雨》了。曹禺的原意是要写叙事诗，可观众只看到了叙事，没有诗；曹禺的原意是要给人以辽远的幻想，故事发生在十年以前的又三十年前，可观众偏偏捉住了实际的社会问题而连哭带骂；曹禺的原意是要表现整个宇宙的"残酷"，所有的人都逃不脱罪恶的深渊，观众却说"雷雨"象征了资产阶级的崩溃。

孔庆东认为，这样的误解并不是演出者有意要跟作者作对，当时的几位文坛魁斗如鲁迅、郭沫若、巴金、茅盾、沈从文也都是戴了社会问题的眼镜来看《雷雨》的。可见，《雷雨》主题意义的社会化是整个中国社会本能选择的结果。因为它毕竟诞生在这样一个充满种种社会问题、充满种种现实苦难的国度，读者没有雅兴去听它那神圣的巴赫音乐。

孔庆东发现，1949年后，《雷雨》刚开始以"反封建"的面目出现在新中国的舞台上，而随着"左"倾思想的影响，《雷雨》中阶级斗争的弦越绷越紧。导演把《雷雨》的主题思想"归结为资产阶级与劳动人民的道德观念的矛盾冲突"，立志要"解决同情谁、憎恨谁的问题"，所以"把鲁家四人都理解成为被迫害、引起人们同情的人们"，鲁贵被解释成

---

① 孔庆东. 从《雷雨》的演出史看《雷雨》[J]. 文学评论，1991（1）.

一个"本质上是好的""值得同情的人物",周萍被解释成"十足的资本家阔少",而繁漪则被"处理得像一个善于寻衅的'活鬼'""一个十分自私、阴毒的女人"。

孔庆东还发现,到了"文化大革命",《雷雨》又被痛斥为"极力宣扬阶级调和、阶级投降,鼓吹资产阶级人性论,大肆诬蔑中国共产党领导下的工人运动"。粉碎"四人帮"后,1979年北京人艺排演《雷雨》,再次强化了反封建的主题,并把反封建具体到了反家长制上,这与当时的时代精神不谋而合,抓住了这个主题,戏中的关键人物自然就成了周朴园。1982年,天津人艺公演《雷雨》,以罕见的力度最大限度地贴近作者原意,然而这次创新的演出并没有获得一致好评。"看来《雷雨》注定要背叛主人的原意,真的不是人力所能挽回的。"

1989年,北京人艺第四度排演《雷雨》,这次演出更体现出角色之间的共性而不是外在的命运对立,强调出各个角色共同的痛苦、共同的良心和共同的劣根性,淡化了人物的社会身份和道德评价,更加深掘到内心底层,表现出他们灵魂上的自我搏斗。除了没有序幕尾声外,在很大程度上与作者的原意有所契合。阶级斗争的气味自是一洗无余,社会悲剧的意味也不是那么绝对和肯定。它基本做到了让人们在一个更加广阔的背景上去思考"谁之罪?"

孔庆东最后认为,《雷雨》的经久不衰,证明了它是一部伟大的戏剧,也证明了接受美学大师姚斯的论断:"艺术作品的本质建立在其历史性上,亦即建立在从它不断与大众对话产生的效果上;艺术与社会之间的关系只能在问题与答案的辩证关系上加以把握。"

孔庆东在看过《雷雨》的不同演出版本之后,心目中有了一些印象。如何将这些印象铺陈出来,写成有一定学术性的论文?他借鉴接受美学理论,从头到尾披上接受美学的理论铠甲,就把自己的印象包装得"高大上"了。

再看一个例子,林兴宅老师的论文《论阿Q性格系统》①。

该文指出,阿Q形象诞生60年来,发表过的有关评论恐已百计,但是在阿Q是什么性质的典型,阿Q主义的来源,阿Q典型的意义等问题上,论者见仁见智、各执一隅。但是这些不同意见的争论在方法论方面有

---

① 林兴宅. 论阿Q性格系统 [J]. 鲁迅研究月刊, 1984 (1).

惊人的相似之处，"就是对阿Q性格的整体进行机械的切刈或剥离，然后以局部求解整体"，"单纯从社会学的角度考察阿Q的性格特征"，"把阿Q典型看成是封闭的、静止的东西，采用的是静态分析法"。林兴宅由此提出，"对于阿Q这样复杂的典型性格，很难用线性因果关系的逻辑方法来处理，很难用一个判断说清楚，而必须运用系统的方法，对它作出大规模的综合"，"用系统论的观点看，阿Q性格是一个复杂的系统，它是由各种性格因素按一定的结构方式构成的有机整体"。林兴宅把阿Q的性格因素分为这样八组：质朴愚昧但又圆滑无赖、率真任性但又忍辱负重、狭隘保守但又盲目趋时、排斥异端而又向往革命、憎恶权势而又趋炎附势、蛮横霸道而又懦弱卑怯、敏感禁忌而又麻木健忘、不满现状但又安于现状。林兴宅认为，"阿Q性格充满矛盾，各种性格元素分别形成一组一组对立统一的联系，它们又构成复杂的性格系列。这个性格系列的突出特征就是两重性，即两重人格"。林兴宅进而指出，"两重人格、退回内心、丧失自由意志"，这是阿Q性格的三个特征。"阿Q性格的这三个特征就是奴性的三种典型表现。因此，我们必须把阿Q性格界定为奴性性格。""作为奴性心理的典型形式的阿Q性格便具有巨大的概括力，它是阿Q形象具有超越阶级、时代、民族的普遍意义的信息基础。"这种奴性性格，是阿Q性格的自然质。

林兴宅还提出，认识阿Q性格的时候，不能停留在对他的自然质的认识上，还要考察它的功能质和系统质，它们共同组成对阿Q性格的系统认识。阿Q性格的功能质主要有三个方面：阿Q性格就是文艺欣赏中被改造成为当时的失败主义社会思潮的象征，阿Q的形象，在各个时代的读者的审美再造的世界中成了国民劣根性的象征物，阿Q性格被改造为世界荒谬性的象征。从阿Q性格的自然质这一层次来说，它是特定阶级、时代、民族的形象，但从阿Q性格的功能质这一层次来说，它又具有超阶级、超时代、超民族的特征。系统质是对阿Q性格在社会大系统中所产生的各种社会性的综合规定。也就是说，人们可以站在各种不同的角度来看阿Q，对阿Q性格进行哲学的、政治的、社会学的、伦理学的、历史的、心理的等各种分析，以揭示它的各种类型的社会性质。

林兴宅此文在1984年曾引起轰动，被推崇为"令人感到耳目一新"的论文。这篇文章用的就是理论包装法，从外面借鉴来"系统论"，用系统论来包装自己对阿Q性格的看法，把自己的印象整理得井井有条，让自己的印象上升到理论的高度。有理论高度的东西总会令人崇拜。运用理论包装法，可以提高印象式批评的学术含金量。

思考题：

试用理论包装法分析一部文学作品。

中 编
文学批评的五类文体

评论作家作品，不外乎两种形式：口头的批评和书面的批评。口头的批评一般不用考虑文体问题，但口头的批评除非有录音或者转换为文字记录，否则难以保存，难以流传。如果使用书面的批评，就有一个选择文体的问题。

文体，是指文章体裁。文章总是可以划分出不同体裁，比如在古代中国，就有说、记、铭、序、辩、传、诏等不同文体，这些文体各有各的使用场合和使用规则，不能乱用。进入现代，有些文体不常用了，但又有了新的文体可供选择。

现在的文学批评可以使用哪些文体呢？应用最广泛的，无疑是论文体，也就是发表在学术期刊上的论文。论文体有着较为严格的要求，标题、摘要、关键词、正文、注释，缺一不可。论文体要求的是规范。如果我们使用论文体写作，就要像模像样，中规中矩。

除了论文体，其实文学批评还可以使用多种文体。文学批评不一定都是书斋里的老学究，不一定都得正襟危坐，不苟言笑，相反，批评家可以根据批评的作品、面对的读者以及自己的擅长、习惯和喜好，自由选择不同文体进行批评。

比如札记体。古往今来很多学者都使用过札记体，不少学术研究都是从作札记起步的，写好札记，可以为论文做准备，还有的学者直接把札记写成论文。又如书信体。书信体特别适合提出批评性的意见，因为书信体亲密的语气，可以化解别人的不快，与人商榷时，也显得尊重和客气。还有对话体。对话体是一种非常古老的文体，至今仍有生命力，特别擅长讨论与处理复杂的问题。

是否还有其他文体呢？有的。比如诗歌体，也可以运用于批评，有人用律诗、绝句，还有打油诗、三句半等作过批评。还有人使用对联体进行批评，或通过戏仿小说、戏剧的片段进行批评。只是这些文体不大常用，我们这里就不讲了。还有序言体，因为现在大家都还没有为他人作序的资格，所以也不讲了。

各种文体有各种文体的特征，各种文体有各种文体的规矩。本编主要讲述各种文体的特征及使用时的注意事项。

札记体与批注体

札记是阅读之后种种感想的及时记录,这种文体的主要特征是有感辄录,集而成之,能够保存思考的火花,储存零星的见解。

札记写得好,本身也可成为一篇精彩的批评文章。中国文学史上很多诗话、词话,用的就是札记体,比如王国维的《人间词话》,我们看一下《人间词话》的前四则:

词以境界为最上。有境界则自成高格,自有名句。五代、北宋之词所以独绝者在此。

有造境,有写境,此理想与写实二派之所由分。然二者颇难分别。因大诗人所造之境,必合乎自然,所写之境,亦必邻于理想故也。

有有我之境,有无我之境。"泪眼问花花不语,乱红飞过秋千去。""可堪孤馆闭春寒,杜鹃声里斜阳暮。"有我之境也。"采菊东篱下,悠然见南山。""寒波澹澹起,白鸟悠悠下。"无我之境也。有我之境,以我观物,故物我皆著我之色彩。无我之境,以物观物,故不知何者为我,何者为物。古人为词,写有我之境者为多,然未始不能写无我之境,此在豪杰之士能自树立耳。

无我之境,人惟于静中得之。有我之境,于由动之静时得之。故一优美,一宏壮也。①

在学术史上,应用札记这种文体的,还有两个典型例子。

一是顾炎武的《日知录》。这部"负经世之志,著资治之书"的巨著,实际上就是一本读书札记。顾氏为该书所写的自序说:"愚自少读书,有所得,辄记之。其有不合,时复改定。或古人先我而有者,则遂削之。积三十余年,乃成一编。取子夏之言,名曰《日知录》,以正后之君子。东吴顾炎武。"我们来看他写的一则札记《诗体代降》:

三百篇之不能不降而楚辞,楚辞不能不降而汉、魏,汉、魏之不能不降而六朝,六朝之不能不降而唐也,势也。用一代之体则必似一代之文,而后为合格。

---

① 王国维. 王国维文学论著三种 [M]. 北京:商务印书馆,2001:30-31.

诗文之所以代变，有不得不变者。一代之文，沿袭已久，不容人皆道此语。今且千数百年矣，而犹取古人之陈言——而摹仿，以是为诗，可乎？故不似则失其所以为诗，似则失其所以为我。李、杜之诗所以独高于唐人者，以其未尝不似，而未尝似也。知此者，可与言诗也已矣。①

这一则札记记录了顾炎武对中国诗歌史的思考，蕴含了真知灼见。

二是钱锺书的《谈艺录》《管锥编》。这两本著作也是用札记体写就的。我们看一下《管锥编》中的一则札记：

"宴尔新婚，如兄如弟"；《正义》："爱汝之新婚，恩如兄弟。"按科以后世常情，夫妇亲于兄弟，言夫妇相昵而喻之兄弟，似欲密而反疏矣。《小雅·黄鸟·正义》："《周官·大司徒》十有二教，其三曰：'联兄弟'，《注》云：'联犹合也，兄弟谓昏姻嫁娶。'是谓夫妇为'兄弟'也。"《礼记·曾子问》："女之父母死，……婿使人吊，如婿之父母死，则女之家亦使人吊。"《注》："必使人吊者，未成兄弟。"《正义》："以夫妇有兄弟之义。"盖初民重"血族"（kin）之遗意也。就血胤论之，兄弟、天伦也，夫妇则人伦耳；是以友于骨肉之亲当过于刑于室家之好。新婚而"如兄如弟"，是结发而如连枝，人合而如天亲也。观《小雅·常棣》，"兄弟"之先于"妻子"，较然可识。

常得志《兄弟论》云："若以骨肉远而为疏，则手足无心腹之用；判合近而为重，则衣衾为血属之亲。"（《文苑英华》卷七四八；严可均收入《全隋文》卷二七，《隋书·文学传》有得志，并及此论，《全唐文》误收入卷九五三），正谓兄弟当亲于妻室。"判"即"半"，"判合"谓合两半而成整体，段玉裁《经韵楼集》卷二《夫妻牉合也》一文说此甚明。

"手足"、"衣衾"之喻，即《续〈西厢〉升仙记》第四出法聪所云："岂不闻'夫妻如衣服'？"《三国演义》一五回刘备所云："兄弟如手足，妻子如衣服；衣服破，尚可缝，手足断，安可续？"（参观《三国志·吴书·诸葛瑾传》裴注："且备、羽相与，有若四体，股肱横亏，愤怒已深。"）元曲郑廷玉《楚昭公》第三折船小浪大，"须遣不着亲者下水"，昭公以弟为亲而妻为疏，昭公夫人亦曰："兄弟同胞共乳，一体而分，妾身乃是别姓不亲，理当下水。"《神奴儿》第一折李德仁曰："在那里别寻一个同胞兄弟，媳妇儿是墙上泥皮。"（石君宝《秋胡戏妻》第二折："常言道：'媳妇

---

① ［清］顾炎武. 日知录［M］.上海：上海古籍出版社，2014：471.

是壁上泥皮。"）皆其旨也。

敦煌变文《孔子项讬相问书》小儿答夫妇、父母孰亲之问曰："人之有母，如树有根，人之有妇，如车有轮，车破更造，必得其新。"虽相较者为父母而非兄弟，然车轮之喻，正与衣服、泥皮同科。莎士比亚剧中一人闻妻死耗，旁人慰之曰："故衣敝矣（old robes are worn out），世多裁缝（the tailors of the earth），可制新好者"；又一剧中夫过听谗言，遣人杀妻，妻叹曰："我乃故衣（a garment out of fashion），宜遭扯裂"（ripped）；亦谓妻如衣服耳。约翰·唐（John Donne）说教云："妻不过夫之辅佐而已，人无重其拄杖如其胫股者"（She is but Adjutorium, but a Help: and nobody values his staffe, as he does legges）；亦谓妻非手足耳。①

钱锺书的这一则读书札记，针对诗经中的"宴尔新婚，如兄如弟"一句，旁征博引了很多材料，证明中外在古代都有以兄弟为亲而以妻子为疏的人伦传统，很好地解释了这一诗句的意义。

希望大家养成写札记的习惯，平时有什么见解，有什么感想，及时将它记录下来。这样积少成多，集腋成裘，终能发挥大作用。

拙文《赵树理作品中的"算账书写"与"经济观念"》② 就是根据以前的一则读书札记补充写成的。这则读书札记是这样写的：

在《传家宝》中，赵树理的笔触不是用来描绘不同阶级的斗争，而是描绘同一阶级、同一家庭之中的斗争，难得的是，除了代沟主题和妇女解放主题，在《传家宝》中我们还能嗅到商品经济的气息。如李成娘责备媳妇"冬天没有拈过一下针，纺过一寸线"，金桂回答道："娘，你都说得对，可惜是你不会算账。纺一斤棉花误两天工，赚五升米，卖一趟煤，或做一天别的重活，只误一天，也赚五升米，你说我是纺线啊还是卖煤？"李成娘责备媳妇"连自己的衣裳鞋子都不做，到集上买着穿"，金桂又说："自己缝一身衣服得两天，裁缝铺用机器缝，只要五升米的工钱，比咱缝的还好。自己做一对鞋得七天，还得用自己的料，到鞋铺买对现成的才用斗半米，比咱做的还好，我九天卖九趟煤，五九赚四斗五，缝一身衣服买一对鞋，

---

① 钱锺书. 管锥编（一）[M]. 北京：生活·读书·新知三联书店，2007：142 – 144.
② 刘卫国. 赵树理作品中的"算账书写"与"经济观念"[J]. 山东师范大学学报，2020（5）.

一共才花二斗米，我为什么自己要做？"投入与产出，替代原理，金桂正是用这些商品经济观念击退了婆婆的进攻。这确实是致命的还击，自然经济的观念、妇女传统的角色，在这还击面前溃不成军。无怪乎"李成娘觉得两次都输了"。

当时读赵树理的作品时，觉得这个作家并不像很多人批评的那样"土"，他的那种商品经济经济观念很先锋，于是写下了这则札记。多年以后，再读赵树理的作品，想起了以前的这则札记，想看看赵树理还有什么经济观念，后来就写成了一篇《赵树理作品中的"算账书写"与"经济观念"》。

讲完札记体，再讲批注体。批注体与札记体有类似之处。

我们看书时心有所感，往往随手就会在书上写一些批语、点评之类的话，读书时遇到一些疑难问题，也会随手在书上作一些注释说明。我们也可以将批语、点评、注释、说明看作一种批评文体。

批语、评点这种批评文体，曾广泛运用于小说批评，明清时期，这种批评文体特别走红，出现过不少经典性的小说评点。比如金圣叹对《水浒传》的评点，张竹坡对《金瓶梅》的评点，毛宗岗对《三国演义》的评点，脂砚斋对《红楼梦》的评点。

试看一例。《水浒传》第五十一回写宋江带人马打高廉，林冲跃马出阵，对高廉喝道："你这个害民的强盗，我早晚杀到京师，把你那厮欺君贼臣高俅碎尸万段，方是愿足。"金圣叹在此批道：

对高廉骂高俅，各人心中自有怨毒，妙极。

此等意思又确是林武师，宋江不尔，武松不尔，鲁达不尔，李逵不尔，石秀近之矣，而犹不尔。

这一批语就写得非常好，深入到了林冲的深层心理，还将林冲与宋江、武松、鲁达、李逵、石秀等做了对比，在比较中突显了林冲的个性。

金圣叹不仅写有夹批，还写有回首总评，不少回首总评也写得非常好。如第二十二回写景阳冈武松打虎，金圣叹回首总评写道：

读打虎一篇，而叹人是神人，虎是怒虎，固已妙不容说矣。乃其尤妙者，则又如：读庙门榜文后，欲待转身回来一段；风过虎来时，叫声"阿呀"翻下青石来一段；大虫第一扑，从半空中撺将下来时，被那一惊，酒多做冷汗出了一段；寻思要拖死虎下去，原来使尽气力，手脚都苏软了，正提不动一段；青石上又坐半歇一段；天色看看黑了，惟恐再跳出一只出来，且挣扎下岗子去一段；下岗子走不到半路，枯草丛中钻出两只大虫，叫声"阿呀今番罢了"一段，皆是写极骇人之事，却尽用极近人之笔。

这一回首总评写得非常精彩，表达了不能神化英雄人物的观点。

毛宗岗对《三国演义》的评点也很精彩。如第三十七回回首总评说：

此卷极写孔明，而篇中却无孔明。盖善写妙人者不于有处写，正于无处写。写其人如闲云野鹤之不可定，而其人始远；写其人如威凤祥麟之不易睹，而其人始尊。且孔明虽未得一遇，而见孔明之居，则极其幽秀；见孔明之童，则极其古淡；见孔明之友，则极其高超；见孔明之弟，则极其旷逸；见孔明之丈人，则极其清韵；见孔明之题咏，则极其俊妙：不待接席言欢，而孔明之为孔明，于此领略过半矣。

这则回首总评，讲的是小说的写法，毛宗岗从这一回发现了"侧面烘托式"写法，指出了这种写法的妙处。

评点这种文体，并不只存在于古代，今天依然可以使用这种文体，比如文化生活出版社1998年出版了金庸武侠全集评点本。评点本封面这样介绍："古有不朽之作，亦有不朽之评。《三国》、《水浒》、《红楼》是也，毛宗岗、金圣叹、脂砚斋是也。金庸当代文学大家，读者之众，空前绝后，见仁见智，各执一端。兹中国武侠文学学会广约名家、共襄盛举，乃有《评点本金庸武侠全集》之出版，亦抛砖引玉之意也。值此吾国传统文化盛行于世之际，洵快哉美事也。"王蒙也曾两次点评过《红楼梦》。评点小说，乃快哉美事，同学们平时看小说，也不妨试试这种文体。

在读书过程中，遇到疑点难点问题，人们往往会查阅资料，作出注释。注释这种文体也有着广泛的运用。

钱锺书的《宋诗选注》注释文同《织妇怨》"不敢辄下机，连宵停火烛"一联，写下批注如下：

"停"有相反两意：一、停止或灭绝，例如"七昼七夜，无得停火"（黄庭坚《豫章先生文集》卷二十一《跛奚移文》）；二、停留或保持，例如"兰膏停室，不思衔烛之龙"（陆机《演连珠》），"逍遥待晓分……明月不应停"（《乐府诗集》卷四十六《读曲歌》之八十六），"停灯于红，先焰非后焰而明者不能见"（刘昼《刘子》卷五十三《惜时》）。这里"停"字是第二意，参看朱庆馀《近试上张籍水部》："洞房昨夜停红烛。"[1]

---

[1] 钱锺书. 宋诗选注 [M]. 北京：生活·读书·新知三联书店，2002：60.

钱锺书写这则注释，还有一个"心路历程"。《宋诗选注》初版本将"停火烛"解释为"灯也不点"，释"停"为"停止或灭绝"。后来，钱锺书经过仔细思考，将"停"解释为"停留或保持"。① 钱锺书先生后来的观点才是正解。

又如注释王禹偁《村行》诗句"万壑有声含晚籁，数峰无语立斜阳"一联，钱锺书这样说：

按逻辑说来，"反"包含先有"正"，否定命题总预先假设着肯定命题。王夫子《思问录·内篇》所谓："言'无'者，激于言'有'而破除之也。"诗人常常运用这个道理。山峰本来是不能语而"无语"的，王禹偁说它们"无语"，或如龚自珍《己亥杂诗》说"送我摇鞭竟东去，此山不语看中原"，并不违反事实；但是同时也仿佛表示它们原先能语，有语，欲语而此刻忽然"无语"。这样，"数峰无语"、"此山不语"才不是一句不消说得的废话。（参看司空图《诗品》："落花无言"，或徐夤《再幸华清赋》："落花流水无言而但送年"，都是采用李白《溧阳濑水贞孝女碑铭》"春风三十，花落无言。"）改用正面的说法，例如"数峰毕静"，就减削了意味，除非那种正面字眼强烈暗示山峰也有生命或心灵，像李商隐《楚宫》："暮雨自归山悄悄。"有人说，秦观《满庭芳》词："凭阑久，疏烟淡日，寂寞下芜城"比不上张昪《离亭燕》词："怅望倚层楼，寒日无言西下"［（历代词人考略）卷八］，也许正是这个缘故。②

这则注释写得非常精彩，发现了修辞学中的一个重要现象，阐明了修辞学中的一个重要原理。

我们今天读书，也可以保持这种写札记、写批语、作注释的传统。这种片段的、思想火花似的写作，对于锻炼我们的批评习惯，还是大有裨益的。

练习题：

提交一份你的读书札记。

---

① 参见王水照. 钱锺书的学术人生［M］. 北京：中华书局，2020：137.
② 钱锺书. 宋诗选注［M］. 北京：生活·读书·新知三联书店，2002：12-13.

书信体与对话体

书信体也可以运用于文学批评之中。与其他文体相比，书信体具有特殊的优势。其一，书信体中有"我"和"你"，不是单一的"我"，在表达"我"的意见时，是在邀请"你"对话。这比起单一的"我"发表意见显得更为民主、更为平等。其二，书信体因为特殊的行文格式，语气一般来说显得较为亲切、客气，会营造一种和谐的语境氛围，这种语境氛围会缓和批评意见的锋芒，使得批评语气显得委婉，容易让对方接受，更能说服对方。

先看一个例子，恩格斯写给斐·拉萨尔的信件。

亲爱的拉萨尔：

我这么久没有写信给您，特别是我还没有把我对您的《济金根》的评价告诉您，您一定觉得有些奇怪吧。但是这正是我延迟了这样久才写信的原因。由于现在到处都缺乏美的文学，我难得读到这类的作品，而且我几年来都没有这样读这类作品：在读了之后提出详细的评价、明确的意见。没有价值的东西是不值得这样费力的。甚至我间或还读一读的几本比较好的英国小说，例如萨克雷的小说，尽管有其不可辩驳的文学和文化历史的意义，也从来没有能够引起我的这样的兴趣。但是我的判断能力，由于这样久没有运用，已经变得很迟钝了，所以需要比较长的时间，我才能发表自己的意见。

在书信的开头，恩格斯解释自己很久才回信的原因，相信大家应该能猜出真正的原因。就是拉萨尔的《济金根》写得不咋滴，没有什么价值，引不起恩格斯的阅读兴趣。但是按照礼节，恩格斯必须给拉萨尔一个答复。在答复时，恩格斯故意责备自己，说自己的判断能力已经变得很迟钝了，所以需要比较长的时间才能对拉萨尔的作品发表意见，非常委婉也非常聪明地为自己迟复信件做了辩解。

再看第二段：

但是和那些东西相比，您的《济金根》是值得另眼看待的。所以我对它不吝惜时间。第一二次读您这部从题材上看，从处理上看都是德国民族的戏剧，使我在情绪上这样的激动，以致我不得不把它搁一些时候，特别是因为在这个贫乏的时期里，我的鉴赏力迟钝到了这样的地步（虽然惭愧，我还是不得不说）：有时甚至很少有价值的东西，在我第一次读时也不会不给我留下一些印象。为了有一个完全公正、完全"批判的"态度，所以我把《济金根》往后放了一放，就是说，把它借给了几个相识的人（这里还有几个多少有些文学修养的德国人）。但是，"书有自己的命运"——如果把它们借出去了，就很少能再看到它们，所以我不得不用暴力把我的《济金根》夺了回来。我可以告诉您，在读第三遍和第四遍的时候，印象仍旧是一样的，并且深知您的《济金根》经得住批评，所以我现在就把我的意见告诉您。

恩格斯在这里解释了自己花很长时间阅读拉萨尔作品的原因。乍一看人们会以为恩格斯在恭维拉萨尔的作品值得另眼看待。其实，恩格斯是在说拉萨尔的作品难以卒读，但是恩格斯聪明地用自己鉴赏力变得迟钝为理由，巧妙地掩饰了自己对拉萨尔作品的厌恶感。恩格斯在回信时不断延迟发表自己的看法，不断为自己迟复信件进行解释，也是为了避免一上来就给拉萨尔当头一棒，因为这样会显得突兀，会给拉萨尔造成强烈刺激。经过不断拖延与铺垫后，恩格斯终于亮出自己的意见。

当我说任何一个现代的德国官方诗人都远远不能写出这样一个剧本时，我知道我对您并没有作过分的恭维。同时，这正好是事实，而且是我们文学中非常突出的，因而不能不谈论的一个事实。如果首先谈形式的话，那末，情节的巧妙的安排和剧本的从头到尾的戏剧性使我惊叹不已。在韵律方面您确实给了自己一些自由，这给读时带来的麻烦比给上演时带来的麻烦还要大。我很想读一读舞台脚本，就眼前的这个剧本看来，它肯定是不能上演的。

恩格斯开头这段话，拉萨尔听了应该很舒服。其实每个人都不喜欢被人批评，这是人性共同的弱点，所以我们在批评人时，要先表扬几句，这样才能缓和气氛，使人听起来易于接受。还有，在提批评意见时，应该把话说得很委婉、很缠绕，让人一下子听不出是批评意见，还以为是表扬。比如恩格斯说"在韵律方面您确实给了自己一些自由，这给读时带来的麻烦比给上演时带来的麻烦还要大"，这话刚开始听，不容易懂，实际上恩格斯是批评拉萨尔这出剧本写得太散漫，不合音律，不能上演。

恩格斯接着说：

您的《济金根》完全是在正路上，主要人物是一定的阶级和倾向的代表，因而也是他们时代的一定思想的代表，他们的动机不是从琐碎的个人欲望中，而正是从他们所处的历史潮流中得来的。但是还应该改进的就是要更多地通过剧情本身的进程使这些动机生动地、积极地、也就是说自然而然地表现出来，而相反地，要使那些论证性的辩论（不过，我很高兴在这些辩论中又看到了您曾经在陪审法庭和民众大会上表现出来的老练的雄辩才能）逐渐成为不必要的东西。您自己似乎也承认这个标准是区分舞台剧和文学剧的界限，我相信，在这个意义上《济金根》是能够变成一个舞台剧的，即使确实有困难（因为达到完美的确绝不是简单的事）。

与此相关的是人物的性格描绘。您完全正确地反对了现在流行的恶劣的个性化。这种个性化总而言之是一种纯粹低贱的自作聪明，并且是垂死的模仿文学的一个本质的标记。此外，我觉得一个人物的性格不仅表现在他做什么，而且表现在他怎样做。从这方面看来，我相信，如果把各个人物用更加对立的方式彼此区别得更加鲜明些，剧本的思想内容是不会受到损害的。（下略）

这两段是批评《济金根》的主题与人物，恩格斯承认《济金根》在政治上是正确的，但委婉地批评其文学性不强，恩格斯巧妙地用拉萨尔自己的话来衡量其作品，而且采用了提建议的方式，这会使拉萨尔觉得：哦，其实我已经意识到了，哦，其实我是可以做到的。

恩格斯最后说：

您看，我是从美学观点和历史观点，以非常高的、即最高的标准来衡量您的作品的，而且我必须这样做才能提出一些反对意见，这对您来说正是我推崇这部作品的最好证明。是的，几年来，在我们中间，为了党本身的利益，批评必须是最坦率的；此外，每出现一个新的例证，证明我们的党不论在什么领域中出现，它总是显出自己的优越性时，这始终使我和我们大家感到高兴，而您这次也提供了这个例证……①

这段话说得非常好，恩格斯强调自己是以最高的标准在衡量拉萨尔的作品，在最高标准面前，哪有作品不会被批评的呢？拉萨尔想到这一点，就会对恩格斯前面的批评意见释怀，而且恩格斯还说，我提出一些反对意见，正是我推崇你这部作品的最好证明，这话会让拉萨尔听起来非常舒服。

---

① 马克思，恩格斯. 马克思恩格斯选集（第四卷下）[G]. 北京：人民出版社，1972：342-347.

总的来说，恩格斯这封书信是在批评拉萨尔作品的艺术缺陷，然而，由于恩格斯在这封信中所使用的委婉口气，使其批评显得缓和、客气，令人易于接受。很显然，这种效果正是书信所特有的。谁要是这样写论文，肯定会被视为废话连篇，但放在书信里，废话不废，非说不可。

再看一则例子，李杨老师与洪子诚老师的《当代文学史写作及相关问题的通信》①。我们主要看李杨老师写给洪子诚老师的信件。

洪老师：

您好！

很高兴能有机会与您讨论文学史写作的有关问题。近年来当代文学界对这一问题的广泛关注，缘起于您的《中国当代文学史》（以下简称《文学史》）和陈思和先生主编的《中国当代文学史教程》（以下简称《教程》）的出版。我曾经在一篇讨论《教程》的文章中说，我对这两部文学史的敬意，不仅仅针对它们解决的问题，同时还针对它们在探索中暴露或"制造"出来的新问题。用一位学者的话来说，"批评是要怀有敬意的"，所以，我们应该批评值得我们批评的东西。

这段话开门见山，表明要和洪老师讨论文学史写作问题，不仅要肯定其贡献，也要批评其局限。李杨老师这段话最后，引用"批评是要怀有敬意的"一语，表明"我们应该批评值得我们批评的东西"，显示了自己对洪老师及其著作的尊敬态度，这一句话是绝对不能删去的。删去了这段话，就显得生硬，显得来者不善。

紧接着，李杨老师开始对洪子诚老师的《中国当代文学史》展开评论。因为内容较长，我们这里就不引用了。值得注意的是，在评论前，李杨老师先介绍了20世纪80年代的文学史叙述方式，试图在这个背景中描述洪子诚老师的史著对20世纪80年代文学史叙述方式的超越，之后先肯定洪子诚老师著作的贡献，然后再指出其存在的局限。

我在这节课开头说了书信体的长处，可能有同学会说："老师，有的人写信也是很不客气的，甚至在信里骂人。"是的，确实有这种骂人的书信，有的还曾在刊物上公开发表。不过这种书信有违传统习惯和道德，所以我们这里不予讨论。

当下国人写信，语气不像西方书信那样亲密，西方人写信经常使用

---

① 李杨. 当代文学史写作及相关问题的通信 [J]. 文学评论，2002（3）.

"我的亲爱的某某""你的忠诚的某某"等称呼,也不像古代国人那样客气,古代国人写信时有各种敬语。当下国人写信,语气往往显得较硬、较粗,这是值得我们注意和改进的。

对话体是文学批评中所使用的一种古老的文体。《论语》中有孔子与学生的对话。《理想国》里有苏格拉底与他人的对话。《金刚经》中有释迦牟尼与弟子的对话。迄今为止,仍有许多批评家十分喜爱这种古老的文体。

朱光潜有一篇文章,题目叫《谈对话体》①。这篇文章将对话体的特点讲得非常充分,这里引用一下:

> 对话体特别宜于论事说理。在不用对话体的论事说理的文章中,作者独抒己见,单刀直入,只要持之有故,言之成理,就算"自圆其说";至于旁人的种种不同的看法,可以一概置之不问,至多也只是约略转述,作为己说的佐证或是作为辩驳的对象。但是同一事理往往有许多方面,观点不同,所得的印象或结论也就不同;而且各人的资禀修养很可能影响他的见地,所谓仁者见仁,智者见智,事理的看法没有完全是客观的。单刀直入的文章如平面画,作者对于所画事物采取某一角度去看,截取某一断面去表现,同时他的主观的依据也只是某一时某一境的思路和心情。论事说理贵周密,周密才能平正通达。这种片面的主观的见解当然是不周密的,惟其如此,它有时可能是歪曲的,错误的。对话的好处就在它对于同一事理取各种不同的角度去看,把它的正反侧各面都看出来,然后把各面不同的印象平铺在一起,合拢起来就可以现出一幅立体的活动影片。

> 事理虽有多面的看法,却不一定每面看法都是对的。有时须综合各面才见全体真相,有时某一面特真,而真也要待证明其它各面错误后才明显。对话虽是各面平铺并陈,却仍有宾有主,着重点当然仍在主,正如一出戏里许多人物中必有一个主角。宾可以托主,也可以变主,改变他的思路或纠正他的片面观的偏蔽,所以宾的用处仍然很大。中国已故文论家谈到对话体的只有章学诚,而他的态度确是不同情的,他反对用对话的理由是:理之易见者不言可也;必欲言之,直笔于书其上可也,作者必欲设问,则已迂矣……且问答之体,问者必浅而答者必深,问者有非而答者必是。今伪托于问答,是常以深且是者自予,而以浅且非者予人也,不亦薄乎?

---

① 朱光潜.谈对话体[G]//朱光潜.朱光潜全集(第九卷),合肥:安徽教育出版社,1987:459-467.

(《文史通义·匡谬篇》)

　　章氏可惜没有读过柏拉图的对话集或是没有想到公孙龙子的《白马论》以及提婆的《百论》之类作品，否则他便不至说出这种话。他没有明白"宾"的用场。"宾"并不是临时竖起的草人来供打倒，他必须是"主"的劲敌，值得一打，而且在打"宾"时，"主"须鼓起他在平时不常鼓起的勇气与力量，"宾"可以说是"主"的感发兴起者。譬如两拳师角力，败者本领愈大，胜者也愈有光彩，"狮子搏兔"并不是对话的胜境。对话平衡众说而折衷于一是，可以说是对于同一事理的各种同样有力的看法的角力，由比较见胜负，在比较中彼此都尽了最大的努力，所以胜负不是偶然侥幸的，而是叫人不得不心悦诚服的。

　　论事说理宜采用对话体，还另有一个更重要的理由。思想是解决疑难的努力，没有疑难就不会有思想。疑难是思想的起点与核心，思想由此出发，根据有关事实资料，寻求关系条理，逐渐剥茧抽丝，披沙拣金。有时疑难之中又有疑难，解决了一层又另有一层继起，须经过许多尝试与错误，反驳与修正，分析与综合，才能达到一个周密而正确的结论，所以"表里精粗无不到，然后一旦豁然贯通"。从此可知，思想是一长串流动生发的活动，它有曲折起伏，有生发的过程。一般单刀直入的文章不能显示这种思想的过程，而只叙述思想的成就，它所叫人看见的只是思想结果（thought）而不是思想动作（thinking）本身。其实思想的生发的线索和惨淡经营的甘苦，比已成就的思想还更富于启发性。对话的好处就在反复问答，逐渐鞭辟入里，辩论在生发也就是思想在生发，次第条理，曲折起伏，都如实呈现，一目了然。所以对话不仅现出一种事理的全面相，而且也绘出它所由显现的过程；用生物学术语来说，它不仅是一种形态学（morphology），而且是一种"发生学"（genotics）。它也可以说是思想的戏剧，把宾主的思想动作都摆在台上表演，一幕接着一幕，从始以至于终。因此，就文格说，它也有一种特长，就是戏剧性的生动。在名家的手中，它还可以流露戏剧性的幽默。

　　关于对话体的长处，朱光潜所论非常有道理。朱光潜自己也曾多次使用对话体写文章。

　　对话体有两种情况，一种是真对话，即找几个人，就某一话题展开讨论，然后将其记录整理。

　　比如陈平原、黄子平、钱理群关于20世纪中国文学的对话。

陈平原:"思想史即思想模式的历史。"旧的概念是新的概念的出发点和基础。如果旧的概念、旧的理论模式已经没有多少"生产能力"了,在它的范围内至多补充一些材料,一些细节,很难再有什么新的发现了,那就会要求突破,创建新的概念、新的模式。我们的现代文学史研究也面临这种状况:最明显的一个特征就是,作家越讲越多,越讲越细。唐代文学三百年,我们才讲多少位作家?当然年代越近,筛选越不易。可是三十年的现代文学,拼命挖出不少作家来谈,总体轮廓反而模糊了。在原有的模式里,大作家已经谈得差不多了,只好"博览旁搜",以量取胜。你看勃兰兑斯的《十九世纪文学主流》谈的作家很少,但历史线索很清楚。

黄子平:用材料的丰富能不能补救理论的困乏呢?如果涉及的是换剧本的问题,那么只是换演员、描布景、加音乐,恐怕都无济于事。

陈平原:所以我们提出"二十世纪中国文学",就不光是一个文学史分期的问题,跟一些研究者提出的"百年文学史"或者近代、现代、当代中国文学的"打通"所有这些主张都有所不同。我们是要把"二十世纪中国文学"作为不可分割的有机进程来把握,这就涉及建立新的理论模式的问题。

黄子平:涉及"文学史理论"的问题。在我们的概念里,"20世纪"并不是一个物理时间,而是一个"文学史时间"。要不为什么把上限定在戊戌变法的1898年而不是纯粹的1900年?如果文学的发展,到21世纪,它的基本特点、性质还没有变,那么下限也不一定就到2000年为止。问题在于这个概念的基本内涵是什么。是不是从我们怎样形成这个概念谈起,这样也比较亲切一些,因为在文学史研究中碰到的困难、苦恼、危机感,大家都是相通的。

钱理群:我最早切入到这个概念是做毕业论文的时候,我的题目是综合比较鲁迅和周作人的思想发展道路。从什么角度来比较?当时选取了好几个角度,最初是从人道主义的角度,发现不行,太狭窄了。后来又从知识分子道路的角度考虑,还是不能够概括。最后是从列宁的话里得到启发,他讲到20世纪是以"亚洲的觉醒"为其开端的。我从这个角度来确定鲁迅的历史地位和历史作用,认为鲁迅就是20世纪中华民族崛起的一个代表人物。

黄子平:"亚洲的觉醒"这里就已经蕴涵了20世纪和世界革命这样一

些概念了。①

对话体的第二种情况，就是自己身外化身，模拟主客对答，故意设计一系列争辩，在层层辩驳之中展露种种观点。

比如袁伟时老师的《李鸿章的是是非非》。

友：谈洋务运动离不开李鸿章，可他至今仍是众说纷纭的人物。真想听你吹一吹。

袁：的确，李鸿章后半生的历史就是洋务运动兴起和衰败的缩影。他生前已是毁誉参半，而近40多年来，中国大陆的史家几乎众口一词，谥之为卖国残民的反面教员，直到这几年虽然骂声未断，而力求全面分析的文章却似有增加之势。要把诸多歧见理出头绪真不容易。但歧见往往蕴藏着学术发展的契机。所以，这是值得聊聊的话题。

友：问题的症结在哪里？

袁：我想，仍然离不开时势与人这个古老的历史之谜。不能脱离具体的社会环境去评判历史人物，抽象地说，许多史家都同意这个原则，但在看待李鸿章这样复杂的历史人物时，无意中往往忽视了这个原则。他同曾国藩一样，都以镇压太平天国为时贤所咎。但这个结论包含着一个前提：太平天国比清王朝更先进，从而更有利于中华民族的发展。可是，这仅是个没有成为事实的假设。而近年来不少方家已有力地证明，《天朝田亩制度》本身带有很大的落后性；太平天国政治上实行的是中世纪式的专制统治；经济上或是实行摧残生机的平均主义，或是照旧完粮纳税；先进的《资政新篇》悬诸高阁，洪仁玕实际执掌权力的时间很短。太平天国也是一个冯建华的政治集团，其活动的后期尤为明显。如果无法驳倒上述结论，那么，太平天国同清政府的战争不过是两个封建集团之间的搏斗，曾国藩、李鸿章如何定位不是要重新考虑了吗?! 此外，如果如实地把李鸿章看作特定的社会政治势力的代表，就不能不观察他所活动的年代全部社会政治结构，就应该具体分析和对比各派代表的主张，从中引出符合实际的结论。多年来，人们热衷于谴责洋务派卖国，但是，我们却很少看到对这些卖国主张赖以出现的社会背景的分析。于是，李鸿章之流仿佛是天生的卖国胚子。如果慈禧别开慧眼，选择了另一爱国志士执掌实权，中国近代史似乎

---

① 陈平原　黄子平　钱理群. 关于"二十中国文学"的对话·缘起 [J]. 读书, 1985（10）.

就将面目一新。这样的推论，能令人信服吗？

友：任何有影响的历史人物都不可能是荒岛中的鲁滨逊，不过，光发牢骚还不成，还得结合具体的历史事件来谈。

袁：19世纪下半叶的中国真是一波未平一波又起，每十年必有一次重大战争。而从（19世纪）70年代起，李鸿章都是这些战争的当事人之一。我们不妨透过这些战争来看李鸿章的是是非非。①

对话体善于处理复杂的问题，展示多方面的看法，甚至是观点的攻防。李鸿章是一个复杂的人物，要用一篇文章将这个人物的是是非非讲清楚，可真不容易，每一次立论，必然面对无数攻击。这样复杂的对象，正好用对话体来展示。

练习题：

用书信体或对话体写一篇文学评论短文。

---

① 袁伟时. 晚清大变局中的思潮和人物［M］. 深圳：海天出版社，1992：257 - 258.

论文体

论文体是目前运用最为广泛的批评文体。论文体要遵循学术规范，有着较为严格的格式要求。打个比方，论文体就像一个人出席正式场合，必须穿鞋带帽，披挂整齐，不能光着胳膊，穿个裤衩，趿个拖鞋就出门。

我们从论文的题目说起。

论文的题目要求醒目，要求让人眼前一亮，一下子就被吸引。

什么样的题目会比较醒目呢？一般来说，特别繁复与冗长的标题，虽然也引人注意，但人们记不住，所以这种题目不好。学术史上有些太长的题目，其实属于恶搞。比如鲁迅的《由中国女人的脚，推定中国人之非中庸，又由此推定孔夫子有胃病》。这篇文章属于杂文，不是正规的论文。

一般来说，论文的题目要求精炼简洁。简练的标题会显得清爽，让人有醒目的感觉。但如果标题过于简练，又容易让人摸不着头脑，弄不清底细。大概只有名家才敢于使用这种极简的标题。我们现在还不是名家，写论文时可以追求简洁，但不能追求极简，所以不要取《鲁迅论》、《论〈白鹿原〉》这样的标题。

标题取名有两种技巧。

一是把论文要解决的问题点出来，如《"桐城谬种"问题之回顾》《鲁迅研究的历史批判》《现代诗歌批评中的晦涩理论》。那些看了不明白研究问题的题目，只有名家才敢取，我们就不要冒这种险了。比如唐弢先生曾在《中国社会科学》杂志上发表过一篇文章，题目叫做《一点意见》。像这种文章题目，如果不是名家写的，编辑一看就会扔进垃圾箱。

二是把论文的观点或结论点出来，如《王国维文学批评的现代性》《老舍：北京市民社会的表现者和批判者》《论〈老残游记〉〈孽海花〉并非谴责小说》。这样的标题一目了然，让人一下子就能把握你的观点或结论。

有人不喜欢在标题中点明结论，认为这样会失去悬念。在标题中制造悬念也未尝不可。制造悬念的方式有如下三种：

一是问题式标题。如《张生为什么跳墙？——〈西厢记〉欣赏举隅》（黄天骥）、《五四新文学与鸳鸯蝴蝶派文学究竟是什么关系？》（汤哲声）、《崔颢的〈黄鹤楼〉为何被评为七律第一？》（谢小楼）。

二是联系式标题。如《古代兵法与文学批评》（吴承学）、《小说的书面化倾向与叙事模式的转变》（陈平原）。

三是现象式标题。如《徘徊于两种文化冲突之间——中国现代文学长子形象简析》（谢伟民）、《中国现代男性叙事中的天使型女性》（李玲）。

有时候，单一的标题不易标明题目的范围、彰显题目的意义。因此，有些论文使用双标题，即正标题和副标题搭配的形式。双标题应该如何设计呢？

一是论文的主旨或主要的观点需要采取正副标题联合呈现的结构。例如《他开辟了一个新的审美境界——论郭沫若的诗歌创作》（王富仁），正标题呈现文章观点，副标题揭示研究对象，这样一正一副，顾名可思义。

二是正标题引用作者的原话或者追求文学性，副标题则负责解释并框定论文的研究对象。如《"我的见解总是平凡"——前期老舍精神理路之再梳理》（关纪新），又如《语言洪水中的坝与碑——重读〈小鲍庄〉》（黄子平）、《惊涛骇浪里的自救之舟——论茅盾的小说创作》（王晓明）。

正副标题的设置一般忌讳正大副小。现在流行一种标题法，先有一个正标题，研究范围比较大，然后取一个副标题，往往是"以什么为例""以什么为中心"，这样的论文题目，提出了一个宏大的学术任务，可副标题显示论文不过只是举例式的研究，这让人感觉到作者对这个论题无力进行宏观把握，只能大事化小，大题小做。如非必要，建议大家不要取这种标题。

正副标题在设置上还要防止不对应。比如有一篇论文，正标题叫作《一个被埋没的卓越作家》，副标题是《姚青苗的抗战题材小说》。正标题研究的是作家，副标题研究的是作品，两个标题前后不对应。这样的文章标题也不好。

说完标题，再说摘要。

论文一般要求有摘要，有些作者对摘要不大重视，觉得摘要不过是期刊对于公开发表的论文提出的附带要求。这些作者未认识到摘要对于论文传播的重要性。现在论文太多，读者无暇细看，往往只看一个摘要。摘要写得好，读者可以迅速了解论文的观点，并有兴趣细看你的论证过程。摘要写得差，读者就会对你的论文丧失进一步了解的兴趣。

有一篇知网论文，题为《论〈简爱〉中简爱性格的多面性》。摘要是这样写的：

闲暇时光，时间一天天在眼下流失。在完成手头的工作后，游荡在窄小的屋子里，突然书架中一本书，勾起了我浓厚的兴趣，书的名字是《简爱》。无数次的听人们提起到这本书，但买来之后，一直未能投入的看一遍。在时间足够允许的情况下，翻开这本书。在仔细阅读的过程中，逐步对书中的主人公简爱有了一番敬仰和喜爱，文章主要研究简爱性格的多面性，希望能够提升大家对简爱的认识。

大家觉得这个论文摘要如何？这是摘要不能这样写的一个典型。大家要引以为戒。

摘要究竟应该如何写？

学术论文不同于教科书和科普读物，主要刊登有创见性的科学研究成果，读者也大都是同行专家，所以摘要中无需介绍众所周知的专业常识，摘要更不同于编者按，无需背景说明。

中山大学学报编辑杨海文认为：

《中国高等学校社会科学学报编排规范（修订版）》指出："摘要应能客观地反映论文主要内容的信息，具有独立性和自含性。"依据这个并不十分严谨的定义，加上文科学术期刊编辑长期以来形成的集体共识，我们以为，文科学术论文摘要的撰写在最低限度上必须遵循以下两个基本原则：第一，从独立性看，摘要是第三人称的客观叙说，务必杜绝"作者认为""本文认为"之类的主观陈述；第二，从自含性看，摘要是精彩论点的浓缩表达，务必避免"通过……的研究""得出……的结论"之类的机械句式。1986年发布的《文摘编写规则》规定："要用第三人称的写法。应采用'对……进行了研究'、'报告了……现状'、'进行了……调查'等记述方法标明一次文献的性质和文献主题，不必使用'本文'、'作者'等作为主语。"[①]

摘要中还应避免出现可有可无的关联词语，感叹词和疑问词也是摘要中应避讳的用词。写作摘要，在用词的选择上应字斟句酌，语言要简洁，应惜墨如金。作为学术信息的载体和前导，摘要中不允许有题外话，不允许有无信息意义的用词。

再看一篇论文的摘要。陈庆的论文《从帝国叙事到美猴王奇观——论〈人猿泰山〉的早期中译本〈野人记〉》，发表于《文学评论》2018年第5期。

《人猿泰山》的早期中译本《野人记》，1923年开始连载于商务印书馆

[①] 杨海文. 文科学术论文摘要的正确写法 [J]. 中国编辑，2010（2）.

主办的《小说世界》第1卷第12期至第4卷第3期上，译者胡宪生。本文通过讨论这本小说的翻译，思考西方浪漫主义小说中的帝国叙事与民国初年通俗小说奇观化之间的断裂、冲突与历史关联。可以发现，胡宪生的译本有意删减、省略、改写《人猿泰山》原作中的帝国叙事，糅杂了20世纪20年代本土知识分子有关"民众文学"的集体想象与古典白话小说的经典形象，将之建构为来自异域的"美猴王"齐观。《野人记》成为西方帝国主义叙事与本土文化、异域浪漫观念与中式传奇之间竞争与协商的场所，对它的研究，有助于我们对20世纪20年代小说翻译与文学生产之间的关系获得新的线索。

这个摘要就有值得修改之处。"本文通过讨论这本小说的翻译，思考西方浪漫主义小说中的帝国叙事与民国初年通俗小说奇观化之间的断裂、冲突与历史关联"这一句完全可以删去。

摘要须陈述论文核心观点，不要只提出问题，不告诉人家答案，不要跟读者捉迷藏。

有一篇论文《中国现代作家的延安道路——以何其芳延安去留为考察视角》①。摘要是这样写的：

抗战全面爆发一年后的1938年8月，何其芳、卞之琳、沙汀夫妇等一行四人走向延安，最终卞之琳、沙汀离开延安返回四川大后方，而何其芳却留在了延安成为中国现代进步作家。对于三人的去留延安问题，学界并没有引起足够重视。曾经作为京派代表性作家的何其芳为什么留在延安，至今更是缺少有力的研究成果。三人的延安去留是洞悉现代作家与延安复杂关系的重要参照，何其芳更具典型性。一个曾经信奉自由主义的京派文人能留在思想高度统一的延安，这给我们考察中国现代作家思想转变与现代文学的复杂性提供了有力佐证，折射出中国现代作家在追求思想进步与坚守文学观冲突时的抉择走向，也是其重要的研究价值和意义之所在。

这篇摘要没有直接陈述论文的核心观点，只讲了研究课题的意义和研究状况，把自己的观点隐藏起来，似乎想制造一个悬念让读者去读。事实上，读者哪有耐心去和你捉迷藏？我觉得这种写法值得商榷，值得改进。

说完摘要，再说关键词。

---

① 周思辉. 中国现代作家的延安道路——以何其芳延安去留为考察视角［J］. 西北大学学报，2021（4）.

论文还需要提供3～5个关键词。关键词通常需要列出你的研究对象、核心概念。通过这些关键词在网上能很快搜索到你的论文。

讲完标题、摘要、关键词，下面就进入论文正文了。

按照通行的学术规范，论文正文在开头必须提出所要研究的问题，指出研究这一问题的意义，然后回溯这个问题的研究状况，指出目前研究存在的不足，并借此提出自己的创新性观点。学界又将此称为"文献综述"。

文献综述是非常有必要的。文献综述的目的有三：

其一，梳理所选问题的历史发展脉络。任何问题都有一个发展脉络，不了解学术发展的脉络就不能对学术问题进行深入研究。也就是说，这个问题是从哪里来的，然后才能预判这个问题的未来发展方向可能是什么。如果论文一开头就直奔主题，对某一具体问题洋洋洒洒地写下去，不去查阅相关文献，结果可能是低水平重复的东西。这样的论文即便发表出来了，可能也没有任何价值。

其二，任何人的研究都是在前人的研究基础上进行的新的探索，即牛顿所言"站在巨人的肩膀上"。学术的传承要尊重历史，不尊重前人的学术贡献，就难以开拓新的研究领域，也难以对学术研究进行深入探索；不尊重历史，我们同样会陷入盲目自大的学风，以为别人都没有达到自己的水平，从而最终也会陷入重复别人已经说过的故事，浪费学术资源。

其三，梳理文献最根本的目的是发现前人研究中的问题，从而为自己的研究找到突破口。学术问题大多不是一代学人就能解决的，前人的研究往往受制于当时的时代氛围和认知水平，不可能将什么问题都解决得完美无瑕，总会留下瑕疵或漏洞。后辈学人就需要反复不断地阅读、比较和分析前人既有的研究成果，从中发现研究中存在的问题和漏洞。这样，自己的选题就有可能延续并深化前人的研究，或对前人研究的漏洞和不足进行弥补，或在原有的问题领域发现新的研究处女地。这些才能真正体现所做选题的研究价值。

论文开头，必须有文献综述。撰写文献综述，怎样选择文献呢？须注意五点：

其一，选择有代表性的文献，即在权威刊物上发表的论文和知名度较高的学者所发表的论文和著作。我在指导学生写论文的过程中，经常看到学生引用某某师专学报的文章，不是鄙视这些师专学报，这上面也会有好文章，但这是小概率事件。在对同一论题进行论述的作者中，尽量选择知名度更高的学者的文献。因为权威刊物上的论文和知名度较高的学者的成果，更能代表学术发展的基本态势。

其二，选择最新的研究成果。一个问题可能有漫长的研究历史，可能有浩如烟海的研究成果。在进行文献综述时，一般选择"最新的"研究成果进行评述。最新的，指近几年来（一般默认为5年）发表的各种文章和著作。

其三，选择研究的视角来梳理文献。结合你要研究的视角、特别是具体的问题来梳理文献，这样更有利于作者把握文献。那些与你的研究视角没有关系的文献内容，没有必要罗列，也没有必要整理。有一篇硕士论文研究施蛰存与唐传奇的联系，文献综述时这个学生整出一份《唐传奇研究概述》，这就离题了。

其四，撰写文献综述应有述有评，对所引述文献应做提炼、分析，尽量避免对所引述文献只做一般性简介。在广泛收集阅读文献的基础上，对已有研究成果作出合理的评述，为进一步研究提供方向和依据。应该驾驭文献，而不应被文献所驾驭。一篇好的文献综述，甚至可以作为论文发表。比如汪晖的《鲁迅研究的历史批判》就是其博士论文的文献综述，单独发表在《文学评论》杂志上。

其五，不一定全部在论文的开头进行文献综述，在正文撰写的过程中，也可以对具体的观点进行文献追述。

下面看一个文献综述的例子，拙作《跟不上方向的方向作家——论赵树理的当代境遇》①。

在中国现代文学史上，赵树理的创作曾被树立为"赵树理方向"。但是，在成为"方向"作家之后，赵树理却因跟不上时代的步伐而不断遭到批评，最后在"文革"中被定罪为"修正主义文学的标兵"，其命运之戏剧性，实在令人瞠目。

"文革"结束后，学术界为赵树理平反昭雪，赵树理在"十七年"和"文革"中所受到的批判，被当作历史的错误。"赵树理方向"重新被确认为一种正确的文学方向，赵树理的创作由于体现了这一方向，得到了肯定和表彰。但不久之后，一些研究者对赵树理的创作和"赵树理方向"又作

---

① 刘卫国. 跟不上方向的方向作家——论赵树理的当代境遇 [J]. 中山大学学报（社会科学版），2007（5）.

出了新的评价。"赵树理方向"被看作是一种政治方向，是"背离整个世界文学的发展潮流的"的"逆流"，赵树理由于执行了这一错误的"方向"再度受到了批评。以上两种评价虽然针锋相对，但其思路却同出一辙，都认为赵树理的创作体现了"赵树理方向"。

本文则认为，赵树理的创作与"赵树理方向"之间存在着一定的缝隙。所谓"赵树理方向"，其实是"革命文学规范"的一种象征性表述。赵树理的创作与"赵树理方向"既有内在的契合，也有潜在的分歧，赵树理的创作被确立为"方向"，一开始就有点勉强，而由于后来赵树理拒绝"革命文学规范"的询唤，结果他与"方向"之间的缝隙越拉越大，赵树理自己反而跟不上"赵树理方向"了。赵树理的当代境遇，蕴涵着"革命文学规范"的历史秘密，值得我们重新思考。

这篇文献综述，首先点明研究对象身上的谜团，然后归纳学术界对研究对象的两种代表性看法，指出这两种代表性看法存在的不足，然后介绍自己新的研究思路和观点。这种写法中规中矩。

论文正文对自己的论点进行论证，如果论证过程较长，就需要分节，这样论文显得有层次，读者也不会太疲惫。至于如何论证，我们将在研究步骤中细讲，这里就不重复了。

关于正文，这里主要谈一下文章结构。

通常而言，论文有两种结构，一是"平面结构"，一是"纵深结构"。

所谓"平面结构"，即一个基本立论，分别从并列的几个方面进行论述，这几个方面既不构成逐步深入层次，也不构成逐层叠加规制。"平面结构"的文章比较适合于讲课，比较适合于写文学史，一二三四，平面罗列出几个要点，但用于学术论文写作则显得有点平庸，这种结构天然地不适合深入研究一个学术问题。

所谓"纵深结构"，即选择一个问题进行透彻研究，或者是层层深入的说理，或者是不断提升的观照，前一个论点为后一个论点奠定基础，后一个论点从前一个论点推出，这样单刀直入，节节贯通，最后得出一个观点。论文如果选择平面结构，其学术质量会显得一般化，而如果论文选择纵深结构，论文的质量就比较容易得到保证。

论文结尾既是整篇论文的点睛之处，也是揭示学术在未来研究中的发展趋势的部分。因此，结尾一定要有气势，气势磅礴的结尾，往往能够凸显论文的整体品质。结合当前的学术论文来看，结尾主要呈现三种弊端。

其一，论文根本没有结尾。论证完毕后，论文即戛然而止。这是典型的虎头蛇尾。

其二，没有对前面的研究进行总结和提升，而显得太平淡。

其三，对前面的研究全盘不顾，反而荡开一笔去谈论新的话题。

好的结尾，可以采取以下三种写法：

一是对论文进行精辟的总结。前面主要是论证、证实或者证伪，尚未突出自己的观点，所以必须虽然有一个结尾来提炼论文的观点，使读者一目了然。

二是对观点进行理论的提升，看看能否总结出一些规律性的认识，使整个论文在学术境界上更上一层楼。

三是对论文的研究方法进行归纳，看看能否推广到其它研究对象，能否"举一隅而三隅反"。

练习题：

读一篇本科生写的论文，分析并体会其行文思路与格式。

翠翠为什么如此羞涩？

肖惠文

《边城》中的女主人公翠翠是一个天真纯洁的女孩。她渴望爱情，与英俊少年傩送一见倾心，互相爱慕，却因一系列原因，翠翠与傩送错过了几次消除误会的机会，导致与心上人阴差阳错。分析两人爱情悲剧的原因，女主人公翠翠面对爱情的羞涩不应被忽视，有论者曾指出："假如翠翠胆子大一点，步子快一点，思想解放一点，勇敢地追求爱情，她就一定能得到爱情。"[①] 生活在民风朴实豪爽的湘西，翠翠为何会对爱情如此羞涩？学术界对这一问题有两种观点，一是"环境影响说"，一是"青春期说"，本文认为，这两种观点未能切中肯綮，翠翠的羞涩其实是极端自卑、恐惧与孤独的外化。

汪曾祺曾说："湘西的一条辰河，流过沈从文的全部作品。"[②] 环境影响说认为，翠翠之所以在爱情表现上十分羞涩，是受当地水乡环境的影响，

---

① 宋圆圆.《边城》中翠翠的悲苦人生［J］.文学教育，2010（2）.
② 汪曾祺. 汪曾祺全集（第5卷）［M］.北京：北京师范大学出版社，1998：351.

形成了温柔腼腆的性格。比如有论者指出："边城桃源世界在实景层面是借助水建构起来的，在精神文化层面，这个世界表现为茶峒地方上淳朴的民风，尤其通过一个初长成的小女子翠翠体现出来。"① 还有论者指出："在山水和社会两方面，翠翠的身心与渡口的山水相融。有一次傩送站立在对岸喊渡河，翠翠一认明是心上人，'大吃一惊'，同小兽一样回头便向山竹林里跑掉了。可见翠翠对周围的人事，全无机心和兴趣，只是顺从于天意和心性，快乐地与渡口山水为伍。"② 边城属于水乡环境影响范围，水乡文化的温润婉转影响了翠翠矜持羞涩的性格。这种说法在学术界一直占据主流，但仔细分析仍能发现其中的漏洞。

我们知道，湘西位于江南丘陵和云贵高原的交界处，属于低山丘陵地区。文中也明确指出茶峒是一座山城："由四川过湖南去，靠东有一条官路。这官路将近湘西边境到了一个名为'茶峒'的小山城时，有一条小溪……"，"茶峒地方凭水依山筑城"。虽然茶峒这个地方有溪流，但绝非江浙地区"流出桃花波太软"的温软柔美的湖水，而是清新强健的"出山泉水"，如蓄势的弓一样强劲有力，洪水季节也会"偶尔露峥嵘"："涨水时在城上还可以望着骤然展宽的河面，流水浩浩荡荡，随同山水从上游浮沉而来的有房子、牛、羊、大树"。因此，边城的文化归属应该是豪爽野性的山寨文化，而非温润婉转的水乡文化。在这种文化影响下，当地民风"粗卤爽直"，"弄得好，连心子也掏出来给人慷慨作去，弄不好，亲舅舅也必一是一二是二"。自然环境影响下的翠翠，"为人天真活泼，处处俨然一只小兽物"。并没有后来的羞涩矜持。"自然环境说"首先是搞错了茶峒的自然环境。

"环境影响说"还认为，翠翠作为一个乡村女性，在社会环境影响下，对爱情必然会采取羞涩态度。有论者认为："封建思想中的'父母之命，媒妁之言'是在翠翠头脑中占有位置的。……西方女权主义运动的先驱波伏娃曾指出：在以男性意识为中心的社会里，女性在成长过程中是以社会（男性）的需要为基点建立起所谓女性的理想范式，这就使女性将原是社会

---

① 杨昌国，晏杰雄. 复返初始的神话——《边城》水原型的整体解读 [J]. 文艺理论与批评，2005（1）.

② 邹菡. 翠翠：从山水走向社会——《边城》人物论之一 [J]. 江西社会科学，2005（5）.

的，男性的要求内化为女性的自我压抑。纵观整场爱情，主动权在男方，而翠翠扮演着被动响应的角色。"① 还有人认为："对发生在她和傩送之间的一切是那样敏感，又始终保持着山村少女的害羞矜持。"②

但事实上，苗族的婚俗，是青年男女自由恋爱而成婚。"男女爱情，婚姻，也延续了原始的自由形态，男女间结识与相爱，多以对歌方式进行。如果双方都有意，便以歌约定下次见面的时间，地点，再互赠礼物，以约永好。"在小说中，沈从文采取的婚俗形式是"车路马路并行"。茶峒居民做事豪爽利落，也并不讳言男女情爱。"短期的包定，长期的嫁娶，一时间的关门，这些关于一个女人身体上的交易，由于民情的淳朴，身当其事的不觉得如何下流可耻，旁观者也就从不用读书人的观念，加以指摘和轻视。"同时，翠翠接触的人对待爱情都是落落大方，比如成熟稳重的天保就心直口快地对老船夫称赞翠翠"长的真标致，像个观音样子"。且表白说："我一定每夜到这溪边来为翠翠唱歌。"傩送也直言不讳："翠翠像个大人了，长得很好看！"翠翠的监护人爷爷在婚恋方面更是给翠翠全部自由："这是你自己的事，你自己想想，自己来说，愿意，就成了；不愿意，也好。"因此，父母包办婚姻的影响对翠翠并不严重，社会环境影响说并非翠翠羞涩行为的直接原因。

"青春期说"则认为，翠翠的羞涩来源于青春期少女面对爱情时的特殊心境。有论者认为："翠翠为什么在爷爷多次询问之后仍然没有把自己的意思告诉他？我们可以理解为是出于翠翠女子的害羞，一直没有明白地告诉，也没有有意地暗示爷爷自己喜欢的是二老。"③ 还有论者认为："对爱情的向往诱发了翠翠内心情愫的微妙变化，凝眸星云的时刻痴痴的爱情也在她心中悄悄的生长，祖父若问，'翠翠，想什么。'她便会略带少女的羞涩情绪轻轻地回答：'翠翠不想什么。'掩饰性的语言偏偏揭开了蒙在少女情怀之上的那层薄薄纱巾，稍不留神就把心中这份秘密泄露了出来。"④ 还有人认为："小说很真实地再现了少女的羞涩和渴望某种情愫的心理，……翠翠那少女的纯情便自然而然地流露了出来。……甚至连傩送和她说话也忘了应

---

① 谭靖仪.《边城》中翠翠情爱历程的悲剧[J].文教数据，2009（6）.
② 龙长吟. 翠翠形象论[J]. 民族文学批评，2007（3）.
③ 阿狐之龙山花开. 沈从文社会理想中的矛盾及其在《边城》中的体现[EE/OL]. http：//blog. tianya. cn/blogger/post_ show. asp? BlogID＝51217&PostID＝1297226。
④ 张迪平. 浅析《边城》中翠翠的形象[J]. 安徽文学，2009（2）.

答。引起傩送的误会。"① 以上观点说法不一，但都将羞涩归因于青春期的少女情怀。

但我认为，"青春期说"对于翠翠这个人物的针对性不强。翠翠的羞涩行为的确受到了少女情怀的影响，但青春期说并不能解释翠翠后来对傩送的刻意逃避等一系列问题。同样是面对爱情，翠翠的羞涩似乎比其它少女严重得多。将翠翠与当地生活背景相似的青春期少女做对比，翠翠的母亲当年除了生存年代比翠翠早了十几年外，其它一切生活环境几乎与翠翠完全一致。可是，与翠翠的羞涩退缩截然不同，翠翠的母亲敢于大胆主动地追求爱情，与翠翠父亲在未认识之前在白日里对歌，甚至发生暧昧关系有了小孩子。翠翠母亲的性格既乖巧又强硬，对待爱情积极主动。另外，团总小姐虽然年纪只有十三岁，比翠翠还小一两岁，而且"神气却很娇，似乎从不曾离开过母亲"，在追求爱情时也会主动坐上傩送家的吊脚楼，"来看人同时也让人看"。在沈从文湘西题材的其它作品中，少女如天天、萧萧等，还没有像翠翠这样羞涩地逃避爱情的。所以我认为，"青春期说"是一个原因，但并不是最主要和最根本的原因。

我认为，其实翠翠并不羞涩，她的羞涩只是心中极端自卑、恐惧与孤独的外化。通过观察可以发现，书中翠翠性格和行为在前后发生了显著的变化，从表面上看即越来越羞涩。翠翠与傩送共有过五次交流机会。从翠翠的回应上来看，第一次，两人初次见面，翠翠误会傩送的好意，略显娇嗔地叱骂傩送。第二次，傩送来送还酒葫芦，翠翠送傩送过河，有一段细腻的动作描写："翠翠斜睨了客人一眼，见客人正盯着他，便把脸背过去，很自负地拉着那条横缆，船慢慢拉过对岸了。"这一次两人还进行了短暂的交谈。第三次，在吊脚楼下见面，翠翠感受到团总小姐的威胁，从赌气不理傩送到两人相对微笑，彼此明白对方心意。在这三次接触中，翠翠虽然算不上主动，但也尽量配合，与傩送"互动"，在保持少女矜持的前提下进行心灵交流，成功地让傩送明白自己的心意。可是随着天保求婚，兄弟二人争夺翠翠，天保溺水身亡等一系列事件发生后，翠翠变得越来越退缩，外在表现即越来越羞涩，尽量避免与傩送单独相处的情境。第四次，天保死后，傩送渡河去川东，老船夫喊翠翠下溪边来，翠翠却躲入竹林采象征

---

① 叶颖. 翠翠的美——沈从文作品《边城》中的人物形象赏析 [J]. 今日南国，2008（3）.

爱情的虎耳草，不愿与傩送见面。第五次，傩送从川东回来要过渡，老船夫特意为两人制造机会，但翠翠还是躲入山中不敢与傩送见面，失去消除误会重归于好的机会。由此可见，天保求婚，兄弟二人争夺翠翠，天保溺水身亡等一系列事件就是翠翠态度转变的导火索。

其实，翠翠的心中始终埋藏着深深的自卑。翠翠的"情敌"团总小姐相貌美丽，连翠翠也觉得她有些"不可言说的爱娇"，家中又很富裕，碾坊陪嫁，与傩送家门当户对，还率先走了"车路"，名正言顺地提亲。而翠翠只有年迈的祖父和渡船相依为命。两人相比，团总小姐拥有绝对优势，而翠翠的爱情没有任何保障，她怎能不自卑？

母亲的爱情悲剧从小就在翠翠心中留下了阴影，再加上爷爷因为怕翠翠重蹈覆辙，总是有意无意地提起母亲当年的事，这种恐惧感感染了翠翠，让翠翠觉得自己的处境与当年的母亲很相似。害怕失去傩送的爱情；觉得自己的幸福前途叵测；担心爷爷离开自己；再加上天保的死带来的刺激，翠翠感到十分恐惧。

翠翠从小与爷爷孤单地住在白塔下，没有邻居，朋友也很少，翠翠更是没有任何同龄朋友，祖父年事已高，随时可能去世，到时翠翠就真的是孑然一身了。另外，爷爷对翠翠虽然是无微不至地照顾，但毕竟年龄悬殊，无法完全理解翠翠的心事。除爷爷外无人关心，无人理解。天保死后，"祖父似乎生谁的气，脸上笑容减少了，对于翠翠方面也不大注意了"。翠翠的孤独感越来越深。

比如这一段描写就很好地体现了翠翠这种孤独感：

翠翠仿佛当真听着这种对话，吓怕起来了，一面锐声喊着她的祖父，一面从坎上跑向溪边渡口去。见到了祖父正在把船拉在溪中心，船上人喁喁说着话，小小心子还依然跳跃不已。

"爷爷，爷爷，你把船拉回来呀！"

那老船夫不明白她的意思，还以为翠翠要为他代劳了，就说："翠翠，等一等，我就回来！"

"你不拉回来了吗？"

"我就回来！"

翠翠坐在溪边，望着溪边为暮色所笼罩的一切，且望到那只渡船上一群过渡人，其中有个吸旱烟的打着火镰吸烟，且把烟杆在船边剥剥的敲着烟灰，就忽然哭起来了。

从表面看，只是翠翠向爷爷撒娇，爷爷因为要渡船顾不上理睬翠翠，根本没有哭的理由。可是从心理上来看，翠翠当时正在为自己的未来命运担忧，不知道怎样办才好，还幻想着"坐船下桃源县过洞庭湖"出走，在精神上逃避又发现不可行，迷茫和绝望使她自动转向爷爷寻求安慰与帮助。可是老船夫并未理解这一点，只是把她当作小孩子的撒娇和任性，还告诉翠翠"做一个大人，不管有什么事都不许哭"。每天有无数人过渡，却没有人懂得翠翠的心事。长期不被理解和缺乏交流的委屈与孤独使翠翠哭了，这一点很像泰戈尔笔下的哑女素芭离乡赴嫁前那个晚上在草地上的哭泣。她们的心中都涌动着难以言说的孤独感。

由于极端的自卑、恐惧与孤独，翠翠对爱情、对傩送、对祖父的询问都采取了逃避态度，很少正面响应，即所谓的"羞涩"。其实，羞涩只是翠翠极端的自卑、恐惧与孤独的外化。随着事情一步一步向悲剧的方向发展，这种情感日益加深，我们看到的翠翠也就越来越羞涩。在《边城》的爱情悲剧中，翠翠缺的并不是大胆追求爱情的勇气，而是希望。

沈从文说过，创作"要贴到人物来写"[1]。本文就翠翠对爱情的羞涩这一问题，借鉴以前的批评，透过翠翠外在的行为态度，通过对其前后性格转变的分析，探究翠翠的心理活动状态，最终得出"翠翠的羞涩其实是极端自卑、恐惧与孤独的外化"这一结论。我认为，在对《边城》的批评中，对爱情悲剧的事件分析从注重巧合性走向注重必然性，文本批评从情节分析、民俗分析走向"人"学分析、心理分析，更有利于理解《边城》中的悲剧意识和宿命感。

---

[1] 汪曾祺. 沈从文先生在西南联大 [G] //冯友兰，吴大猷，杨振宁等. 联大教授. 北京：新星出版社，2010：62.

下 编
文学批评的六个步骤

写一篇好的文学批评文章，显然不可能一蹴而就。在写前，要经过阅读、思考、酝酿的过程，正式写作的时候，还要经过不断的起草、不断的论证和不断的修改。那么，文学批评究竟可以细分为几个步骤呢？

梁启超在其名著《清代学术概论》中表彰高邮王氏父子，认为他们的著述最能表现科学的精神。梁启超总结王氏父子的治学方法，一共归纳出六条经验：第一曰注意，第二曰虚己，第三曰立说，第四曰搜证，第五曰断案，第六曰推论，梁启超认为，这些治学方法"永足为我辈程式"。我认为，梁启超总结出的这六条治学方法，其实也是文学批评从开始到结束的六个步骤。

文学批评显然有一个过程，这个过程的第一步，自然是发现问题，触发灵感，这就是"注意"。发现问题之后，尚需要深思熟虑，对观点进行酝酿。这个深思熟虑的过程，梁启超称为"虚己"。之后要确立一个观点，这叫"立说"，立完说后，需要"搜证"，证明自己的观点，最后得出结论，也就是"断案"。"断案"之后，还可以对自己的观点进行推衍，这叫"推论"。梁启超所总结的这六条经验，完全可以移植到文学批评之中，作为文学批评的六个步骤。

本门课程将结合文学批评的实际情况，对上述六个步骤进行解说。梁启超在解说这六个步骤时，并没有举例。本门课程将用很多学术例子来验证这些步骤，加深大家的印象。梁启超在解说这六个步骤时，只下了一个简单的定义，并未对每一步的实际情况进行深入的分析。本门课程将对这六个步骤进行细致的考察，围绕着怎么办、如何操作、应该注意什么等问题进行讲解，兼顾到实际操作中的各种可能性。另外，对个别步骤的解说，我将修正与补充梁启超的说法，融进自己的解释。

第一步 "注意"

学术研究的第一步,是"注意"。梁启超是这样界定"注意"的:

凡常人容易滑眼看过之处,彼善能注意观察,发现其应特别研究之点,所谓读书得间也。如自有天地以来,苹果落地不知凡几,惟奈端牛顿。——编者注能注意及之;家家日日皆有沸水,惟瓦特能注意及之。《经义述闻》所厘正之各经文,吾辈自童时即诵习如流,惟王氏能注意及之。凡学问上能有发明者,其第一步工夫必恃此也。①

"注意",即在读书时发现问题。古人又称其为"读书得间"。宋代学者朱熹有言:"读书,须是看著他缝罅处,方寻得道理透彻。若不见得缝罅,无由入得。看得缝罅时,脉络自开。"清代学者恽敬说:"夫古人之事往矣,其流传记载,百不得一,在读书者委蛇以入之,综前后异同以处之,盖未有无间隙可寻讨者。"现代学者缪钺这样解释:"读书不仅是要多获知识,而且应深入思索,发现疑难,加以解决,此即所谓'读书得间',也就是所谓有心得。"

人人都能读书,但并不是所有人在读书中都能有疑,有疑就是发现问题。而如果不能发现问题,认为一切都很正常,那就没有学术研究。那么,如何提高观察力,如何发现问题呢?

我们先看一个例子。

苏轼的《定风波》大家应该都熟悉。我们先读一下这首词。词前有小序曰:"三月七日,沙湖道中遇雨。雨具先去,同行皆狼狈,余独不觉,已而遂晴,故作此。"全词如下:

莫听穿林打叶声,何妨吟啸且徐行。竹杖芒鞋轻胜马,谁怕?一蓑烟雨任平生。

料峭春风吹酒醒,微冷,山头斜照却相迎。回首向来萧瑟处,归去,也无风雨也无晴。

现在我问大家一个问题:"一蓑烟雨任平生"中的"一蓑"是什么意思?大家读时有没有注意过这一问题?

---

① 梁启超. 清代学术概论 [M]. 上海:上海古籍出版社,1998:45-46.

王水照先生注意到了这一问题。王水照先生说：

"'一蓑'句，我原来采取一般注家的看法，解释为'披着蓑衣在风雨中行走，乃平生经惯，任其自然'，（见拙编《苏轼诗选》）把'一蓑'作'一件蓑衣'讲。但是，此前词有作者小序说：'元丰五年三月七日，沙湖道中遇雨，雨具先去，同行皆狼狈，余独不觉。已而遂晴，故作此。'明明交代'雨具先去'，怎又能'披着蓑衣'？更重要的，如有蓑衣遮身，就不能凸显顶风冒雨、吟啸自若的诗人形象，也无法深刻地表达作者面对困境恬适裕如的高旷情怀，与此词的主旨背戾不协了。此解实不妥。"

如何解决这一问题呢？王水照先生接着说：

我后来将此条注释改为："一蓑，似与词序中'雨具先去'矛盾。别本（元代延祐刊本、明代万历《东坡外集》本）作'一莎'，则作'一川'解，较胜。'一川烟雨'，类似于贺铸的名句'一川烟草'，乃指平川广野上烟雨弥漫。这是试图从版本的异文中寻找较为合适的解释，虽说于上下文句中能大致讲通，自以为'较胜'，但也把握不大，算不得确解。"

有的学者也发觉到"一蓑"与"雨具先去"的矛盾，因而别求解释之途。陈振鹏说："这里的'一蓑烟雨'，我以为不是写眼前景，而是说的心中事。……他是想着退隐于江湖。"并以陆游诗中有关"一蓑"的用例，证明此句有"归隐江湖的含义"（陈振鹏《唐宋词新话》，186页），对此说我也有怀疑。用"蓑笠""烟蓑"以表示归隐，在古代诗文中固然不乏其例，第一位替苏轼词作笺注的宋人傅幹，在他的《注坡词》中注释此句时即引郑谷诗"往来烟波非定居，生涯蓑笠外无余"（应为罗邺《钓翁》诗）。魏野《暮春闲望》"何日扁舟去，江上负烟蓑"，傅幹似也颇倾向于"退隐"之说。

但细按苏轼此词脉理，前半写"遇雨"，后半写雨后"遂晴"，纯用叙事笔法述说先雨而后晴的全过程，仅在上下阕的结句中（"一蓑烟雨任平生"、"也无风雨也无晴"）各就眼前景生发议论，点出超旷潇（xiao）然的心绪。郑文焯《手披东坡乐府》评此词云："此足征是翁坦荡之怀，任天而动。琢句亦瘦逸，能道眼前景。以曲笔直写胸臆，倚声能事尽之矣。"他说的"曲笔"，是指用"眼前景"来"直写胸臆"，写景为了抒情述志，而不是用"虚笔"（把烟雨之景虚化）来径道"心中"归隐的期望。当时处于被"监控"地位的苏轼，实无归隐的现实可能性，词的前面又以"穿林打叶"的雨声开篇，"一蓑烟雨"应是实景无疑。

以上三种解释，王水照先生认为都难以服人。经过仔细思考和辨析后，王水照先生提出了自己的解释：

上述的三种解释，都直接或间接地把"一蓑"释为"一件蓑衣"，"蓑"为名词，实际上应作量词用，但比一般作为事物或动作单位的量词要复杂、丰富，或许可以说是量词的一种艺术化、审美化的用法。

这种解释有没有根据呢？王水照先生认为，有。他举例说：

唐代郑谷《试笔偶书》云："殷勤一蓑雨，只得梦中披。"天公殷勤兴作的是"一蓑雨"，作者梦中所披者也是"一蓑雨"，若径视作"披着一件蓑衣"，兴味顿失。朱熹《水口行舟》："昨夜扁舟雨一蓑，满江风浪夜如何？今朝试卷孤篷看，依旧青山绿树多。""雨一蓑"即"一蓑雨"，依日常生活而言，"雨"当然不能用"蓑"来计量，但在艺术领域中却完全允许。有学者解释为"作者（朱熹）在船中披蓑衣御雨"，然而，在有"篷"的船中何用再披蓑衣？且又在夜晚安息之时？范成大有首《三登乐》词："记沧州白鸥伴侣。叹年来辜负了，一蓑烟雨。""一蓑烟雨"作为一个相对匡定的诗词意象，由于与描写隐士式渔翁的"蓑笠"、"烟蓑"之类的联想、比附，其含义确又超出其单纯的词汇本义之外。即是说，"一蓑雨"比之"一场雨"，在人们的审美鉴赏中，还能增生出别一番感情色彩和文化意味。

王水照先生后来将自己的这一发现写成《"一蓑雨"和"一犁雨"——量词的妙用》①。关于量词的用法，王水照先生专门指出：

外国学子学习汉语，总是把掌握各类量词的不同用法，如一把尺子、一头牛、一口井等，视为畏途。若在英语中，一个 a 或 an，不是统统包罗在内了？他们进而研读我国古典诗词时，更难探明其奥蕴。我曾被问到，李白为什么要说'长安一片月'？'一片月'与'一轮月'、'一弯月'有何区别？'一箭之地'当然指一箭之射程，为什么又能引申出'一弓'（杨万里《游蒲涧呈周帅蔡漕张舶》：海水去人一弓远）等一大串？其词义是否完全等同？看来，深入了解量词在诗词中的特殊用法，对于文学作品的评赏和理解，是很有助益的。

大家现在知道答案了吗？"一蓑烟雨"中的"蓑"字，是名词当量词来用。

---

① 王水照."一蓑雨"和"一犁雨"——量词的妙用[J].文史知识，1998（11）.

再看例二，鲁迅的小说《离婚》开头是这样写的：

"阿阿，木叔！新年恭喜，发财发财！"

"你好，八三！恭喜恭喜！……"

"唉唉，恭喜！爱姑也在这里……"

"阿阿，木公公！……"

庄木三和他的女儿——爱姑——刚从木莲桥头跨下航船去，船里面就有许多声音一齐嗡的叫了起来，其中还有几个人捏着拳头打拱；同时，船旁的坐板也空出四人的坐位来了。庄木三一面招呼，一面就坐，将长烟管倚在船边；爱姑便坐在他左边，将两只钩刀样的脚正对着八三摆成一个"八"字。

请大家注意摘引段落中的最后一句："爱姑便坐在他左边，将两只钩刀样的脚正对着八三摆成一个'八'字。"现在我要提问：这句话是什么意思？

黄修己先生在《终身不忘，唯此一言》中谈治学中开窍的过程：

对我影响最深的，有启蒙意义的，是吴组缃先生对鲁迅《离婚》中爱姑脚型的分析。……吴先生分析说：鲁迅两次写爱姑的脚是"勾刀形"的，就是说她的脚既未成小脚，也不是天足。这说明爱姑小时候是缠过脚的（旧时文人曾以"双钩"称女人的小脚），进入民国后放脚了，因为年轻，还能再长大点，但已无法复原，便成了"勾刀形"了。这种脚型当时人称"小大脚"、"半天足"。鲁迅通过这脚型，点出爱姑出生于清末，成长于民初，用其脚型交代了故事的时代背景，是极为简练的。

我听了金先生此番介绍，用"茅塞顿开"来形容当时的感觉，还是很恰当的。因为以前读小说，从未注意这种小地方，想不到这里还蕴藏着历史的内容和艺术的匠心。于是转过身奔回自己屋里，从书架上抽出《鲁迅小说集》，立即从《呐喊》第一篇开始重新来读。我忘了花多长时间重读了《呐喊》和《彷徨》，但这一回，却简直是从鲁迅小说里发现了一片新天地，原来有那么多东西以前都忽略了。①

在茅塞顿开之后，黄修己先生自己又有了新的发现：

我还凭着当时所有的一点生活知识，体会到鲁迅写爱姑脚型时，也写

---

① 黄修己. 中国现代文学研究方法论集[M]. 北京：首都师范大学出版社, 1994：5-6.

她坐在船上对着对面的男乘客,双脚摆成八字形,这样写也有所用心。因为这种坐姿,不是将两腿并拢,而是八字张开,是不雅的,不合"四德"中对"妇容"的要求。通过这个姿势,说明爱姑所受封建文化教养少,故言行有粗俗一面,但也因此较为敢说、敢干。这就为后来展开她的性格做了铺垫。

再后来呢,更明白了这就是现实主义理论所要求的"细节真实",讲究"细节真实"有时会产生很大的艺术力量。

总之,当时我真有一种"开窍"的感觉。无论学习哪行哪业,"开窍"都是从一个境界向高一层境界的飞跃。而要"开窍",又与领会、掌握其基本方法相关。①

现在大家明白了吗?鲁迅通过"勾刀形"的脚型,点出爱姑出生于清末,成长于民初,用其脚型交代了故事的时代背景,鲁迅还通过"八字形"的不雅坐姿,暗示爱姑所受封建文化教养较少,言行粗俗。

再看第三个例子,鲁迅《阿Q正传》大家应该都读过,大家有没有注意到小说中的这么一段:

未庄本不是大村镇,不多时便走尽了。村外多是水田,满眼是新秧的嫩绿,夹着几个圆形的活动的黑点,便是耕田的农夫。阿Q并不赏鉴这田家乐,却只是走,因为他直觉的知道这与他的"求食"之道是很辽远的。但他终于走到静修庵的墙外了。

庵周围也是水田,粉墙突出在新绿里,后面的低土墙里是菜园。阿Q迟疑了一回,四面一看,并没有人。他便爬上这矮墙去,扯着何首乌藤,但泥土仍然簌簌的掉,阿Q的脚也索索的抖,终于攀着桑树枝,跳到里面了。里面真是郁郁葱葱,但似乎并没有黄酒馒头,以及此外可吃的之类。靠墙是竹丛,下面许多笋,只可惜都是并未煮熟的,还有油菜早经结子,芥菜已将开花,小白菜也很老了。

阿Q仿佛文童落第似的觉得很冤屈,他慢慢走近园门去,忽而非常惊喜了,这分明是一畦老萝卜。

读了这几段,大家有什么发现?

破绽出在最后一句。周作人率先发现了这一破绽,他指出:"在阴历匹

---

① 黄修己.中国现代文学研究方法论集[M].北京:首都师范大学出版社,1994:6-7.

五月间乡下照例是没有萝卜的,虽然园艺发达的地方春夏也有各色的萝卜,但那时候在乡间只有冬天那一种,到了次年长叶抽苔,三月间开花,只好收萝卜子留种,根块由空心而变成没有了。所以如照事实来讲,阿 Q 在静修庵不可能偷到萝卜,但是那么也就将使阿 Q 下不来台,这里来小说化一下,变出几个老萝卜来,正是不得已的。"①

周作人的这一发现引起了许钦文的注意。许钦文是鲁迅的学生,他极力为鲁迅辩护,他说:"首先我们要看清楚,这里'萝卜'上面还有个'老'字。在江浙一带,这种时候,市场上的确很难见到萝卜了,但在菜地里可能有老萝卜。这有两种原因:一,留种的;二,自种自吃的人家,吃不完剩留在那里的。只知道坐在房子里吃现成萝卜的人才以为这种时候不会有萝卜。而且对于文学作品有些细节的看法,是不应该太拘泥的。"②

周作人针对许钦文的说法,又写了一篇《〈阿 Q 正传〉里的萝卜》③,他在文中说:"我们吃现成萝卜人的话或者不尽可信,那么且看专门家怎么说吧。"周作人引用 1952 年出版的徐绍华的《蔬菜园艺学》第十八章,里面说到萝卜采种,周作人这样进行了引用和分析。

"萝卜采种,不采收根部,任其圃地越冬,至翌春开花结实,至荚变黄,乃刈下阴干而打落之。"又云:"冬萝卜若贮藏适当,可经数月之久。"可以知道萝卜如留在圃地,到了春天一定要开花结实,其根茎自然消失,这是"物理",人力所无可如何的。如要保留它,那就要有适宜的贮藏方法,详细须得去请教内行人,但总之决不是去让它一直埋在地里,任其开花结实的。④

周作人接着说:

鲁迅在写小说,并不是讲园艺,萝卜有没有都是细节,不必拘泥,这一节我的意见与许先生并无什么不同,现在却只为了园艺的问题在这里吵架,倒也是好玩的事情。小时候虽然常在园子里玩,拔生萝卜来吃,多少有过经验,看见过萝卜开花,知道不能再拔了来吃了,但究竟还不敢自信,从书本子上去请了园艺专家来做帮手,证明"翌春开花"的事实。⑤

---

① 周作人. 关于鲁迅[M]. 乌鲁木齐:新疆人民出版社,1997:252.
② 许钦文.《呐喊》分析[M]. 北京:中国青年出版社,1957:69.
③ 周作人. 关于鲁迅[M]. 乌鲁木齐:新疆人民出版社,1997.
④ 周作人. 关于鲁迅[M]. 乌鲁木齐:新疆人民出版社,1997:484.
⑤ 周作人. 关于鲁迅[M]. 乌鲁木齐:新疆人民出版社,1997:485.

周作人由此确认，许钦文所说的萝卜存在的两种可能性，即"萝卜采种"和"吃不完剩留"都是不成立的。因此，在阴历四五月间的菜地里，根本不可能存在什么"老萝卜"，阿Q偷萝卜这一细节，鲁迅确确实实是弄错了。但周作人和许钦文一样，也认为，鲁迅是在写小说，并不是讲园艺。因此，萝卜有没有都是细节，不必拘泥。

1990年代末期，范家进在写作博士论文时，注意到周作人与许钦文关于《阿Q正传》中萝卜问题的争论。范家进认为："对于乡村外在物候的描写出现这样的疏忽或许不纯粹是出于偶然。"范家进还说："细心的读者只要仔细检索一下他的所有乡村题材小说，便可以发现这么一个令人惊讶的事实：在整个《呐喊》和《彷徨》里，鲁迅竟没有一处写及他的人物在普通农家的内部活动，没有一个关于农家屋内的生活细节，——阿Q的土谷祠总不能算真正意义上的'农家'，七斤'坐在门槛上吸烟'，祥林嫂自述的'阿毛坐在门槛上剥豆……我就在屋后劈柴、淘米'这类一语带过的极简略的交代和叙述也不能算是细节描写。这与其说是鲁迅描写乡村有意设计的独特艺术手法，还不如说是他高度忠实于自己的生活观察以后所不得不采取的扬长避短：也即扬自己熟悉城乡读书人家或大户人家生活场景之长，避只能从门槛上或户外望见和旁观普通农家生活之短，将他不熟悉至少是不太熟悉的人物引到、安置到他所非常熟悉的舞台上来加以表现。"①

范家进还发现，在鲁迅的乡村题材小说中，"其间的乡村人物（尤其是成年主人公）开口说话的机会一般都比较少，一经开口，所说的话通常也都相当局促、简略，甚至不乏干枯、瘦损和窘迫的情形"，"颇显示出了一些捉襟见肘的痕迹"。②

这样，范家进就将《阿Q正传》中的萝卜问题扩大化了，他认为由萝卜问题及鲁迅对农村生活的其他描写来看，鲁迅其实并不熟悉农家生活。由此，范家进提出了一个极富挑战性的观点："长期以来，现代文学批评界似乎一直被鲁迅的一些创作自述以及其乡土小说创作的巨大成就所迷惑，从而忽略了一个基本事实，那就是：鲁迅对于乡村生活的了解和熟悉程度是相当有限的，尤其是对于乡村社会'大户人家'以外的普通'小户人家'，无论是对他们的外在生活方式还是内在精神存在方式，鲁迅所采取的

---

① 范家进. 现代乡土小说三家论[M]. 上海：上海三联书店，2002：28.
② 范家进. 现代乡土小说三家论[M]. 上海：上海三联书店，2002：46，47.

与其说是建立在详观细察基础上的具体描绘与刻画，还不如说是借助于有限的外部了解而充分地发挥艺术创作所允许的推理与想象。"①

再看第四个例子。

鲁迅的《呐喊·自序》大家应该都读过，林岗老师的《〈呐喊·自序〉漏掉了什么？》② 对这篇文章进行了分析。大家有没有注意到林岗老师的文章题目很特别？不是关心《呐喊·自序》说了些什么，而是关心《呐喊·自序》没有说什么。林岗老师这样分析：

> 事后的追忆和整理免不了条理化，而条理化所关注的是大道理讲得通的那些部分，大道理触及不到的隐微的"小道理"就难以避免被过滤掉。这不是说鲁迅有意要隐瞒什么，内心里有什么"秘密"不可能被陈述出来，而是说当鲁迅回顾自己"弃医从文"之际，一些助推鲁迅走文学之路的重要因素完全有可能未被鲁迅意识到，即便意识到也没有办法被陈述出来，即便陈述出来也会被认为不合时宜。特别当它涉及个人隐秘的伤痛，更是像冰山水面之下的部分，不可能被一眼望到，所以它们没有出现在鲁迅的笔端。这可能是有意识回避的，也可能是无意识而未触及，总之自序里没有提到。鲁迅之走上文学的路是他已经说出来的大道理和有意无意漏掉的"小道理"汇通的结果，任何单独的方面都难以让后世的读者看得清事情的全貌。中国社会一直都是家道升沉无定，荣枯刹时霄壤，像"从小康家而坠入困顿"正所在多有，是通见的常态，而只有如鲁迅般敏感的心灵才得以看见"世人的真面目"。现代作家出自家道中落者大有人在，他们的作品也不见得对"世人的真面目"有多么敏感。日俄战争日本大胜，助推了日本的军国主义气氛。在此社会氛围之下，鲁迅说的那些影画，不独仙台播放，其他城市亦然，估计看过的留日生不止鲁迅一人，而只有内心楚痛和反叛心强烈如鲁迅，才导致摆脱学医这能确保将来家的生存的确定前程，走向前程毫无保障的以文学"唤起国民精神"的茫然事业的大决心，也就是读者今天认知的"弃医从文"。鲁迅人生路的改向，是客观境况与主观心灵碰撞的结果，更准确一点，是客观境况唤起特定的主观心灵而产生的。离开了特定的主观心灵，认为它就是客观境况自然而然就能产生的结果，这不是事物的全貌。

---

① 范家进. 现代乡土小说三家论［M］. 上海：上海三联书店，2002：27.
② 林岗.《呐喊·自序》漏掉了什么？［J］. 大家，2018（4）.

分析至此，林岗老师提出这样的问题，并给予自己的解答：

鲁迅决心"弃医从文"之前塑造他的主观心灵的私人经验是什么？《呐喊自序》漏掉而没有出现的部分是什么？尤其是如果读者琢磨的不仅仅是鲁迅的"从文"，而且也包括鲁迅"从文"的姿态——他是以"复仇"的姿态"从文"的，那我们关注并探究鲁迅《呐喊自序》漏掉的人生和心理经验，那就不是多余的了。

看完这四个例子，大家能得到什么启示呢？

启示之一：

在学术研究中，要想有所发现，首先需要细心。粗心大意的人，往往东西就摆在你眼前，你也视而不见。而细心的人，往往就能不放过任何疑点。

著名学者蒙文通曾说："教书，即使是教中学，也对做学问大有好处。我就教过八年中学。平时读书中遇到细小问题，常常不予注意，疏忽过去，而教书就不行了，教中学就更不行了。细小问题也必须要注意、要搞清楚。自己搞不清楚，如何能把学生教清楚？这样就养成读书要细致的习惯，莫嫌其细小，常常也会给我们提出一些问题。"①

有些人读书，往往是一目十行，泛泛而览，粗枝大叶，不求甚解。很少像中学老师一个字一个字地过，一句话一句话地过。这样自然难以发现疑点，即便发现了疑点也会自己放走，因此难以"读书得间"。

近观钱锺书先生的《管锥编》，发现钱锺书先生读书非常仔细，不放过古籍中任何疑点难点，追究下去，收获巨大。

启示之二：

要发现问题，还需要丰富的知识和经验。有些问题，如果读者的知识不丰富，经验不广泛，即便非常细心，恐怕也会熟视无睹，难以发现。

黄修己先生为什么未能注意到爱姑的勾刀脚型？这恐怕与他的生活经验有关。吴组缃先生是黄修己先生的长辈，经历过中国女人从缠脚到放脚的过程，因此能注意到鲁迅小说中的这一细节。周作人为什么能发现《阿Q正传》中的萝卜问题？这不仅是因为周作人先生读书细致，与其知识渊博、富有生活经验也是有关的。

启示之三：

---

① 蒙默. 蒙文通学记 [M]. 北京：生活·读书·新知三联书店，2006：13.

要想发现问题，还得有质疑精神。如果读任何一本书，都迷信作者和书本，认为他们绝对正确，这样自然难以发现问题。即便发现了问题，也会自我宽慰这不过是小节，不必拘泥，最后导致放走问题。比如，如果读者像许钦文那样迷信鲁迅，认为鲁迅绝不会出错，即便偶尔出错，也不必斤斤计较，不必追究。这样自然最后一无所得。

启示之四：

要发现问题，可以尝试一下逆向思维。史学家蒙文通曾这样介绍读书经验："读书不仅要从文字记载中看出问题，还要能从不记载处看出问题。不记载也从另一个方面反映了问题。"① 上面所举的林岗老师的例文，运用的就是逆向思维，林老师关心的不是《呐喊自序》"说了什么"，而是《呐喊自序》"没有说什么"，从"没有说什么"中发现了问题。

要发现问题，还有一点需要强调，即需要进入学术状态。我们平时要多想问题，要带着某种关怀去看书。有了这种关怀，看书的时候，有些东西就会自然而然与你发生互动或共鸣，你就能从字缝里看出字来，才能捕捉到书中的信息。

如果我们平时什么都不想，什么都不思考，那么看书也是白看，你很难与任何东西发生共鸣，很多有用的信息就会从你的眼皮底下溜走。梁启超所举的牛顿和瓦特的例子，我觉得就有状态的原因。因为牛顿正在思考力学问题，才能从苹果落地中发现万有引力。瓦特正在思考动力问题，才能从沸水中发现蒸汽动力。如果牛顿和瓦特从来没有想过什么问题，浑浑噩噩的，他们肯定会对苹果落地和沸水蒸汽现象熟视无睹。

再举一例。钱理群老师1993年出版学术著作《丰富的痛苦——堂吉诃德与哈姆雷特的东移》。钱理群为什么突然写了这本著作？钱理群在《学术研究的承担问题》② 一文中这样解释研究缘起。

我也举一个自己的例子，就是我的《丰富的痛苦》这本书。它面对的是现实最尖锐的问题，上一世纪80年代末，苏联东欧瓦解之后，就提出了一个问题：历史是不是终结了，马克思主义是不是破产了，社会主义这条路是不是走不通了？我当时非常关心这个问题，但作为一个学者，我怎么

---

① 蒙默. 蒙文通学记 [M]. 北京：生活·读书·新知三联书店，2006：13.
② 钱理群. 中国现代文学史论 [M]. 桂林：广西师范大学出版社，2011：391-392.

把这个尖锐的政治思想问题转换为学术问题,进行学术研究?这里我作了几个转换。首先我把这个政治问题转化为一个思想性的命题,我这样提出问题:在世界和中国的近现代历史上,从海涅开始一直到鲁迅,为什么那么多优秀知识分子都被社会主义,为共产主义运动所吸引?于是,就产生了"知识分子和共产主义运动的关系"这样一个思想史的命题。

但还要一个转换,就是转换成我所感兴趣的精神史的问题,就是说,我不是一般地讨论知识分子和共产主义运动的关系,而是这样提出问题:知识分子对社会主义的向往,和共产主义运动的接近,是不是跟'知识分子的精神气质'有关系,二者之间是否有某种契合?我首先想到的是我自己和我的同辈人——这里就显示了我的学术研究的特点,我的学术思维习惯:我总是喜欢,或者说善于把研究的课题和自己联系起来,把自己摆进去。自我审视的结果,我发现,我和我的同代人年轻时候之所以被社会主义所吸引,除了与所受的教育有关,更是因为我们身上具有很强的堂吉诃德气质。也就是说,从自己的经验出发,我发现这种气质和社会主义、共产主义运动有内在的联系。于是我的注意力转移到堂吉诃德气质上来。

进一步深入考察,在屠格涅夫的一篇著名的演讲的启发下,我又发现,在知识分子那里,堂吉诃德气其实是和哈姆雷特气联系在一起的,形成了非常复杂的关系。而且,不同时代,不同国家,不同知识分子个体,对这两个典型形象的接受、认识与评价有很大的不同,构成了一部复杂的流动的接受史。也就是说,我要把问题弄清楚,就不能只研究堂吉诃德这一个文学典型,而且还要同时研究哈姆雷特,更要研究这两个具有原型性的世界文学史上的不朽典型的接受史。

带着这样的思考,钱理群去看中国现代文学史料,就注意到现代文学史上不少人谈论过堂吉诃德和哈姆雷特,简直是"不尽史料滚滚来"。

比如,1928年的革命文学论战中,李初梨发表《请看我们中国的Don Quixote的乱舞》,里面称呼鲁迅为"Don 鲁迅",把鲁迅比作神经错乱的堂吉诃德。冯乃超也称鲁迅为"文坛的老骑士","Don Quixote 一类的人道主义者"。

又如,鲁迅在《〈奔流〉编校后记》中将堂吉诃德精神概括为"毫无烦闷,专凭理想勇往直前去做事",与"一生冥想,怀疑,以致什么事业不能做的哈姆雷特"相对照,又提及"后人又有人和这些专凭理想的堂吉诃德式相对,称看定现实而勇往直前去做事的为'马克思式'"。

还有，巴金1934年创作的小说《春雨》中，小说中的"我"陷入困惑时，"一个瘦长的朋友的影子突然飘了进来"，严肃地对"我"说："你这样下去是不行的！你的行为是一样，思想又是一样！"然后不容分说地命令道："走罢，你跟我走！在堂吉诃德和哈姆雷特中间你必须选择一个！你应该做一个堂吉诃德！"唐弢1938年发表杂文《吉诃德颂》，表示要为"被世人所轻蔑，认为可笑"的堂吉诃德翻案，宣告"堂吉诃德其实是一个光荣的名词"，"勇往直前，不屈不挠，这是吉诃德先生的特质"，他"将是新的、无可訾议的战士"。1943年10月7日，重庆《新华日报》副刊发表廖沫沙的文章《哈姆雷特式的悲剧》，文中说："一方面在理性知识上，通过书本，我们已经走到更宽阔、更广大的世界，或者是走到更前进、更遥远的世界；而另一方面，我们的感性知识，却还停留在最狭窄、更渺小的范围中，停留在最浅薄、最落后的圈子内，这就是我们这些'目前知识分子'的悲剧，也是哈姆雷特式的悲剧。"

像这些史料，我也曾看见过，但我从未细思这些史料有何价值，而钱理群老师则注意到。这是为什么呢？因为我没有进入学术状态，而钱理群进入到了学术状态，他头脑中在思考那些大问题。进入了学术状态，钱理群老师就将这些材料全部"照亮了""串起来了"。

社会学家马克斯·韦伯曾说："热情与工作可以激发灵感，最主要的，二者要结合起来。即使如此，灵感只有在它们愿意的时候才会造访，并非我们希望它们来就会来……不管怎样，灵感之涌现，往往在我们最想不到的当儿，而不是在我们坐在书桌前苦苦思索的时候，然而，如果我们不曾在书桌前苦苦思索过，并且怀着一股献身的热情，灵感绝对不会来到我们脑中。"① 韦伯这段话，对于我们进入学术状态应该是有所启发的。没有进入学术状态，就不会有发现的灵感。

---

① ［德］马克斯·韦伯. 学术与政治［M］. 桂林：广西师范大学出版社，2010：166.

第二步 "虚己"

关于"虚己",梁启超这样解释:"注意观察之后,既获有疑窦,最易以一时主观的感想,轻下判断,如此则所得之间,行将失去。考证家决不然,先空明其心,绝不许有一毫先入之见存,惟取客观的资料,为极忠实的研究。"① 在发现问题之后,梁启超提出了"虚己"的命题,要求研究者"先空明其心,绝不许有一毫先入之见存"。

不过,我对梁启超的这个要求不是很满意。也许自然科学研究者在面对研究对象时,可以价值中立,"空明其心",但社会科学和人文科学研究者,在面对研究对象时,很难做到"空明其心",对一个问题完全不持立场。在社会科学和人文科学研究中,意图伦理绝对是先验地存在的。

什么叫意图伦理?王元化先生这样解释:"即在认识论上先确立拥护什么和反对什么的立场,这就形成了在学术问题上往往不是实事求是地把考虑真理是非问题放在首位。"② 这种立场决定认识的观点,正是意图伦理。

一个人在从事人文科学研究时,往往都是先有主观态度和立场,这种现象是避免不了的。比如我们研究鲁迅,有人很喜欢鲁迅,有人很不喜欢鲁迅,这种主观态度和立场肯定会影响到他的研究结论。解决办法也不可能是"空明其心"。因为我们不能要求别人,也不能要求自己对研究对象、对研究问题不产生主观情感。所以我这里在梁启超的基础上做进一步阐述。

我的观点是,对待研究对象一般有两种态度,一是正面的、肯定的态度,二是负面的、否定的态度。我们对待研究对象,很难摆脱自己的态度,很难空明其心。

既然不能摆脱自己的态度,那么,我们在对待研究对象时,干脆顺其自然,先沿着自己的第一印象、第一态度进行思考,提出自己的观点。之后必须再转换立场和态度,尝试驳斥自己,给自己的观点挑刺,从各个方面向自己的观点进攻。

如果顺着自己的第一态度确立的观点经受住了自己的挑刺与攻击,那

---

① 梁启超. 清代学术概论 [M]. 上海:上海古籍出版社,1998:46.
② 王元化. 九十年代反思录 [M]. 上海:上海古籍出版社,2000:127.

么可以保留，如果在自己的挑刺与攻击中败下阵来，那么应该放弃自己的立论，如果立论显示出漏洞，那么应该尝试修补，如果能修补成功可以修正自己的立论，不能修补成功就得放弃自己的立论。

为了更为形象地说明这个道理，这里打个比方，将这三步走程序比喻为法庭上的控方、辩方和法官。

控辩双方围绕着某一问题进行激烈辩论。控辩双方缺一不可。一控一辩，有利于推动人们对问题的全面思考。

控辩双方都想以自己的论断作为历史的定论，但其所处立场决定了它们的论断都是一面之辞。这使得裁决须由第三方，即法官作出。法官会衡量控辩双方的论点再作出自己的决断。他可能会倾向于一方，但这毕竟比控方或辩方自己作裁决更令人信服。

前人曾经说过，做学问就如同"老吏断狱"，所以我觉得这个比喻还是很贴切的。做学问在某种意义上确实就像法官断案。

我们面对研究对象，必须经过三步思考，即立论——驳论——综论，经过攻—防与控—辩的激烈博弈，最后得出的结论可能就比较客观公正了。

下面我们来分析几篇例文。需要说明的是，我强调的三步思考，主要是在头脑中酝酿的，看不见摸不着，但有些论文将这三步思考形诸文字，正好可以拿来分析作者的思考过程。

先看第一篇例文，王瑶先生的《论鲁迅作品与中国古典文学的历史联系》。

鲁迅对于中国古典文学的精湛的研究和深邃的修养，是可以由他关于中国文学史的著作和关于旧籍的辑校工作所证明的，无需多所列举。值得加以探讨的是在鲁迅的全部创作中也无不浸润着中国古典文学的滋养，这是构成他创作特色和艺术风格的重要因素，也是使他与中国文学史上的伟大的古典作家们保持历史联系的根本原因。诚然，鲁迅从开始创作起就接受了外国文学的影响，他的文学活动又是和中国人民的民主革命保持着血肉联系的，因此无论就文艺思想或作品的某些形式特点说，都与中国古典作家带有很大的不同；但这只是问题的一方面，如果我们加以细致的考察，则在他的作品中又无不带有我们民族的优秀传统的光辉。中华民族是一个发展着的向上的民族，他之所以勇于接受外来的影响，正是为了发扬我们自己的文化传统和建设我们的新的文学事业。他自然不是复古主义者，单纯地因袭过去的人；但他也绝不是虚无主义者。通过他的民主革命的理性的照耀，他是在传统文献中能够有明确的抉择的。对于那些糟粕部分，他自然是坚决地给以"一击"；但他也从古典文学中学习到了很多东西，继承并发扬了那些长久为人民所喜爱的精华，而这正是构成他的作品的伟大成就的重要因素。①

大家有没有注意到？王瑶先生在说完第二句话"值得加以探讨的是在鲁迅的全部创作中也无不浸润着中国古典文学的滋养，这是构成他创作特色和艺术风格的重要因素，也是使他与中国文学史上的伟大的古典作家们保持历史联系的根本原因"后，马上说了第三句话："诚然，鲁迅从开始创作起就接受了外国文学的影响，他的文学活动又是和中国人民的民主革命保持着血肉联系的，因此无论就文艺思想或作品的某些形式特点说，都与中国古典作家带有很大的不同。"这是为什么呢？这是因为，王瑶先生在头脑中进行第一步思考、立论之后，立马想到应该对这一论点进行诘问或质疑，然后展开辩论，最后得出的观点才是可靠的。果然，下一句，辩论就开始了。"但这只是问题的一方面，如果我们加以细致的考察，则在他的作品中又无不带有我们民族的优秀传统的光辉。"这一句是回击驳论。"他自然不是复古主义者，单纯地因袭过去的人；但他也绝不是虚无主义者。"这一句，既回击了潜在的"鲁迅重视中国古典传统，是不是复古主义者呢"的诘难，又回击了潜在的"鲁迅不重视中国古典传统，是不是虚无主义者呢"的疑问，属于法官最后作结案陈词。可以说，这一段论述，王瑶先生完成了三步走的程序。

再看第二篇例文，南帆老师的《艺术分析中多重关系的考察》②。南帆老师在这篇文章中也进行了"三步走"，其思路我们可以从他的文章中反推出来。

先看文章的开头一段：

文学批评开始反省自身的时候，人们强烈地意识到了艺术分析的欠缺。尽管"艺术分析"这个概念多少有些不准确，我们还是可以根据通常的见解指出，这种批评的分析对象很大一部分是相对于作品内容的艺术形式。于是，不少人滋生了这么一种责难：批评实践中内容评析的分量压迫了形式探讨的地位。而对于这种责难的回驳却引申了另一个结论：对于艺术形

---

① 王瑶.中国现代文学史论集［M］.北京：北京大学出版社，1998：1.
② 南帆.理解与感悟［M］.上海：华东师范大学出版社，2014：89-95.

式的探讨并非文学批评的主要职能。

在文章开头，南帆老师刚刚提出一个论点："批评实践中内容评析的分量压迫了形式探讨的地位。"马上又提出驳论："对于艺术形式的探讨并非文学批评的主要职能。"然后，南帆老师让双方各自陈述各自的意见，论证自己意见的合理性，并对对方的观点进行批驳。

首先是艺术派一方陈述自己的意见，强调艺术分析的重要性及意义：

在两种意见的对峙中，艺术分析的呼吁后面无疑积聚了对于批评现状的某些不满。不少批评家把作品内容放大为类似的生活现象进行评价时，将艺术形式作为一层多余的外壳剥掉了，这时，人们感到这种放大并不准确，作品似乎不应该以这副模样走入批评家的理论阵地。不妨招呼人们注意一下：作品内容和艺术形式的关系决不像把液体注入现成的容器那么简单。艺术形式配合作品内容的过程中，常常对内容进行了某种程度的艺术改造。因此，艺术形式的效用当然也不仅是作为一个透明的容器向人们展现其中的液体，它更多的是将内容改造成一种特定的形状：这个形状将最大限度地呈现内容的内在意蕴。

仅仅把艺术形式的意义限制在作品的外观上，那是一种肤浅的见解。艺术形式在文学作品中也同样暗中参与了输导批评家的艺术感受和理论引申方向。完全摆脱这种输导，人们则会感到批评家的高谈阔论并没有对准焦点，这种批评就像用一根普通直尺衡量一段曲线一样难以贴切。

然后，内容派又上场陈述自己的意见，批评艺术分析的无用：

可是，一旦我们把艺术分析的呼吁付诸实践，换言之，我们把批评的研究方向对准了艺术形式诸要素，那么，我们将发现：所谓的艺术分析，通常也就是把艺术形式内容化的过程。仅仅逗留在艺术形式上而不涉及内容，这种批评只能解释某个艺术形式的特征，而无法评判这个艺术形式的真正价值。当特征还仅仅是一种孤立的特征时，批评家的形容词都只能是中性的。这种批评只是将艺术形式作为一种外在的躯壳进行静止的描述，而不是在艺术作品有机生命的进程中加以把握。因为将艺术作品中任何一个部件拆卸出来，常常也就是将这个部件暂时独立于艺术生命的进程之外。时常回忆一句古老的箴言是有益的：一只从身体上截下来的手，已不复是手了。当然。这并不意味着这种批评没有任何价值。可是，倘若艺术分析的功能仅限于此——仅仅是阐明一些艺术法则，那么，作家便会像伏尔泰那样发出疑问："即使他们的法则是正确的，那些法则又有多大用处呢？"

第一回合辩论结束。这时法官上场，对双方观点进行第一次折中处理，汲取双方的合理意见，并将辩论议题从"艺术与内容谁更重要"转移到"如何处理内容与形式的关系"：

许多作家并不信任《小说作法》、《诗歌作法》之类教科书中的抽象规定，可是他们从不拒绝研究杰出的作家创造性地使用各种具体的艺术形式。前辈大师留下的艺术经验中，他们对于作品内容与艺术形式关系的具体处理，远比形式本身留下的投影更富于启发性。因此，作为艺术分析的对象，这种关系也同样比纯粹的形式本身更有意义。这时，在文学作品生气灌注的有机体中，艺术形式不再是一种沉睡的程序，而是作为诸种不可分割的成分之一，能动地发挥其功能。鉴定一个艺术形式在作品中的价值，则是鉴定它在作品的主题、题材、形象、情节、情绪这些成分的多重关系中所起的作用，进而鉴定这种作用所造成的实际效果。所谓关系，并不是一种机械的传动装置，而是如同复杂而遍布的网络一般有机地相互牵制、相辅相成。然而，形式在运动中对自身的种种调节，并不是要达到某种纯形式的目的，而是以种种方式配合内容。所以，内容决定形式成为诸多关系中一种强有力的主导关系。艺术形式效用的对应点不在自身，而是反射在作品内容上。因此，即使将艺术形式相对地分离出来作为分析对象，而评判这种形式的优劣时，我们仍然要将它安置在作品内容与艺术形式的彼此关系中考察。一种形式表现内容的积极程度，常常成为艺术批评的依据。

为了叩开艺术创造的大门，艺术分析的范围时常从现成的作品扩展到复杂的创作过程。这时，批评家将深入地发现，创作过程中艺术形式与作品内容的关系，将更细致地裂变为艺术形式与素材、艺术形式与作家创作意图这两重关系。只有深入揭示这两重关系的复杂纠葛，我们才能领略作家创作过程中种种艰难的跋涉——其中包括对于素材的改造和对于自己偏见的克服。也只有如此，我们才可能返身深刻地理解作品中和谐的艺术境界和矛盾现象。

之后，艺术派和内容派再度登场，就如何处理内容与形式的关系继续辩论，双方仍各持己见，认为自己有理，对方有误。而法官在听取了双方长时间的辩论后，最后得出这样的判决：

这时，假如愿意重新检查批评理论中出现的两种对峙的意见，我们有理由指出：这种对峙是不成立的。进行艺术分析，批评家不能不意识到艺术形式所负载的作品内容；进行作品内容的批评，批评家不能不依赖于艺术分析的结果——艺术分析中多重关系的考察,无不论证了这一点。

　　法官在最后判决时,认为内容派和艺术派都是片面的,应该对内容与艺术的关系进行辩证的理解。这篇文章在行文思路上遵循了三步走的程序,因此最后得出的结论较为稳妥。

　　这种双方不断论辩的文章,用对话体来写可能更加直观一些。正好,南帆老师有一篇文章是用对话体来写的。这篇文章是《文学批评家的艺术感受和理性思考》①。

　　文章开头是这样写的:

　　甲:近代各种文学批评流派的崛起,曾经使一些人将二十世纪称为文学批评的时代。尽管我们还应当对这种概括的准确性加以细心的研究,但是,这个趋势却是十分明显的:作为一门相对独立的学科,文学批评在文学事业中具有举足轻重的地位和意义。因此,我不能不注意到一个奇怪的现象:许多作家——哪怕是三四流的作家——都时常堂而皇之地对文学批评流露出冷漠、讥笑和不屑。虽然这种现象也是"古已有之",可是我却至今仍然感到不解而且不平。

　　乙:也许有些作家总是自觉不自觉地存在着这么一种观念:文学创作是一种创造性的活动,而文学批评只不过是对这种创造性活动加以研究——这便落后了一个层次。而且,这种研究的很大一部分工作既然在于解释和分析作家所创造的作品以及有关创造过程的一切,那么,作为创造者本身,作家似乎也就有权利肯定或否定这种研究。而这种权利中不知不觉地包含着对于文学批评的轻视。

　　南帆老师借助甲方提出观点,为文学批评受到的冷漠讥笑鸣不平,然后又借助乙方对甲方的观点展开攻击,认为文学批评受到轻视是理所当然的。然后,甲乙双方开始为文学批评究竟应得到怎样的待遇进行辩论:

　　甲:我不能不说这种想法是肤浅的。事实上,作家与批评家都在创造——只不过他们所依据的材料和创造方式不同而已。作家以现实生活为材料展开他的形象思维,批评家以艺术作品为材料运用他的理性思考。因此,将缺乏创造作为鄙薄文学批评的理由是难以成立的。当然,一些天才的作家没有得到同时代批评家的真正理解和适当评价,这是文学史上屡见不鲜的现象。这反映了当时那些批评家眼光的短浅。不过,倘若从这些批

---

① 南帆. 理解与感悟 [M]. 上海:华东师范大学出版社,2014:27 - 38.

评家身上引申出一个普遍性的结论，认为批评家不过是文学事业中的落伍者，那么，这种以偏概全就像以一些三四流的作家来代表一代文学的风貌一样。其实，同那些天才的作家相对应，我们同样很容易举出一批伟大批评家的名字。后者对于文学发展所作的贡献往往并不亚于前者。

乙：就个人的考虑而言，我倒是愿意接受你的见解。不过，这些见解仍然无法使我在观念上将文学批评同文学创作比肩而立。我的理由来自另一方面：批评家对于作品往往缺乏艺术感受——缺乏一种直觉的情感反应，一种内心深处真诚的感动。缺乏艺术感受的人把握和理解作品的程度是令人怀疑的。当然，我个人并未拥有作出这个结论所需要的学识和事实，因而我愿意引用列夫·托尔斯泰的观点作为佐证。托尔斯泰在《艺术论》中说过，作家的艺术创造就在于将自己生活中体验到的情感传达给别人。那么，一旦作家与读者之间通过作品的媒介发生了情感上的同构对应，随之而来的文学批评就无异于多余的蛇足。所以，托尔斯泰曾经断言：批评家之所以从事这项毫无意义的事业，恰是因为他们艺术感受的能力的衰退。

在辩论中，甲方认为乙方的想法"肤浅"，乙方坚持认为文学批评无法与文学创作比肩而立，并引用托尔斯泰的名言，认为文学批评是毫无意义的事业。甲方反驳乙方，认为托尔斯泰的话体现了作家的傲慢，普列汉诺夫已经纠正过托尔斯泰的观点。乙方依然强调作家可以直接以艺术感受把握思想，而批评家不行。甲方认为也有批评家具有敏锐而强大的艺术感受。乙方认为这样的批评家很少，大多数批评家都是用一些根本性的理论原则在探讨作品，而不是在感受作品。甲方承认，这种缺陷在文学批评中确实存在，但文学批评的确应当超越艺术感受而进入理性思考。双方你来我往，相互寻找对方观点的破绽和漏洞，或者也承认对方说得有部分道理，但又忽略了某个重要节点，不断辩论。最后，甲方提出："当人们希望作家和批评家不是互相轻视而是成为挚友时，这应当说是一种规律性的而不是强制性的要求。"而乙方回答："我想，是这样的。"双方在这一点上取得了共识。

南帆老师的这篇对话体文章遵循了三步走程序，大家在读的过程中不断代入角色，一会儿甲方一会儿乙方，双方的辩论非常精彩，非常充分，最后得出的结论可以说是水到渠成，顺理成章。

大家应该记住，在思考中，每立一论，应该让它接受四面八方的攻击，这种思考可以外化，可以体现在行文中。在行文中，大家可以使用"有心人或会诘问","也许有人可以提出质疑"这样的句式,让反方提出论点,然后引出正方的回应。

举一个例子,王德威先生的名文《被压抑的现代性——没有晚清,何来五四?》。文章先给"现代"一词下了一个定义:

> "现代"一义,众说纷纭。如果我们追根究底,以现代为一种自觉的求新求变意识,一种贵今薄古的创造策略,则晚清小说家的种种试验,已经可以当之。别的不说,单就多少学说创作,书籍刊物,竟以"新"字为标榜,即是一例。从《新石头记》(1908)到《新中国未来记》(1902),有心作者无不冀求在文字、叙述、题材上挥别以往。诚然,刻意求新者往往只落得换汤不换药,貌似固步自封者未必不能出奇制胜。重要的是,无论意识形态的守旧或维新,各路人马都已惊觉变局将至,而必须采取有别过去的叙写姿态。①

在这一段中,王德威先生已经用"诚然"领衔,说了一段话,堵塞自己立论可能的漏洞,但他还是不放心,接着又写了下面两段,继续扮演攻击者寻找自己的漏洞,并随后予以回应。

> 有心者可以反诘,这种传统之内自我改造的现象,以往的文学史不是已屡有前例可循?晚明时期诗文小说的中兴,只是其中之一。何以我们不称之为"现代"呢?我的回应,是将晚清文学重新发回历史语境之中。晚清之得称现代,毕竟由于作者读者对"新"及"变"的追求与了解,不再能于单一的、本土的文化传承中解决。相对的,现代性的效应及意义,必得见诸19世纪西方扩张主义后所形成的知识、技术及权力交流的网路中。

> 但有心者仍可反诘,以往中国的文学,不亦曾有异邦因素的融合介入?六朝以降,西域佛学母题及叙写形式的传播;唐代中亚音乐模式的引进,对古典中国的诗词叙述,均造成深远影响。即便如是,我们仍需体认清末文人的文学观,已渐脱离前此的中土本位架构。面对外来冲击,是舍是得,均使文学生产进入一个"现代的"、国际的(却未必是平等的)对话情境。"国家"兴起,"天下"失去,"文学"也从此不再是放诸四海的艺文表征,而成为一时一地一"国"的政教资产了。准此,我们不妨复习文学史家一再传述的中国现代文学现象:民主思维的演绎,内在心理化及性别化主体

---

① [美]王德威. 被压抑的现代性——晚清小说新论[M] 宋伟杰译. 北京:北京大学出版社,2005:5.

的发掘,军事、经济、文化生产的体制化,都市/乡村视景的兴起,革命神话的建立,还有最重要的,线性历史事件感的渗透。这些现象既是作家创作的条件,也是他们描摹的对象。但只要把眼光放大,我们则知所有现象均可见诸西方,而且经过长期实验,方底于成。当它们移入清末中国这样的非西方文明中,却失去时间向度,产生了立即性的迫切感。它们散发着符咒般的魔力,催促一代中国人迎头赶上。识者称现代中国文学建立在一种"亏欠的话语"上,不是虚言。清末以来的作者读者觉得我们"总已"难偿历史进程的时差,如果不继续借镜,或借贷,西方的文化及象征资本,更是无以为继。①

文章这样写,就好像一名将军故意冲入敌阵,迎接敌人四面八方的攻击,自己拼力搏杀,最后胜利杀出重围。这样的将军是经历过生死磨练的,这样的文章自然也算通过了重重考验。希望大家在提出一个假说后,应该让假说接受来自各方面的攻击,通过了考验才算靠得住。通不过,那就放弃,另立新说。

再举一个例子,拙文《丘东平"战争叙事"特征新论》②。

拙文先提出了这样一个观点:

丘东平在战争叙事中并没有将光明与黑暗截然分开,他一直警惕和防备这种截然两分的单纯化思维。如在以海陆丰农民革命为题材的小说中,《沉郁的梅冷城》第一眼很难看出谁是代表光明的正方,谁是代表黑暗的反方。因为正方在小说中被称为"暴徒",正方制造的爆炸事件被作者叙述成"它似乎着重于一种无谓的忿恨的发泄",反方"保卫队"则被叙述者称为"有着克服一切骚乱的能力",整篇小说也没有写革命者做了什么可以代表光明和正义的事情。

之后开始对这个论点进行质疑:

对于海陆丰农民革命,或许有人认为其性质可以重新评说,但抗日战争的正义性是毋庸置疑的。丘东平无疑是站在正义的一方,他在描写抗战题材时,有时确实表现出了英雄主义主题。比如在《我们在那里打了败仗》中,丘东平描写并且歌颂了英勇抗战的国军战士,像"排长蒋秀,当敌人

---

① [美]王德威. 被压抑的现代性——晚清小说新论[M]. 宋伟杰译. 北京:北京大学出版社,2005:5-6.

② 刘卫国. 丘东平"战争叙事"特征新论[J]. 文学评论,2013(2).

的坦克车冲来的时候,他迅速地和坦克车接近起来。他攀附着坦克车的蚕轮,用驳壳枪对着车上的展望孔射击,而卒至给蚕轮带进了车底,碾成肉酱"一段,读来真是可歌可泣。不过,在此篇中,丘东平并未考虑战争的性质,并未传达光明必然战胜黑暗、正义必然战胜非正义这样的信念。相反,他借主人公之口这样发表对抗日战争的看法:"胜利或失败,全是力与力的对比——一切且由历史去判决吧!我们的战斗不断的继续着,而我们的历史也正在不断的书写着。我们,中华民族,如果在和日本帝国主义的对比之下完全失败了,那么,历史的判决是公平的,我只能对着这判决俯首,缄默……"这里似乎是在宣扬一种失败主义的悲观论调。在《一个连长的战斗遭遇》中,丘东平赞扬了第四连战士违抗僵化的军令主动出击、英勇抗日的行为,但此篇却这样描写第四连战士拆除构成射击死角的一座屋子:"十五个列兵,由班长作着带领,携带着铁棍和斧子,唱着歌,排着行列,与其说是为了战斗的利益倒不如说是为了泄愤,在对那独立家屋施行威猛的袭击。……六个列兵像最厉害的强盗似的爬到屋顶上去了,强暴地挥动着沉重的铁棍,屋顶的瓦片像强大的恶兽在磨动着牙齿似的响亮地叫鸣着,屋顶一角一角的很快地洞穿了,破坏了。……弟兄们的凶暴的兽性继续发展着,他们快活了,这是战地上常有的快活的日子……"显而易见,对中国军人的这种描写很难让读者产生光明、正义的感觉。丘东平在这些战争叙事中等于是自我解构了英雄主义的主题。

在回应质疑的过程中,正方再度强调了自己观点的正确性,但这还不够,还可以让正方再接受质疑:

或许还会有人说,上述作品写的是国民党军队,丘东平作为左翼作家,在歌颂其抗日行为时又有所保留,是可以理解的。那么,我们再来看一下丘东平描写新四军的作品。在这些作品中,如《截击》、《把三八枪夺过来》等短篇叙事中,丘东平确实歌颂了新四军的英勇抗日,但其重头创作《茅山下》,已经完稿的部分,则主要在揭示新四军内部的问题,即工农出身干部与知识分子之间的矛盾,作品描述的是这种矛盾的发生、激化与解决过程。这种内部矛盾就很难用光明/黑暗,正义/邪恶的两分法来确立其主题了。

经过不断回应各种质疑,并为自己的观点进行辩护,最后拙文得出了这样的结论:

丘东平在战争叙事中,并没有简单地站在阶级或民族的立场上,将战争的双方划归为光明或黑暗,正义与非正义的阵营,歌颂光明和正义,鞭挞黑暗和非正义。在丘东平的战争叙事中,光明与黑暗、正义与非正义的界限通常是含混和暧昧的,但在这种含混与暧昧中,丘东平已经触及到对战争的反思、对战争的残酷性和荒谬性的揭示。

这样不断地虚构质疑与回应质疑,对于证明自己的观点,是非常有必要的。希望大家要不厌其烦,不断给自己的立论挑刺,经过不断捶打的观点,才有可能是可靠的观点。

第三步 "立说"

关于"立说",梁启超的解释是:"研究非散漫无纪也,先立一假定之说以为标准焉。"① 胡适认为,治学"决不能等到把这些同类的例都收集齐了,然后下一个大断案",因为这样做太耗费时间,在归纳的同时,可以演绎法与之相济,即"当我们寻得几条少数同类的例时,我们的心里已起了一种假设的通则"②。这就是胡适倡导的"大胆的假设"。

先立假说的例子,在学术史上比比皆是。

比如,《尚书·尧典》中有一句"光被四表"的话,一般将"光"释作"显",独孔安国的《传》把"光"释作"充"。学界大都相信"显"而不相信"充",但戴震"大胆的假设",他认为"光"和"桄"都释"充"义,"桄"和"横"二字都读作古旷反,戴震猜测:"《尧典》古本,必有作'横被四方'者。"

后经钱大昕、姚鼐、戴受堂、洪榜、段玉裁等人努力查证,发现《汉书》、《淮南子》、两汉、三国的赋中有相当数量的"横被"甚至"横被四表"字样,证明世传《尚书》中的"光"字实"桄"字,也就是"横"字了。事实证明,戴震的"大胆假设"并没有错。

又如,《礼记·大学》引汤盘铭:"苟日新,日日新,又日新。"孔颖达疏:"汤之盘铭者,汤沐浴之盘而刻铭为戒。必于沐浴之盘者,戒之甚也。苟日新者,此盘铭辞也。非唯洗沐自新,苟诚也,诚使道德日益新也。日日新者,言非唯一日之新,当使日日益新。又日新者,言非唯日日益新,又须恒常日新。皆是丁宁之辞也。"此训解千百年来,相沿不替,陈陈相因,无有疑之者。郭沫若则大胆假设,认为,"苟日新,日日新,又日新"乃"兄日辛,且日辛,父日辛"之讹误。郭氏云:"铭之上端当稍有泐损,形如图中曲线所界,故又误兄为苟,误且(古文祖)为日,误父为又。求之不得其解,遂傅会其意,读辛为新,故成为今之'苟日新,日日新,又日新'也。"

---

① 梁启超.清代学术概论[M].上海:上海古籍出版社,1998:46.
② 胡适.胡适全集(第1卷)[G].合肥:安徽教育出版社,2003:379.

郭氏新说石破天惊，董作宾不以为然。董作宾认为，祖、父、兄三代祭日不可能同在辛日。但日本学者伊藤道治发现，商人对王亥的祭祀多在辛日。张光直进一步发现，商人对夔、岳的祭祀也常在辛日。饶有意味的是，据王国维考证，夔即帝喾高辛氏。看来，帝喾名高辛氏是有依据的。杨升南发现，对河的祭祀，也以辛日为最多。辛日既为重要祭日，祖、父、兄三代祭日同在辛日是完全有可能的。

这里举了两个大胆假设的立说，第一个已获公认，第二个也自成一家之言。下面再举四个大胆假设立说但却失败的例子。这四个例子均出自罗尔纲的著作《师门五年记　胡适琐忆》。分析这四个例子，我们可以从中知道立说时的注意事项。

例一：胡适给罗尔纲的一封信

尔纲：

我在《史学》（《中央日报》第十一期）上看见你的《清代士大夫好利风气的由来》，很想写几句话给你。

这种文章是做不得的。这个题目根本就不能成立。管同、郭嵩焘诸人可以随口乱道，他人是旧式文人，可以"西汉务利，东汉务名；唐人务利，宋人务名"一类的胡说，我们做新式史学的人，切不可这样胡乱作概括论断。西汉务利，有何根据？东汉务名，有何根据？前人但见东汉有党锢清议等风气，就妄下断语以为东汉重气节。然卖官鬻爵之制，东汉何尝没有？"铜臭"之故事，岂就忘之？

名利之求，何代无之？后世无人作《货殖传》，然岂可就说后代无陶朱猗顿了吗？西汉无太学清议，唐与元亦无太学党锢，然岂可谓西汉唐元之人不务名耶？要知杨继盛、高攀龙诸人固然是士大夫，严嵩、严世蕃、董其昌诸人以及那无数歌颂魏忠贤的人，独非"士大夫"乎？

凡清议最激昂的时代，往往恰是政治最贪污的时代，我们不能说东林代表明代士大夫，而魏忠贤门下的无数干儿子干孙子就不代表士大夫了。

明代官绅之贪污，稍治史者多知之。贫士一旦中进士，则奸人猾吏纷纷来投靠，土地田宅皆可包庇抗税，士大夫恬然视为故常，不以为怪，务利固不自清代始也。

你常作文字，固是好训练，但文字不可轻作，太轻易了就流为"滑"，流为"苟且"。

我近年教人，只有一句话："有几分证据，说几分话。"有一份证据只可说一分话。有三分证据,然后可说三分话。治史者可以作大胆的假设,然而决不可作无证据的概论也。

又在《益世报·史学》二十九期见"幼梧"之《金石萃编唐碑补订偶记》,似是你作的?此种文字可以作,作此种文字就是训练。

偶尔冲动,唠唠至几百字,幸勿见怪。①

例二:胡适评《研究清代军制计划》

罗尔纲曾计划研究清代军制,将研究计划寄呈给胡适,请他指导。1936年6月29日,胡适致函罗尔纲,批评其研究清代军制的学术计划,信中说:

《研究清代军制计划》,我是外行,恐不配批评。但我读你的计划,微嫌它条理太好,系统太分明。此系统的中心是"湘军以前,兵为国有;湘军以后,兵为将有"。凡治史学,一切太整齐的系统,都是形迹可疑的,因为人事从来不会如此容易被装进一个太整齐的系统里去。前函所论"西汉重利,东汉重名,唐人务利,宋人务名"等等,与此同例。②

例三:胡适评《太平天国史纲》

罗尔纲的《太平天国史纲》出版后,胡适批评说:"你写这部书,专表扬太平天国,中国近代自经太平天国之乱,几十年不曾恢复元气,你却没有写。做历史家不应有主观,须要把事实的真相全盘托出来,如果忽略了一边,那便是片面的记载了。这是不对的。你又说五四新文学运动,是受了太平天国提倡通俗文学的影响,我还不曾读过太平天国的白话文哩。"③

罗尔纲说:"适之师的话,叫我毛骨悚然!太平天国之役,19年长期大战,毁坏了多少文物,摧残了多少都市和农村,兵灾疫疠的浩劫,生民流离的悲惨,我都搜集有此类史料,我为什么在此书中不作详细的叙述呢?这便好像是有意的把那些残酷的事实遮蔽了。……至于太平天国提倡通俗文学一事,我只可以说太平天国曾有此种提倡,但却不能说五四新文学运动是受了它的影响而来。我这种牵强附会的说法,正违犯了章炳麟所论经师应守的'戒妄牵'的信条,也就是违了适之师平日教我们'有一分证据

---

① 罗尔纲.师门五年记 胡适琐记[M].北京:生活·读书·新知三联书店,2006:43-44.

② 罗尔纲.师门五年记 胡适琐记[M].北京:生活·读书·新知三联书店,2006:45-46.

③ 罗尔纲.师门五年记 胡适琐记[M].北京:生活·读书·新知三联书店,2006:49.

说一分话,有三分证据说三分话'的教训。"①

例四:胡适劝罗尔纲研究近代史

罗尔纲说:"本来我在大学里,对中国上古史曾做过点探索,写了一篇《春秋战国民族考》。到了适之师家,便打算跟着这篇考证去进一步探索,预备要写一部《春秋战国民族史》。我根据的史料以《左传》为主,并参考《世本》、《竹书纪年》、《国语》、《战国策》、《史记》以及'五经'、'诸子'各书。……我将写成的两章请他看。适之师看了说:'你根据的史料,本身还是有问题的,用有问题的史料来写历史,那是最危险的,就是你的老师也没有办法帮助你。近年的人喜欢用有问题的史料来研究中国上古史,那是不好的事。我劝你还是研究近代史吧,因为近代史的史料比较丰富,也比较易于鉴别真伪。'"②

从以上四个例子,我们可以得出这样一些教训。

第一,切不可这样胡乱作概括论断。胡适评论罗尔纲的文章《清代士大夫好利风气的由来》说:"这种文章是做不得的。这个题目根本就不能成立。管同、郭嵩焘诸人可以随口乱道,他人是旧式文人,可以'西汉务利,东汉务名;唐人务利,宋人务名'一类的胡说,我们做新式史学的人,切不可这样胡乱作概括论断。"有时我们看一个人的论文题目,就觉得这个题目难以成立,因为这个题目就是胡乱作概括论断。

2017年11月21日《长江学术》在微信上发布了一篇访谈文章,题目是《"1875年是现代文学的起点"——哈佛大学伊维德教授访谈录》。单看这个题目,就觉得难以成立。再看内容。论者之所以将1875年划定为中国现代文学的起点,是因为该教授认为,1875年,欧洲的平版印刷引入中国,逐渐取代木版印刷技术,中国引入平版印刷技术后,小说变得易携带,并且可以大量、快速地印刷了。因此,这一年可以算作中国现代文学的起点。这一论断下得太轻率了。要找文学的起点,总得从作家作品谈起。

第二,一切太整齐的系统都形迹可疑。胡适说:"凡治史学,一切太整齐的系统,都是形迹可疑的。"陈寅恪也有类似的话:"其言论愈有条理统

---

① 罗尔纲. 师门五年记 胡适琐记[M]. 北京:生活·读书·新知三联书店,2006:49-50.

② 罗尔纲. 师门五年记 胡适琐记(增补本)[M]. 北京:生活·读书·新知三联书店,2006:20-21.

系，则去古人学说之真相愈远。"① 我们看别人的立说，也可从这一层观察。那些特别有条理、特别干净利落的观点，往往都是靠不住的。

瞿秋白著名的文学批评文章《〈鲁迅杂感选集〉序言》，细致地勾画出了鲁迅在辛亥革命前后、五四新文化运动前后、五卅运动前后、大革命前后等各个重要历史时期的思想，阐述了鲁迅各个时期思想的重要意义。通过历史的描述，瞿秋白最终得出了这样的结论，认为鲁迅"从进化论最终的走到了阶级论，从进取的争求解放的个性主义进到了战斗的改造世界的集体主义"。应该说，瞿秋白的观点大致能够成立，因为鲁迅确实有思想变化，后期思想确实与前期有一些不同。但是，鲁迅思想的变化绝非一刀两断、泾渭分明，鲁迅的后期思想中依然有前期思想的残留，这一点就被瞿秋白忽视了。

第三，须要把事实的真相全盘托出来。胡适告诫罗尔纲："做历史家不应有主观，须要把事实的真相全盘托出来，如果忽略了一边，那便是片面的记载了。"我们立说时，一定要照顾到全面的事实，不能就部分事实下判断。只就部分事实下判断，那是隅见，而非圆览。立说时要尽量避免一隅之见与一面之辞。当然，别人如果已经说过事情的某一面，我们立说时可避开这一面，专说被忽略的另一面，但也需要注明。

吴虞的《吃人与礼教》是五四新文化运动时期的一篇重要论文。在这篇文章中，吴虞从中国历史中找了三个事例，作为礼教吃人的证明。在举出这三个例子后，他大声疾呼："到了如今，我们应该觉悟！我们不是为君主而生的！不是为圣贤而生的！也不是为纲常礼教而生的！甚么文节公呀，忠烈公呀，都是那些吃人的人设的圈套，来诳骗我们的！我们如今应该明白了！吃人的就是讲礼教的！讲礼教的就是吃人的呀！"②

但吴虞并没有把事实的真相全盘托出来。吴虞所举的齐桓公吃人的例子，事实并不如他所说，齐桓公之事，真相本是管仲以礼教化齐桓公，齐桓公听从管仲建议，从而维持了当时的礼治秩序，管仲去世后，齐桓公丧失了教化者，其欲望就放纵出来，就有了易牙蒸子进献之大恶。

吴虞所举的刘邦的例子，也歪曲了事实。项羽绑架了刘邦的父亲，威

---

① 陈寅恪. 冯友兰中国哲学史上册审查报告，金明馆丛稿二编 [M]. 北京：生活·读书·新知三联书店，2015：280.

② 吴虞. 吃人与礼教 [J]. 新青年，6卷6号，1919－11－1.

胁要烹杀他,刘邦却无耻地说:"吾与项羽俱北面受命怀王,曰,约为兄弟;吾翁即若翁,必欲烹而翁,幸分我一杯羹。"刘邦建立汉朝后,梁王彭越造反,"汉诛梁王彭越,醢之,盛其醢遍赐诸侯之。"吴虞由此大发议论:"你看高帝一面讲礼教,一面尊孔子,一面吃人肉,这类崇儒重道的礼教家,可怕不可怕呢?"刘邦这个人流氓习气很重,非常讨厌儒生,儒生陆贾在他面前谈论《诗经》《尚书》等儒家经典,刘邦大骂道:"乃公居马上而得之,安事《诗》《书》?"对"冠儒冠"的来访者,刘邦强行摘下来访者的儒冠"溲溺其中"。刘邦本来就不信仰礼教,他的那些行为根本就不能证明"礼教吃人"。刘邦的举动是不能由礼教来"背锅"的。

吴虞还举了臧洪、张巡的例子,臧洪、张巡守城,城中粮尽,臧洪、张巡杀其妻妾,以食兵将。吴虞评论说:"臧洪、张巡,被礼教驱迫,至于忠于一个郡将,保守一座城池,便闹到杀人吃都不顾,甚至吃人上二三万口。仅仅他们一二人对于郡将、对于君主,在历史故纸堆中博得'忠义'二字,那成千累万无名的人,竟都被人白吃了。"事实上,臧洪、张巡哪里是被"礼教驱迫"而"杀人吃",只是在粮食断绝后没有办法的办法,这个办法确实很残忍,"蹂躏人道"也有违礼教,因为礼教也是不赞成"杀人吃"的。且臧洪、张巡,本为武将,是否受过礼教熏陶,本就存疑。而这两人杀人吃,发生在战争期间,在战争期间,人类遵循的往往是丛林法则而不是礼教原则,人性之恶难免大爆发。

吴虞举了三个例子,用来指责礼教吃人,但他根本不了解这三个例子的全部真相,只就表象立论,可以说是强加礼教罪名。

第四,违犯了"戒妄牵"的信条。罗尔纲反省说:"我这种牵强附会的说法,正违犯了章炳麟所论经师应守的'戒妄牵'的信条(见《太炎文录·说林下》),也就是违了适之师平日教我们'有一分证据说一分话,有三分证据说三分话'的教训。"① 牵强附会的立说,乍一看颇有新意,但往往经不起仔细的检验。

茅盾的《徐志摩论》② 开篇即引用徐志摩的诗句"我不知道风是在哪一个方向吹",试图以此证明徐志摩是"中国布尔乔亚'开山'的同时又是

---

① 罗尔纲. 师门五年记 胡适琐记[M]. 北京:生活·读书·新知三联书店,2006:49-50.

② 茅盾. 徐志摩论[J] 现代,2卷4期,1933-02-01.

'末代'的诗人",并以徐志摩在诗句中迷上了方向,证明中国的布尔乔亚文学已经穷途末路:"百年来的布尔乔亚文学已经发展到最后一阶级,除了光滑的外形和神秘缥渺的内容而外,不能再开出新的花朵来了!这悲哀不是志摩一个人的!"在论证这一观点时,茅盾细读了徐志摩的众多诗歌作品,着力从中发掘政治隐喻。

如茅盾对徐志摩的诗歌《婴儿》做了这样的政治化解释:

> 究竟志摩所抽象地赞颂的"未来的婴儿"是怎样一个面目呢?在"生产的床上受罪"的产妇——中华民族,那时正在国际帝国主义和国内封建军阀双重的压迫下,中国是封建的并且殖民地资本主义统治下的中国,因而这"产妇"所能诞生的婴孩可以假定它或者是资产阶级的德谟克拉西,或者是工农的民主政权;究竟志摩所谓"婴儿"是指的前者呢,或后者?志摩没有明说。然而我们读了志摩的全部作品就知道他所谓"婴儿"是指英美式的资产阶级的德谟克拉西,他见了工农的民主政权是连影子都怕的。

包括《婴儿》在内的多数诗作,都只是徐志摩个人心情的记录、个人感情的抒发,并不一定寄寓徐志摩的政治见解,但茅盾却能从这些作品的字缝里读出微言大义来,实在牵强附会。

第五,不能用有问题的史料来立说。立说一定要检验自己的史料基础。如果史料是正确的,方可以在此基础上立说,如果史料是错误的,不能在此基础上立说。

鲁迅曾这样批评郭沫若的小说《一只手》:

> 郭沫若的《一只手》是很有人推为佳作的,但内容说一个革命者革命之后失了一只手,所余的一只还能和爱人握手的事,却未免"失"得太巧。五体,四肢之中,倘要失去其一,实在还不如一只手;一条腿就不便,头自然更不行了。只准备失去一只手,是能减少战斗的勇往之气的;我想,革命者所不惜牺牲的,一定不只这一点。《一只手》也还是穷秀才落难,后来终于中状元谐花烛的老调。①

但是,鲁迅完全弄错了这篇小说的内容。这篇小说并非如鲁迅所说写的是一个革命者革命之后失了一只手所余的一只还能和爱人握手的事。小说的主人公小普罗是个外国童工,并不是一个革命者。这个童工在做工时,右手被切断,工友们停下活儿来救他,受到工头阻止,结果引起工人暴动。

---

① 鲁迅. 鲁迅全集(第四卷)[G]. 北京:人民文学出版社,2005:138–139.

但工人暴动遭到警察镇压,小普罗和未死的工人都做了俘虏而入狱。而工人领袖逃脱后,发起了全岛工人大罢工。小普罗的双亲率先响应,点燃自己的房屋作为信号,使全岛燃起熊熊大火。趁着资产阶级政府救火之际,工人领袖率领工人夺取了兵工厂,掌握了武器,夺取了政权。小普罗从监狱中得到解放,他有仇报仇,用断手打死工头,但他回到家里,发现双亲被火烧的尸首,身心疲惫,倒地死去。后来,工人政府为小普罗举行了国葬,树立了纪念塔,纪念塔顶上,一只红色的铁拳向天空伸出。"一只手"的得名即出于此。

鲁迅批评《一只手》,用意在于讽刺郭沫若的思想意识仍然是"穷秀才落难,后来终于中状元谐花烛的老调",但由于鲁迅完全弄错了《一只手》这篇小说的内容,其批评也就不能成立。

了解立说的注意事项之后,下面从正面讲一下立说的类型。

在我看来,立说除了全新的发现之外,大都有所依据,不外三种类型:一是照着说;二是接着说;三是反着说。

我们在研究中,看到别人的文章,觉得其观点有启发性,可以将其观点移植到另外的研究对象,这就是照着说。

比如,王德威在大陆出版著作《想象中国的方法》,这本书在立论上有一定新颖性,后来被很多研究者借鉴,如《想象香港》《想象革命的方法》《想象历史的方法》,在标题上都可以看出"照着说"的思路。

王德威曾提出"没有晚清,何来五四"的观点,这一观点也被大陆研究者照着说,如李杨提出"没有十七年文学和文革文学,何来新时期文学"。

照着说这一思路,在研究中很常见。因为他人的观点已经产生影响,成为一家之言或者公论,后人依葫芦画瓢,只要谨慎推衍,一般不会出现原则性失误。当然,有时也会画虎不成反类犬。

所谓接着说,就是接着前人的话说,前人对某个问题已经有研究,但因为各种原因未加深究,这就给后人留下着手空间,后人可以接着前人的话说,把问题研究得更为细致、更为深入。

看一个例子,拙文《民国时期新文学研究中的古典学术传统》[①] 开头这样说:

[①] 刘卫国. 民国时期新文学研究中的古典学术传统 [J]. 中山大学学报, 2018 (1).

黄修己先生在《中国新文学史编纂史》（第二版）导言中，曾经揭示新文学史编纂中的两种学术传统："当着中国走向现代社会，中国的学术也发生了现代转型后，一方面是胡适、鲁迅等第一代学者们不同程度地继承了汉学传统，这对于现代学术的形成、发展作用甚大。而另一方面，出于社会变革的要求，又在西风吹拂之下，新的学术必然具有新的因素，这很突出地表现在对理论的重视上。"本文认为，不仅在新文学史编纂中，乃至在整个新文学研究中，都存在着两种学术传统。这两种传统，黄修己先生将其中一种命名为"汉学传统"，鉴于中国学术史上经常汉宋对举，另一种学术传统可命名为"宋学传统"。

严格地说，"汉学传统"中尚有"今文"与"古文"两派，这两派在研究思路上有所不同；宋学传统内部，又可分为"理学"与"心学"两派，这两派在研究思路上也有不同。如此一来，古典学术传统可细分为两种四派。本文认为，这两种四派学术传统，在新文学研究中依然存在。当然，存在的只是这些学术传统的研究思路，而非这些学术传统的具体观点。本文试图就黄修己先生的观点"接着说"，对新文学研究中的两种四派学术传统作一个初步的梳理与评析。

文中最后一句，明确该文试图就黄修己先生的观点"接着说"。

"接着说"，这一思路在研究中也很常见。前人的观点已经初窥门径，后人只要接着他的思路继续思考，一般都能打开一片新天地，或者说更上一层楼。当然，有时也会出现"真理往前推进一步就成谬误"的情况。

所谓反着说，就是觉得前人的观点有误，需要纠正，因此针锋相对，做驳斥文章。反着说的关键，在于你找到了对方文章的确凿漏洞或错误。这样反着说，就稳妥安全了。如果对方的文章只有瑕疵或者根本没错，反着说就没有必要了。

第四步 "搜证"

关于"搜证",梁启超这样解释:"既立一说,绝不遽信为定论,乃广集证据,务求按诸同类之事实而皆合,如动植物学家之日日搜集标本,如物理化学家之日日化验也。"①

搜证,就是搜集证据来证明观点。从提出假设,到证明观点,研究过程才算告一段落。但是,搜集证据和证明观点并不是一件容易的事,相反,这是一个相当艰辛和痛苦的过程。

例一:罗尔纲《上太平军书的黄畹考》

罗尔纲在《师门五年记》中说:

写了这篇《水浒传与天地会》论文后,我继续写一篇《上太平军书的黄畹考》。这是太平天国史事中的一个疑案。世传苏州王韬曾上书太平军献攻上海策。王韬是同治、光绪间介绍西洋文化入中国的一个著名人物,他本人却极力否认此事,说是人家诬陷他。故宫博物院发现的那封《上太平军献攻上海策》的信署名是"黄畹",而不是王韬。究竟黄畹是否即王韬呢?这是这篇考证的主题。我在这一年的夏天写成初稿,断定黄畹即王韬,黄畹为王韬的化名,送呈适之师看。适之师看了,说证据不够,叫我慢慢的补充证据,不要赶着发表。到了秋天,我逐渐的增添了几条证据,重写过一遍,再送呈适之师。适之师仍认为证据还不够,但说已经比初稿站得住了。于是适之师帮我访寻那些我还没有见过的王韬著作,来和黄畹的上太平军书作辞句上的比较研究,借北平图书馆收藏的王韬手迹,来和黄畹的上太平军书作字迹上的对勘;写信给苏州顾廷龙先生,请代查王韬入学的名字,以考和"畹"字有没有关联。后来各种材料都收齐了,我动手写完第三次草稿,送呈适之师。适之师才认为证据充足,结论站得住。他把我这篇考证送到北京大学《国学季刊》去发表。这是我第一篇在国内外著名的学术刊物上发表的考证。从此以后,我知道要做一篇证据充足,结论

---

① 梁启超. 清代学术概论[M]. 上海:上海古籍出版社,1998:46.

站得住的学术文章,真不是一件容易的事。①

罗尔纲在写完这篇文章后感叹:"我知道要做一篇证据充足,结论站得住的学术文章,真不是一件容易的事。"

例二:胡适考证《醒世姻缘传》作者

赵俪生在《胡适历史考证方法的分析》② 一文中说:

《醒世姻缘传》是一部以男女婚姻不幸福、悍妇凶残虐待丈夫作为主题的近一百万字的长篇小说。关于它的作者究竟是谁的问题,胡适确实只有很少的进行推测的根据,那就是《醒世姻缘传》中的悍妇情节跟《聊斋志异》中《江城》篇的情节太相似了,并且蒲松龄在《江城》篇之外,还写了《马介甫》、《孙生》、《大男》、《张诚》、《吕无病》,《锦瑟》、《邵女》等一系列悍妇的故事。据此推测,《醒世姻缘传》的作者可能是蒲松龄,或者是他的朋友。这是"大胆的假设",接着就是一步步地"小心求证"了。

第一步是从邓之诚《骨董琐记》里找到一条札记,说清中叶刻书家鲍廷博说过蒲松龄除《聊斋》之外还有《醒世姻缘传》一种著作。第二步,孙楷第帮助他从地理、灾祥、人物三方面看,《醒世姻缘传》中的场景不出山东淄川、章邱两县。第三步,又络续发现了蒲松龄的十七种通俗曲文,胡鉴初帮助他归纳出《姻缘》和曲文中共同使用了山东淄川一带的很奇特的土语,如"豁出去"作"出上"、"狂张"作"乍"等等。最后一步是罗尔纲帮他查到鲍廷博的话的出处,是杨复吉的《梦兰琐笔》(见《昭代丛书(癸集)》)。这样通过以胡适为首的不少人的集体查证,终于落实了《醒世姻缘传》作者大体就是《聊斋》作者蒲松龄。这段考证虽不能说是百分之百的定论,但仅仅根据张元《蒲松龄墓表》没有提到这个书名,又以能用淄川土话写小说的未见得仅蒲松龄一人为理由,也似乎不足驳倒这个考证。

胡适的这个证明过程也是很艰难的,艰难到自己不能独立完成,还需要他人的帮助。如果没有他人的帮助,胡适很难独立完成这篇文章。

关于找证据,傅斯年曾说过一句话:"上穷碧落下黄泉,动手动脚找资料。"关于如何找资料,不是本课程的议题。我们这里假设大家已经先找好了资料,着重谈谈怎样用资料来进行证明。

---

① 罗尔纲. 师门五年记 胡适琐记 [M]. 北京:生活·读书·新知三联书店,2006:31-32.

② 赵俪生. 胡适历史考证方法的分析 [J]. 学术月刊,1979 (11).

在找证据的时候,需要区分"证据"与"证词"。什么叫"证词"?英国史学家柯林伍德这样界定:"当历史学家接受另外的人对他所询问的某个问题给他提供的现成答案的时候,这个另外的人就被称为他的'权威',而由这样的一个权威所做出的、并为历史学家所接受的陈述,就被称为'证词'。"① 换言之,他人关于这些史实的谈论,应被称为"证词",而第一手的史实,才可以称为"证据"。

我们在论证的时候,最好用"证据"而不用"证词"。"证词"只能起锦上添花的作用,而不能起关键性的证明作用。比如我们要论证某个作家的作品具有某种特征时,不能只引用这个批评家如何说,那个批评家如何说,因为这些都是"证词",是第二手的,我们应该直接找"证据",找第一手的史实。英国史学家柯林伍德这样说:"只要一个历史学家接受一个权威的证词并且把它当作历史的真理,那末他就显然丧失了历史学家称号的荣誉。"② 有些同学在以前的作文训练中,养成了引用名人名言的习惯,要知道引用的名人名言,只是证词,并不是证据,证明过程并没有完成。

证明方法不外三种:一是"摆事实",二是"讲道理",三是"玩辩术"。

所谓摆事实,就是用事实而不是用其他方法来证明观点。在三种证明方法中,应该说,摆事实强于讲道理,摆事实也强于玩辩术。

蓝棣之的《症候式分析:毛泽东的鲁迅论》③ 一文从毛泽东论述鲁迅的言论的字里行间,揣测毛泽东内心对鲁迅的真实态度。该文根据有限的材料,运用精神分析学说的症候分析方法,进行推理,走的是"讲道理"的写作路子。而鲁迅之子周海婴在2000年披露出一条新史料,即毛泽东1957年与罗稷南的一次谈话。④

应该说,蓝棣之反复分析得出的结论,与周海婴披露的新史料中所隐含的结论,是一致的。但蓝棣之千辛万苦推理得出的结论,还不如周海婴披露的一条新史料更具有说服力。短短的一段史料,有时胜过万言的论文,这充分说明"事实就是力量"。

---

① [英] 柯林伍德. 历史的观念 [M]. 北京:商务印书馆,1997:356.
② [英] 柯林伍德. 历史的观念 [M]. 北京:商务印书馆,1997:356.
③ 蓝棣之. 症候式分析:毛泽东的鲁迅论 [J]. 清华大学学报,2001 (2).
④ 周海婴. 鲁迅与我七十年 [M]. 海口:南海出版公司,2001:371.

摆事实，要记住"孤证不为定说"，证据当然越多越好。

举个例子，钱锺书先生《谈艺录》第二则"黄山谷诗补注"中说：

《自巴陵入通城呈道纯》云："野水自添田水满，晴鸠却唤雨鸠归。"天社注引欧公诗。按《瓯北诗话》卷十二论香山《寄韬光》诗，以为此种句法脱胎右丞之"城上青山如屋里，东家流水入西邻"。窃谓未的。此体创于少陵，而名定于义山。①

钱锺书认为，这种句法创于杜甫，定于李商隐。接着，钱锺书举例进行证明。

少陵闻官军收两河云："即从巴峡穿巫峡，便下襄阳向洛阳"；《曲江对酒》云："桃花细逐杨花落，黄鸟时兼白鸟飞"；《白帝》云："戎马不如归马逸，千家今有百家存。"

义山《杜工部蜀中离席》云："座中醉客延醒客，江上晴云杂雨云"；《春日寄怀》云："纵使有花兼有月，可堪无酒又无人"；又七律一首题曰《当句有对》，中一联云："池光不定花光乱，日气初涵露气干。"

钱锺书所举的这些例句，显然比王维的"城上青山如屋里，东家流水入西邻"与黄山谷的"野水自添田水满，晴鸠却唤雨鸠归"更相似，这就驳倒了赵翼的观点。

所谓讲道理，就是从理论上进行证明，在讲道理时，有几点需要注意。

第一，避免理论的操练。现在有的作者在讲道理时，往往调集各路理论大军，花了很大功夫介绍各路理论大军，炫耀其武艺，一番理论的操练之后，就鸣金收兵，得胜回朝，但并没有深入联系问题，也没有解决问题。这是目前一些先锋派文章惯用的写法，非常吸引人，但实在不顶用。为免得罪人，我们这里就不举例了。

第二，应然不等于实然。在讲道理时，需要注意的是："应然"不等于"实然"。道理上虽是如此，但现实中不一定如此。

1983年至1984年，现代文学研究界曾有一场关于五四文学革命性质的论争。论争的一方摆事实，认为五四文学革命是由资产阶级、小资产阶级思想领导的；一方讲道理，认为五四文学革命是由无产阶级思想领导的。谁是谁非，大家其实都很清楚。摆事实的显然是正确的，讲道理的显然是错误的。讲道理之所以错误，就是把应然等同于实然。

---

① 钱锺书. 谈艺录 [M]. 北京：生活·读书·新知三联书店，2008：16.

第三，慎用类比推理法。类比推理是根据两个（或两类）相关对象的某些属性相同或相似，从而推出它们在另外的属性上也相同或相似的推理。类比推理的结论是或然性的，既可能是真，也可能是假。因为相比较的两类事物本来是没有什么关系的，只是人类通过思维将它们联系在了一起。类比推理可以将比较难懂的道理用浅显的方式讲出来，但需慎重。

类比论证能够形象生动地说明问题，能将深奥难明的道理转变成简单易懂的道理。中国人特别爱用类比论证，大量使用类比推理的手法来论证自己的观点。钱锺书《谈艺录》第一章"诗分唐宋"讲到分类时说："岂曰强生区别，划水难分；直恐自有异同，抟沙不聚。"① 这两个类比非常形象，让我印象深刻。

但是，类比推理不能滥用，需要慎用。仔细思考一下，我们日常语言中的不少类比推理，都经不起仔细推敲。比如谚语"儿不嫌母丑，狗不嫌家贫"，用的就是类比推理。用"狗不嫌家贫"来教导人们"儿不嫌母丑"。但能由狗的行为来论证人的伦理吗？当然，作为一种道德教化，这样论证我也可以理解。

但在学术性问题的探讨上，我们要慎用这种类比推理。比如，董仲舒为了证明其"天人合一"理论，曾做过这样的类比论证："天以终岁之数，成人之身，故小节三百六十六，副日数也；大节十二分，副月数也；内有五脏，副五行数也；外有四肢，副四时数也；乍视乍瞑，副昼夜也；乍刚乍柔，副冬夏也。"② 这种类比无任何科学依据可言，可以说毫无道理。何况成人的骨头数量是 206 块，并不是 366 块。人不止有五脏，天不止有五行。

又如孟子和告子讨论人性的善恶问题，告子将人性与激流进行类比，他这样说："性犹湍水也，决诸东方则东流，决诸西方则西流。人性之无分于善不善也，犹水之无分于东西也。"孟子的回应是："水信无分于东西，无分于上下乎？人性之善也，犹水之就下也。人无有不善，水无有不下。"③ 事实上，水往哪边流，往上流或是往下流，与人性善或不善，毫无逻辑关系。这样的类比论证虽然很形象，但并不严密，欠缺说服力。

---

① 钱锺书. 谈艺录 [M]. 北京：生活·读书·新知三联书店，2008：7.
② 董仲舒. 春秋繁露. 北京：中华书局，2011：164.
③ 孟子：告子上，方勇译注，孟子. 北京：中华书局，2010：213-214.

第四，慎用相似性论证。陈寅恪的《西游记玄奘弟子故事之演变》一文，考证孙悟空大闹天空是两个原本不相干的印度民间故事：闹天宫，本于印度《顶生王升天因缘》，孙悟空则来自印度记事诗中巧猿 Nala 造桥渡海，直抵楞伽之故事。至于猪八戒在高老庄招亲，陈寅恪也疑心那是从牛卧苾刍惊犯宫女的故事衍变而来的。① 龚鹏程对陈寅恪的论证提出了这样的批评：

> 孙悟空、猪八戒的故事，与印度故事只是相似而已，陈寅恪却以其相似而说影响。仿佛是某甲吃饭，我也吃饭，陈先生便出来考证道：原来某甲之吃饭，乃是受我影响使然。有这个道理吗？更不要说那些故事跟《西游记》其实还真不太像了。明明是孙悟空大闹天宫，偏说是本不相干且又与西游故事并不像的两个印度故事之拼凑。明明是猪八戒招亲，偏说是牛卧苾刍之变貌。这不是考证，只是一肚皮印度知识无处张皇，故于史册小说中去捕风捉影罢了。

> 在这些考证中，陈先生也没告诉我们：何以中国人就一定想不出孙悟空大闹天宫、猪八戒招亲这样的故事，必须受启发于印度。印度那《顶生王升天因缘》和巧猿造桥故事、牛卧苾刍惊扰宫女故事，又在什么时候普传于中国民间，以致文人涉笔，可以取法于斯？②

应该说，陈寅恪先生这里的论证确实是不太严谨的，用"相似"来证明"影响"，结果被龚鹏程抓住了把柄。

近年来，有一些论文喜欢这样进行的相似性论证：一是 A 与 B 相似；二是 A 具有 C 特征；三是所以 B 具有 C 特征。在几何学上，这样的推理是成立的，但在文学批评中，这样的逻辑证明是不成立的。鲁迅与胡适都是包办婚姻，鲁迅具有 C 特征，胡适就也具有 C 特征吗？显然不能这样推理。要证明 B 具有 C 特征，要实打实地找证据，不能这样论证。

还有的论文滥用互文性理论进行论证。互文性理论由朱丽娅·克里斯蒂娃（Julia Kristeva，1941—）提出，经罗兰·巴特（Roland Barthes，1915—1980）宣传、阐释而形成的文本理论。克里斯蒂娃认为，写作主体、读者和外部文本是组成文本空间的三个维度，亦即处于对话中的三种成分，

---

① 陈寅恪. 西游记玄奘弟子故事演变.
  金明馆丛稿二编，北京：生活·读书·新知三联书店，2015：217-223.
② 龚鹏程. 近代思潮与人物［M］.北京：中华书局，2007：289.

读者在接受写作主体的文本时，会将其融入与之形成对照的其他文本，因此"每一个词语（文本）都是词语与词语（文本与文本）的交汇；在那里，至少有一个他词语（他文本）在交汇处被读出来"。① 这种可以读出"他文本"的交汇关系就是互文性。

现在学界有人很喜欢这种互文性论证，就是很随意地指出 A 作品让我们想起 B 作品，也不跟你讲什么理由，讲什么论据，为什么 A 作品让我们想起 B 作品而不是 C 作品呢？这样的论证方式，我个人是不大喜欢的。

第五，遵循形式逻辑。讲道理时，必须遵循形式逻辑。首先大前提必须成立，大前提如果不成立，后续论证都是在做无用功；其次，在论证时，逻辑链条不能有断裂，不能有跳跃。

例一：1948 年 3 月，林默涵在《大众文艺丛刊》第 1 辑《文艺的新方向》发表《评臧克家的〈泥土的歌〉》，林默涵指出，当时农村存在着激烈的阶级斗争，但在《泥土的歌》中看不到一点阶级斗争的影子，看不到农民的仇恨和抗争，认为诗人"只是用一些表面的千篇一律的陈词滥调，什么勤苦、朴实、硬朗、良心……等等来堆砌正在急剧变化中的农民的头上"。林默涵认为，"这不是我们周围的现实的农村和农民，这只是诗人幻想中的农村和农民，是从陈旧的书本子里抄袭过来的农村和农民"，他指着诗人"实际上不懂得农村，不懂得农民。他不了解农民的生活和痛苦，更不了解那深藏着他们内心的受压抑的愤怒与仇恨的情绪"。

林默涵显然认为，农民的本质是革命，凡是不从这一本质出发书写农民，就是歪曲了农民形象。写农村社会，必须写阶级斗争，不写阶级斗争就是违背农村社会的本质。但是，农民的形象本就是多样的，有革命的农民，也有不革命甚至反革命的农民，农村的生活也是丰富的，有阶级的矛盾与冲突，也有阶级之间和睦相处的情形。也就是说，林默涵论证的逻辑大前提并不成立，后续的推理自然有误。

例二：1941 年 2 月 15 日，巴人在《奔流》文艺丛刊第 2 辑发表《略论巴金的〈家〉三部曲》，这样批评巴金："巴金虽然把握住了中国家族的崩溃是中国旧社会崩溃的核心，可是他没有更深入的掘发，使这小说的发展，没有可能成为最高真实的反映。"巴人的理由是，第一，巴金在《家》三部

---

① [法]朱莉娅·克里斯蒂娃. 符号学：符义分析探索集[M]. 上海：复旦大学出版社，2015：87.

曲里，把中国家庭的崩溃，仅仅放在了礼教传统和新思想的争斗下。他没有在那里描绘出由于国际资本主义的侵入，摧毁了中国的封建经济基础，使家族制度崩溃的画面。第二，和家庭生活对置的社会生活。巴金在《家》里，有演剧，办报，攻击礼教和军阀的混战，但在《春》和《秋》里，也还是演剧，办报，开会——贯彻以无政府主义运动的侧面的展开。这里丝毫没有中国社会中工人运动兴起的影子和人民革命势力扩大的政治活动的写照。

巴人写到此似乎也有点犹豫，但马上以不容置疑的口吻继续写到："即使四川不是个工业的都市，工人阶级的兴起，无法想象。但无论如何，由于国共合作所开展的政治活动，那一定是抓住了四川青年的心的。而在这一政治活动中，也必然地包含有工人政党的活动，但巴金的新人群的社会活动，却是舍弃了这种可以称为中国社会之特征的主要的东西，而仅仅把那次要的非特征的东西，夸张起来，用很多的篇幅，把描写俄国虚无党活动的《夜未央》剧本中的人物故事，予以叙述和评论。"

巴人明明知道四川当时没有工人运动，却要求巴金写工人运动，明目张胆地要求作家造假。

前面两个例子，都是在逻辑大前提上出现问题，后续的推理自然跟着出现偏差。

关于论证过程中的逻辑问题，拙文《"巴尔扎克难题"与中国左翼文学批评中的世界观论述》① 曾指出瞿秋白的文章在论证过程中出现了逻辑的断裂与跳跃。

1933年4月，瞿秋白发表《马克思、恩格斯和文学上的现实主义》，引用了恩格斯的一段论述："固然，巴尔扎克在政治上是保王主义者。他的伟大的著作是不断的对于崩溃得不可救药的高等社会的挽歌；他的同情，是在于注定要死亡的阶级方面。然而不管这些，他对于他所深切同情的贵族，男人和女人，描写他们的动作的时候，他的讽刺再没有更尖利的了，他的反话再没有更挖苦的了。他用一种掩藏不了的赞赏的态度去叙述的唯一人物，却只有他的最明显的敌人，共和主义的英雄 Cloitre Saint Merri，这些人在那时候（1830—1836年）却真正是民众的代表。巴尔扎克不能够不违背

---

① 刘卫国. "巴尔扎克难题"与中国左翼文学批评中的世界观论述 [J]. 文学评论，2008（2）.

自己的阶级同情和政治成见，他见到了自己所心爱的贵族不可避免的堕落，而描写了他们的不会有更好的命运，他见到了当时所仅仅能够找得着的真正的将来人物，——这些，正是我所认为是现实主义的伟大胜利之一，老头儿巴尔扎克的伟大特点之一。"

瞿秋白写这篇文章的目的，本意在于校正或者说扭转当时革命文学创作中的"革命的浪漫蒂克"倾向。他发现恩格斯曾经号召作家向巴尔扎克学习，于是提出了"现实主义"，作为疗治"革命的浪漫蒂克主义"的良方。而提到巴尔扎克的现实主义，就不能不接触到巴尔扎克的世界观问题。

恩格斯的观点与左翼文学批评界形成的共识显然发生了冲突，这让瞿秋白感到为难。我们看到，瞿秋白对恩格斯观点的介绍和解释陷入了摇摆不定的尴尬境地。他一会儿指出恩格斯对于巴尔扎克的宇宙观（按：即世界观）和艺术创作的估量"在方法论上有极重要的意义"，一会儿又试图贬低恩格斯这些论述的意义，认为"恩格斯给哈克纳斯女士的论巴尔扎克的信里面，很容易看得出他对于巴尔扎克的称赞，只是一种供给参考资料的意思"。他一会儿赞同地引用恩格斯的观点，认为"巴尔扎克的宇宙观是保王主义，是王权主义"，一会儿又提出自己的看法，认为巴尔扎克是"一般的资产阶级的意识代表"，是"资产阶级的艺术家"。

经过一番自相矛盾的解释之后，瞿秋白最后得出了这样一个没有逻辑铺垫的结论："无产作家应当采取巴尔扎克等等资产阶级作家的伟大的现实主义艺术家的创作方法的精神，但是，主要的还是能够超越这种资产阶级现实主义，而把握住辩证法唯物论的方法。"

瞿秋白在论证过程中，逻辑并不连贯，出现了断裂，前言不搭后语，后语不是建立在前言的基础之上，就好像火车在行驶中，突然从一个轨道进入另一轨道，中间没有任何引导与铺垫，这必然导致火车的倾覆。

什么是好的论证？我认为，好的论证需要满足两个条件：一是逻辑的必然性，二是逻辑的坚定性。

进行论证的时候，应一步接着一步，一环衔着一环，使结论自然而然得出来。第一个论点决定第二个论点，第二个论点决定第三个论点，一步步推下去，从第一句话到最后一句话，都具有逻辑的必然性，结论从一步步的逻辑推理中自然形成，有着完整的证据链。这样，人家看了你的文章，才会跟着你的逻辑走，非要一口气读完不可，而且心悦诚服地接受。这就是逻辑的必然性。

好的论证，还需要逻辑的坚实性。如何让逻辑更加坚实？这又涉及到我们以前讲过的"三步走"，每立一论，都要从各个方面对论点进行攻击，这样一正一反，螺旋前进，才具有逻辑的坚实性。练过武术的都知道，螺旋劲比直线劲更具有渗透力，螺旋论证比单一的直线论证更具有说服力。最后讲一下"玩辩术"。我们在写论文时，最好老老实实地摆事实、讲道理，不要玩弄辩论之术。比如，反问法在辩论中常常很有用，但挪用到学术论文写作之中，就显得很突兀，很无理。反问法经常这样质问：事实难道是这样的吗？可是，事实凭什么非要如你所说的那样？玩辩术还常常追究作者的政治用心与动机，且往往"不惮以最坏的恶意"来揣摩别人，试图把别人从政治上彻底搞臭，这在某一方面确实很有力量，但从学术上讲，这种"诛心"技巧是拙劣的，恶心的。

例一：武养在《文艺报》1959年第7期发表评论文章《一篇歪曲现实的小说》，批评赵树理的小说《锻炼锻炼》。

在这里，在作者的笔下，除了高秀兰这个理想的进步妇女外，读者看不到农村贫农和下中农阶层的劳动妇女的形象，所看到的只是一大群不分阶层的、落后的、自私到干小偷的懒婆娘。难道这就符合农村现实吗？难道这就是农村妇女的真实写照吗？退一步来说，即使争先社的确有这样的情况，作者把它写到纸上去要达到什么样的目的呢？如果说是为了通过这样的描写把这个社的资本主义自发势力衬托得更逼真，通过批判达到教育群众特别是"利己主义者"的目的，那么，这一"大半妇女"的本身除了被捉弄以外，又何曾受到了什么样的教育呢？

例二：周扬1955年11月写了一篇《纪念〈草叶集〉和堂·吉诃德》的文章。这一年是《草叶集》出版一百周年和《堂·吉诃德》出版三百五十周年。周扬的这篇文章是应出版界之约而作。1967年，姚文元在《红旗》杂志第1期发表《评反革命两面派周扬》，历数周扬的罪状，其中就提及周扬的这篇文章。姚文元是这样批评的：

在六亿工人农民兴起对农业、手工业和资本主义工商业进行社会主义改造高潮的时刻，在社会主义英雄人物成千上万地涌现的时刻，周扬再一次把反动虚伪的资产阶级"民主自由"捧做"崇高理想"，把惠特曼当作"参加斗争"的"范例"，把"美国资产阶级的典型"叫做"新型的人"，当作"光辉榜样"，把堂·吉诃德的骑士道德捧作"高度的道德原则"，要人民去"学习、模仿"，这不是公开同毛泽东思想对抗吗？这不是对于六亿工人农民的翻天覆地的社会主义革命一个猛烈的反扑吗？这不是要城乡资产阶级和党内的右倾机会主义者"永远乐观"，坚决抗拒社会主义改造，坚持走资本主义道路吗？

在论证中，能不用反问句就不用反问句，能不发诛心之论就不要发诛心之论。用反问句其实是论证力量不够的表现，发诛心之论，其实是讲不出道理就胡乱给人罗织罪名。

第五步 "断案"

论文的写作往往要经数番归纳研究，不断修改打磨，最后好不容易得出一个结论。作者往往会因为大功告成的狂喜而激情宣告，问题已经被自己圆满地解决了。

这里要给大家泼一盆冷水。断案的时候不要狂喜，要冷静，要注意以下事项。

第一，断案时要谦虚。论文最后的断案，要切记不要把话说得太满，语气要谦虚，要给自己留有修正的余地。

在写论文时，大家自己心里应该有数。哪个地方比较薄弱，哪个地方没有讲清楚，我相信大家自己应该清楚。胡适曾说："有一分证据说一分话，有七分证据不说八分话。"如果没有充分的证据和有力的证明，就不要使用斩钉截铁的语气。话说到什么程度，要给自己留有修正的余地。

在以前的课程中，我们曾举出过不少论文，大家仔细体会一下这些论文最后的"断案"。

比如，吴承学老师的《古代兵法与文学批评》[①] 结尾是这样的：

中国古代文学批评与文学创作以十分开放的态度吸收各种文化养料，古代兵法对文学批评与文学创作的影响便是其中一个方面。当然，兵法与文法毕竟本质不同，过分强调其一致性就容易牵强附会。我们固然不可忽视古代兵法对文学批评之影响，但对此不必也不可夸大。

大家思考一下，能不能删掉最后两句话？

又如陈淑梅的《影响与迎合：革命文学规范下的"自叙传"写作——基于〈青春之歌〉与〈母亲杨沫〉的对照分析》[②] 一文，最后的结论是这样的：

在创作过程中，《青春之歌》既受到既有革命文学规范的影响，又有对规范的主动迎合，而这种迎合在一定程度上对革命文学规范起到了推波助

---

① 吴承学. 古代兵法与文学批评［J］. 文学遗产，1998（6）.
② 陈淑梅. 影响与迎合：革命文学规范下的"自叙传"写作——基于《青春之歌》与《母亲杨沫》的对照分析［J］. 中山大学学报，2013（3）.

澜的作用。这一说法也许并不为过。

大家再想一下，能不能把最后一句话"这一说法也许并不为过"改为"这就是铁的事实"？

在下论断时需要保持必要的弹性，应把正反两方面的可能性都考虑到，照顾到。这并不妨碍论断的方向性。在这方面，陈平原老师堪称榜样。下面我们欣赏一下陈平原老师在《中国小说叙事模式的转变》一书结语中如何断案。

高度评价作为整体的小说叙事模式的转变，不等于肯定每一部采用新的叙事模式的作品，或者排斥每一部采用传统叙事模式的作品。鲁迅的《阿Q正传》采用传统的全知叙事，可这丝毫不妨碍其成为一代杰作；相反，五四时代不少采用新的叙事时间、叙事角度、叙事结构的小说，艺术价值并不高。借用韦恩·布斯的比喻，掌握新的叙事模式，只不过"拥有一个更大的针线筐，有式样更多的线可用"；至于能不能织出锦绣之衣，还得看作家是否具有超人的艺术才华。对今天的作家来说，了解某一新的叙事方式，可能用不了半天的时间；可适当地运用某一新的叙事方式创作出有高度审美价值的作品，却可能必须花费一辈子的努力。就具体作品而言，没有理由认定采用新的叙事模式的，就一定高于采用传统叙事模式的，但作为一个时代的文学，由单一的叙事时间、叙事角度、叙事结构，发展到多种叙事时间、叙事角度、叙事结构，却无疑大大增加了小说形式的弹性，为作家创作出更能适合现代人审美趣味的优秀作品提供了可能性。①

陈平原老师这段文字写得非常漂亮，给我的感觉就像跳舞：前进几步再后退几步，退后几步后又前进几步，但总体上仍然沿着自己的观点前进，节奏感与分寸感把握得非常准确，这样就使得自己的观点进可攻退可守，无懈可击。

为什么在断案时要谨慎，多用"大概""也许""可能""或者"等词语呢？为什么一定要掌握好分寸呢？

为了从哲学上讲清楚这个问题，我们这里引进"有限知识预设"和"无限知识预设"两个概念。

一种是无限知识预设，或全知假定。即认为自己无所不知，从自然科学到社会历史，从物种起源到人类未来，一切知识与真理都被自己掌握了。

---

① 陈平原. 中国小说叙事模式的转变[M]. 北京：北京大学出版社，2003：239.

美国政治学者霍伊在研究哈耶克的政治思想时，曾对这种完全知识预设或全知假定提出批评："全知的假定之所以剥夺自由是因为它没有为可错性留下空间，它要求人们始终走少数人所发现的唯一正确的道路。只有那些追求真正自由的人才把自己归入无知者的行列，而有些自奉的智者却强制世人放弃自由，追随他们所发现的终极真理。"①

另一种是有限知识预设。对于有限知识预设，哈耶克说："人对于文明运行所赖以为基础的诸多因素往往处于不可避免的无知状态，然而这一基本事实却始终未引起人们的关注。哲学家和研究社会的学者，一般而言，往往会敷衍此一事态，并视人的这种无知为一种可以忽略不计的小缺陷。但是值得我们注意的是，尽管以完全知识预设为基础而展开的关于道德问题或社会问题的讨论，作为一种初步的逻辑探究，偶尔也会起些作用，然而试图用它们来解释真实世界，那么我们就必须承认，它们的作用实在是微乎其微。这里的根本问题乃在于这样一个实际困难，即我们的知识在事实上远非完全。"②

周作人曾经说："以前我也是自以为有所知的，在古今的贤哲里找到一位师傅，便可以据为典要，造成一种主见，评量一切，这倒是很简易的办法。但是这样的一位师傅后来觉得逐渐有点难找，于是不禁狼狈起来，如瞎子之失去了棒子；既不肯听别人现成的话，自己又想不出意见，归结只好老实招认，述蒙丹尼的话道'我知道什么？'"③ 周作人承认自己所知不多，这就是有限知识预设。有限知识预设承认人的理性的局限性，建基于有限知识预设上的断案，不想将自己的意见强加于人，所以多用"我看""我认为"的语气。而建基于无限知识预设的断案，总认为自己真理在握，所以语气往往颐指气使、咄咄逼人。由于我们不可能掌握无限知识，因此我们断案时最好使用有限知识预设的语气。

举个例子，成仿吾批评许地山的小说《命命鸟》，他抓住小说的一段描写"早晨底日光射在她脸上，照得她的身体全然变成黄金的颜色"，批评许地山的观察"未免太不准确了"，因为"早晨很微弱的阳光，并且只照在脸

---

① ［美］霍伊. 自由主义政治哲学——哈耶克的政治思想［M］. 北京：生活·读书·新知三联书店，1992：7.
② ［英］弗里德利希·冯·哈耶克. 自由秩序原理［M］. 北京：生活·读书·新知三联书店，1997：19–20.
③ 周作人. 一年的长进［N］. 晨报副刊，1924–2–13.

上,就能照得全身全然变成黄色——这种现象我无论如何也想不起"。成仿吾由此批评许地山的现实主义不过关。① 这一断案乍一看很有道理,但这只是你自以为的很有道理,天下之大,无奇不有,很可能就有你所不了解、不掌握的情况。

梁宗岱针对成仿吾的断案特地指出:"读完这么一大段,我起初也不由得怀疑许君起来。但是我再三想过,这篇是以缅甸作背景的。或者这成君所谓'我无论如何也想不起'的现象,在缅甸有可能亦未可定。适同房的同学萧道康君自外来,他是缅甸土生的。我便质诸于他,他说:'怎么不可能?缅甸的墙壁多是黄色的,就映以最微弱的日光,也自然会变成黄金色了。况且缅甸是在热带,就是在清晨也很烈呢!'我于是恍然大悟!忽然想起古人所谓'少所见,多所怪,见橐驼,言马肿背!'我们只恨许君不曾像舆地教员般,先将缅甸的风俗习惯详细解释一番!"② 这个例子,就是有成仿吾意想不到的情况出现了,一个人不可能全知全能,成仿吾没有去过缅甸,不了解当地的实际情况,他根据中国的情况进行推断,结果出错了。

第二,由果推因要慎重。还有一种情况,表面上已经尘埃落定,可以下结论了。但尘埃落定不代表可以由此反推,证明这种情况的合理性。历史往往是非常复杂的,蕴含着多种可能性。我们不能由单一结果否定前面的复杂性与多种可能性。

比如,鲁迅在抗战爆发前去世,棺木上被覆盖"民族魂"的旗帜,而鲁迅的弟弟周作人在抗战时期投敌当了汉奸。兄弟两人不同的人生道路,让学者忍不住一探究竟。1942年11月2日,何其芳在《解放日报》发表《两种不同的道路——略谈鲁迅和周作人的思想发展上的分歧点》,试图解决这个问题。

何其芳认为,周氏兄弟对比鲜明的命运,并非偶然的事情,而是因为在两人的思想发展上有一个根本的区别。这种根本区别,就是:"一个是以集体为主,故是勇猛的战士,故是清醒的现实主义者,故能从失望中看出希望,故在艺术上是革命的功利主义者,故被有些人认为偏激,故即使谈小事物也有大见解,而其结果由寻路到得路,从民族主义民主主义走到了共产主义。一个是以从个人出发为主,故是掩藏在高雅之极的外衣里的闲

---

① 成仿吾.《命命鸟》的批评[J].创造季刊,2卷1期,1923-5.
② 梁宗岱.杂感[J].文学周报,84期,1923-8-20.

谈家，故小处聪明而大处糊涂，故从积极而怀疑而悲观，故在艺术上实质是一个为艺术派，故自认为是中庸主义者或有绅士气，故喜欢谈小事物，其中又多半只见趣味，而其结果从寻路到迷路，从民族主义民主主义走到了日本法西斯的手掌里，成为民族的罪人。"

何其芳将鲁迅和周作人进行切割，认为两人思想一开始就是泾渭分明，因此最终各走各路，这就凸显了鲁迅的伟大和周作人的堕落。但这并不符合历史实际，因为在相当长时期内，鲁迅和周作人的思想是几乎重合的线段，有一段时间，两人思想确实出现了差异，但即便在晚年，鲁迅思想与周作人思想也有相交之处，并非自始至终是两条平行线。

明明结果已经分明，为什么我们在由果推因时还要慎重？为了从哲学上解释这一问题，这里引进"偶然性"与"必然性"两个概念。

必然性和偶然性反映着事物发展中两种不同的趋势，必然性是指客观事物联系和发展的合乎规律的、确定不移的趋势；偶然性是指事物发展过程中呈现出来的某种摇摆、偏离，是可以这样出现也可以那样出现的、不确定的趋势。

以牛顿为代表的自然科学家对世界的理解都是基于必然性，旨在揭示客观世界运动的因果性和规律性。与此相对应，对日常生活的理解和看法也是必然性居支配地位。人们认为，生活是按照一个固定的次序和通常的方式合乎理性地演化，至于所遭遇的偶然性不过是很少的意外。我们多年来受到的教育，更加强化了这种认识。大家可以在一些经典的哲学著作中，非常方便地找到这样的表述：必然性和偶然性在事物发展中的地位和作用不是等同的。必然性是事物发展过程中居支配地位的一定要贯彻下去的趋势，它决定着事物的发展前途和方向；偶然性则相反，它不是事物发展进程中居支配地位的趋势，它对整个事物的发展则起着加速或延缓以及使之带有这样或那样特点的影响作用。

随着社会的进步和时代的发展，人们对客观世界认识的重点，正由必然性向偶然性转变。在自然科学方面，德国物理学家波尔茨曼和美国物理学家吉布斯，通过把偶然性、概率和统计方法引入物理学，严重地动摇了以牛顿为代表的传统的必然性观念；弗里德曼等人的宇宙大爆炸理论揭示了宇宙存在的相对性和不确定性；海森堡的测不准原理揭示了微观世界中粒子位置和运动速度的相对性和不确定性；爱因斯坦的相对论揭示了时空的相对性和不确定性；洛仑兹"蝴蝶效应"则揭示了自然界的混沌现象。

非线性科学、分形理论、混沌理论以及各种复杂性系统科学,也通过各自划时代的发现一再向我们证实了物质世界和自然界的偶然性。

在因果律、规律性、确定性和必然性之外,世界正显现出更迷乱但却更深刻的相对性、无序性、不确定性和偶然性(或然性)。人们开始发现偶然性存在的普遍性和其对事物塑造的强大力量。

就以周作人的附逆来说,并不完全是必然的,其中偶然性的因素也不能排除。何其芳没有考虑到偶然性,把周作人附逆的原因说得太过绝对、太过必然,因此并不可信。

第三,可以接受并立结果。断案时不要为了突出你的结论,而用感情色彩强烈的词语贬低别人的观点。因为你掌握的也不一定就是绝对真理。别人的观点可能也有自己的道理,甚至会时来运转。因此,断案时不必完全推翻前人的结论,可以让自己的结论与前人的结论并立,把评判权留给读者或后人。

陈子善老师在《武汉日报·现代文艺》上发现署名"沙蕾"的三首情诗,陈老师经过考证后认为,这三首情诗为闻一多所作,是闻一多写给方令孺的。但陈老师在文末附记中又说:

不久前南京吴心海兄告知,当年苏州有位新诗人,也名沙蕾(1912—1986),原籍陕西西安,回族,著有诗集《心跳进行曲》和《夜巡者》、中篇小说《热情交响曲》等。他从1932年抗战爆发,先后任上海《金城》月刊文艺主编、湖北省建设所科员、湖北省财政所科员、汉冶萍砂捐所所长等职。因此,凌淑华主编《武汉日报·现代文艺》时,这位苏州沙蕾可能也在武汉。换言之,写作《我懂得》的沙蕾,尚不能完全排除苏州沙蕾的可能性,上海《南风》上写诗的沙蕾就是苏州沙蕾。特记之,已备进一步查考。①

我们知道,但凡人们做考证,都想一锤定音。陈老师此文花了很大功夫,做了非常周密的论证,我个人非常信服陈老师的结论。刚看到陈老师写的附记有点不解,认为陈老师这不是否定了自己辛辛苦苦考证得出的结论吗?但转念一想,这正是陈老师高明的地方,体现了陈老师实事求是的精神,也体现了陈老师能接受不同意见的胸怀。有这种精神和胸怀的学者,

---

① 陈子善. 中国现代文学文献学十讲[M]. 上海:复旦大学出版社,2020:114-115.

才有大家气象。

费孝通在《乡土重建》一书后记中说:"我不是个宗教家,敢于承认自己在全知全能的上帝的启示中得到了真理;我不过是个摸象的瞎子,用自己有限的手掌去摸索我所要知道的对象,所不同的是并不敢自以为见了全象而排斥别的瞎子在同一对象上摸索所得的知识,我所希望的是许许多多瞎子所得片面的知识能加得拢来,使我们大家共有的知识能更完全一些,更丰富一些。"①

如果你在论文或著作中下结论时,没有顾及到上述情况,还可以在其他地方表明这一点。如费孝通在《乡土重建》一书的后记中就表明了这一点,承认别人的观点也有其合理性。

第四,不必追求断成铁案,可以保留多种可能性。

举一个例子,大家应该都知道王安石在《泊船瓜洲》诗中推敲"绿"字的故事。诗句原作"春风又到江南岸",王安石觉得"到"字太死,改为"过"字,又觉得"过"字不妥,先后改为"入'字、"满"字,最后改定为"绿"字。因为"绿"字将把整个江南生机勃勃、春意盎然的动人景象表达出来了。

钱锺书在《宋诗选注》中论及王安石的《泊船瓜洲》"春风又绿江南岸"。他发现,"绿"字用法在唐诗中"早见而亦屡见",但钱锺书并未坐实王安石的"绿"字乃是沿用唐诗先例,而是这样断案:

王安石的反复修改是忘记了唐人的诗句而白费心力呢?还是明知道这些诗句而有心立异呢?他的选定"绿"字是跟唐人暗合呢?是最后想起了唐人诗句而欣然沿用呢?还是自觉不能出奇制胜,终于向唐人认输呢?②

钱锺书并未断成铁案,而是想象出多种可能性。但我觉得,这多种可能性是成立的,是深谙作家创作心理而得出的知己之言。

第五,不要节外生枝。一篇文章写到结论处,人们往往有大功告成的感觉。有的作者这时忍不住话多,很想让人分享他的喜悦。本来一篇文章一般只讨论一个问题,得出一个结论,但这时,他们常常节外生枝,试图开辟新的论域,发布新的喜讯。但因未走完立说、搜证的程序,新的喜讯往往并不可靠。

---

① 费孝通. 乡土中国 [M]. 上海:上海世纪出版集团,2007:362-363.
② 钱锺书. 宋诗选注 [M]. 北京:生活·读书·新知三联书店,2002:77.

解志熙老师的《现代诗论辑考小记》① 一文，最后一节考证书评《意义与诗》的作者叶维之，得出结论是叶公超。这一断案是正确的。断完案后，解志熙老师忍不住内心的喜悦，接着写道："顺便说一句，发表在《新月》最末两期上的《利维斯的三本书》和《歌德之生平及其作品》两文，均署名'荪波'，也可能都出自叶公超之手。不过考证起来，难免烦琐，而这篇小记已经够冗长的了，就此打住。"

　　此文后来收入解志熙《摩登与现代——中国现代文学的实存分析》②。解志熙在此文后面写了一个附记："承王中忱兄和陈越君先后见告，《利维斯的三本书》和《歌德之生平及其作品》两文乃常风先生所作，可见我的仅凭印象的推测是靠不住的。其实，我手头就有常风先生的《逝水集》和《窥天集》，上述两文就分别收录在这两本书中。今日复查，发现自己过去也读过这两篇文章。但赶写此文时记忆模糊，尽管中忱兄当时就提醒我查查是否常风先生所写，但我却因为乱搁书的习惯，一时找不到常风先生的这两本书，又急着赶任务，遂凭自己不可靠的记忆武断为叶公超所做。直到文章发表后，又蒙陈越君提醒，才翻书核对，果然是我误断了。现在不做改正，以为自己的警戒，并谢谢中忱兄和陈越君的匡正。"

---

① 解志熙. 现代诗论辑考小记［J］. 中国现代文学研究丛刊，2005（6）.
② 解志熙. 摩登与现代——中国现代文学的实存分析［M］. 清华大学出版社，2006：381.

第六步 "推论"

学术研究的最后一步，就是"推论"。按照梁启超的说法："经数番归纳研究之后，则可以得正确之断案矣。既得断案，则可以推论于同类之事项而无阂也。"①

推论，我将其分为两种：一种是横向推衍，一种是向上提升。所谓横向推衍，就是将自己的结论推向同一论域或相似论域，看看能不能举一反三。一个结论如果能够横向推衍，就说明这一结论很有示范意义。所谓向上提升，就是将自己的结论提炼为一种可以推广的理论。

不少人写论文或著作，在结尾部分，往往是重复一下前面的观点，不懂得对前面的观点进行横向推衍和向上提升。结果论文或著作辛辛苦苦写出来了，但只证明了一件事，说明了一个理，虽也讲得头头是道、井井有条，但对研究者无大用处，除了让人知道那件可能并无知道价值的事之外，方法与观点都推广不出去。这样的论文或著作显然没有多少参考价值。所以，我们写论文或著作时，不要以为写到"断案"就可以了，还应进一步"推论"。推论，对于提高论文或著作的学术价值，是非常有用的。

那么，如何推论呢？

我们先讲横向推衍。

看一个例子，陈子善老师的文章《〈野草〉出版广告小考》②。文章结语部分是这样写的：

《野草》出版广告，连广告、定价的字数包括在内，总共才五十余字，实在是言简意赅。然而，这则广告所提示的"散文诗""用优美的文字写出深奥的哲理"和"风格最特异"三点，各有侧重又相互关联，不正是研究《野草》应该加以重视的三个维度吗？这正可视为鲁迅对这部作品集最初的也是恰如其分的自评。虽然现在的《野草》研究早已众声喧哗，各抒己见，但鲁迅当年的多次自评，包括鲁迅亲撰的这则《野草》出版广告在内，毕竟还是应该引起鲁迅研究者的注意。

---

① 梁启超. 清代学术概论［M］. 上海：上海古籍出版社，1998：46.
② 陈子善.《野草》出版广告小考［J］. 文艺争鸣，2018（5）.

研究《野草》这样蕴含极为丰富复杂的鲁迅作品，不但要讨论作者的写作过程，出版过程也理应进入研究者的视野，出版广告自然也是出版过程中不可或缺的一环。鲁迅为自己和他人著译所撰的出版广告，虽然早已有研究者关注，但至今对其之梳理仍不能称为全面和完整，《野草》出版广告未能编入《鲁迅全集》，就是明显的一例。由此推测，恐怕还有我们所不知道的散见于其他报刊的鲁迅所撰出版广告，还有待进一步的发掘。

第二段的最末一句，"由此推测，恐怕还有我们所不知道的散见于其他报刊的鲁迅所撰出版广告，还有待进一步的发掘"，就属于我们所讲的"横向推衍"。有了这句话，这篇文章就具备了参考价值和借鉴意义。

再看第二个例子，还是陈子善老师的文章，《〈呐喊〉版本新考》。文章的结语是这样的：

综上所述，之所以详细考证《呐喊》初版、再版和三版本的来龙去脉，是因为《呐喊》在中国现代文学史上无可取代的重要历史地位，以及这三个版本与周氏兄弟失和、"新潮社文艺丛书"和"乌合丛书"虽然并不十分复杂却又颇为敏感的关系，并可从这一新的角度窥见鲁迅当时的心态。由于《呐喊》再版和三版本稀见，以往的鲁迅研究一直未能对此展开研讨。随着这三个版本的印数、变更和相互关系的基本厘清，也希望能对《呐喊》研究的进一步深入有所帮助。而对《呐喊》这三个版本的查考，又提醒我们，研究现代文学作品，初版本固然应该重视，再版和三版本等也并非可有可无，有的甚至具有独特的研究价值，从而对更完备地建构现代文学版本学也不无裨益。①

这一段结语中的最后一句话"而对《呐喊》这三个版本的查考，又提醒我们，研究现代文学作品，初版本固然应该重视，再版和三版本等也并非可有可无，有的甚至具有独特的研究价值，从而对更完备地建构现代文学版本学也不无裨益"，就属于我们这里所讲的"举一反三"，属于横向推衍。

再看第三个例子。罗岗老师的《历史中的〈学衡〉》②。这篇文章最后这样说：

我读《学衡》中的各类文本，同时也读这本杂志本身，特别研读了前

---

① 陈子善.《呐喊》版本新考[J].中国现代文学研究丛刊，2017（8）.
② 罗岗.历史中的学衡[J].二十一世纪，1995年4月号.

人关于《学衡》的诸多论述，因为这些论述已经构成杂志意义的一部分。一方面，我必须排除前人论述附加或强加在《学衡》上的意义，使被历史遮蔽的某些部分重新显露出来；另一方面，我又必须了解前人在何种时空下，以怎样的理由和标准来理解《学衡》，又用什么样的策略维持或悖离这种理解，只有这样，我才能明了今天我的阅读与前人的阅读有何不同。这是一个循环往复、流转多变的过程，它有利于引发《学衡》包含的重重矛盾和抗辩对诘的嘈杂声音，颠覆截然对立的僵硬模式和非此即彼的现代神话。只有超越那条制约了好几代人思考的思路，我们判定是非的标准才有可能浮现出来。而这，正显示出我们重读《学衡》，乃至重读整个历史的必要。

罗岗老师在文章结尾总结出了自己研究的方法论，这也是一种横向推衍的方式。因为这一方法可以推广到同类型研究之中。

像这种总结方法论的文章，还有很多例子。再看一篇文章，孟悦老师的《〈白毛女〉演变的启示》。文章结尾也总结了自己的研究方法论：

怎样来看待和研究"革命文学"这个字眼所能包含的历史现象？到此为止，我仍是只有问题而没有答案。实际上，我在这篇文章里所做的不过是为了提出问题，而不是给出解答。这篇文章甚至也算不上是一种文学或文化研究，只是泛泛而谈，不得不回避掉那些尚未理清的现代文化史的重要脉络，以及那些须有电影和舞蹈形式方面的专门知识才能提出并讨论的问题。如果我的分析看上去像是夸大了非政治及民间文艺传统在《白毛女》文本中的地位，而对政治话语的强制机制做了轻描淡写，那么这并非我的本意。我只是想在此试验另一种观察角度，以避免把对"革命文学"这个复杂历史现象的研究简单化。避免简单化的关键之一是去发掘潜伏在文艺为工农兵服务的政治口号之下的不同话语，不同文化传统之间的摩擦、互动、乃至相互渗透的历史。《白毛女》以及许多其它文学作品本身在很大程度上是这种摩擦互动的结果。怎样研究这种摩擦互动，怎样表述这种摩擦互动？这也许是我们重新理解中国二十世纪文化史必要的一环。[①]

读者读了孟悦老师的文章，可以运用其方法论，换一个研究对象进行研究。这就是"横向推衍"的意义。

---

① 孟悦.《白毛女》演变的启示［G］//王晓明.二十世纪中国文学史论（第3卷）.上海：东方出版中心，1997：202-203.

所谓向上提升，就是从结论中引出重大的理论问题，将其上升为一种理论。这是学术研究的最高目标。如果辛辛苦苦搞研究，最后不能进行理论提升，这样的学术研究就显得琐碎平庸，没上档次。

向上提升有两条道路，一是由史出论，一是以论带史。真正靠得住的是由史出论，而不是以论带史。所谓以论带史，就是主观先行，先有观点，再来找材料，找证据，用演绎法来证明。所谓由史出论，就是从材料出发，用归纳法来研究，最后总结出论点。著名语言学家王力先生曾指出："我们知道，逻辑上讲两种科学方法，一个是演绎，一个是归纳。所谓演绎，就是从一般到特殊；所谓归纳，就是从特殊到一般。我们搞科研，要先用归纳，再用演绎，不能反过来，一反过来就坏了。比如逻辑上的三段论法，大前提，小前提，结论。'凡人皆有死，你是人，你也有死。'这是演绎法，从大前提推出结论。结论对不对，关键在于大前提对不对，主要是'凡'字。'凡'字是归纳出来的。我们做研究工作，就是要研究这个'凡'。怎么研究呢？就要从大量具体的材料中去归纳，从个别到一般，结论是在归纳的末尾，而不是在它的开头。所谓分析，是要以归纳为基础的，如果没有归纳就做分析，那么结论常常是错误的。凡是先立结论，然后去找例证，往往都靠不住。因为你往往是主观的，找一些为你所用的例证，不为你所用就不要，那自然就错误了。归纳的重要也就证明充分占有材料的重要。因为归纳是从个别到一般，个别的东西越多，越能证明你的结论是可靠的。"① 王力先生说的演绎法，就是以论带史，归纳法，就是由史出论。

著名史学家严耕望也曾说："哲学理论对于史学研究诚然有时有提高境界的作用；不过从哲学入手来讲史学，多半以主观的意念为出发点，很少能努力详征史料，实事求证，只抓住概念推衍发挥，很少能脚踏实地做工作。这样工作，所写论文可能很动听，有吸引力，但总不免有浮而不实的毛病，不堪踏实的史学工作者的一击。不说远的，只就主修哲学而以历史为辅系的学生而言，他们的答题方式，总是大而化之，不能针对问题踏实作答，好的尚能抓住概念想像发挥，差的更似是而非，东扯西拉，不知所云。这样做历史研究工作，就很难深入，钻研出真正的成果来。"② 严耕望

---

① 王力. 谈谈写论文 [G]//王力, 朱光潜. 怎样写论文：十二位名教授学术写作纵横谈. 沈阳：辽宁教育出版社，2006：6-7.
② 严耕望. 怎样学历史 [M]. 沈阳：辽宁教育出版社，2006：158.

所批评的，其实就是"以论带史"的研究方法。

我们要进行"向上提升"，最好用归纳法，走由史出论的道路。如果因特殊情况需要使用演绎法，也要对演绎法所使用的大前提进行研究，看其是否能接受归纳法的证明。如果大前提能接受归纳法的证明，则可以放心使用演绎法，如果大前提不能接受归纳法的证明，则需要重新设置大前提。

在文学研究中，有过"向上提升"的例子。比如苏联文艺理论家巴赫金建立了"复调小说"和"狂欢化"两个理论体系。巴赫金的学术地位之所以很高，与他建立了理论体系是密切相关的。

下面我们看一下巴赫金《陀思妥耶夫斯基诗学问题》中的结语，看看巴赫金如何进行理论提升。

在这本书中，我们力图揭示陀思妥耶夫斯基作为艺术家的特色。这位艺术大师带来了艺术视觉的一些新形式，因此开拓和发现了人及其生活的一些新的方面。我们的注意力集中在他的新的艺术立场上。是这种立场使他拓展了艺术视觉的视野，使他有可能从另一个艺术视角来观察人。

陀思妥耶夫斯基继承欧洲小说发展中的"对话路线"，创建了一种新的小说体裁——复调小说，本书所致力的就是阐明它的创新的特征。我们认为，复调小说的创立，不仅使长篇小说的发展，即属于小说范围的所有体裁的发展，获得了长足的进步，而且在人类艺术思维总的发展中，也是一种巨大的进步。据我们的看法，简直可以说有一种超出小说体裁范围以外的特殊的复调艺术思维。这种思维能够研究独白立场的艺术把握所无法企及的人的一些方面，首先是人的思考着的意识，和人们生活中的对话领域。

目前，陀思妥耶夫斯基的小说也许可以说是西欧最有影响的典范。追随作为艺术家的陀思妥耶夫斯基的，有思想观点极其不同的人；他们常常和陀思妥耶夫斯基本人的思想意识，处于深刻的对立之中。这是因为他们为他的艺术追求、他所开创的新的复调的艺术思维原则所折服。

但这是否意味着，一旦发现了复调小说，它就要把独白小说作为过时而不再需要的形式摒弃了呢？当然不是。任何时候，一种刚出生的新体裁也不会取消和替代原来已有的体裁。任何新体裁只能补充旧体裁，只能扩大原有的体裁的范围。因为每一种体裁都有自己主要的生存领域，在这个领域中它是无可替代的。所以，复调小说的出现，并不能取消也丝毫不会限制独白小说（包括自传体小说、历史小说、风习小说及史诗小说等等）进一步的卓有成效的发展。因为，人和自然的一些生存领域，恰恰需要一种面向客体的和完成论定的艺术认识形式,也就是独白形式,而这些生存领域是会存在下去并不断扩大的。不过我们要再重复一次:思考着的人的意识,这一意识生存的对话领域,及其一切深刻和特别之处,都是独白型艺术视角所无法企及的。这些在陀思妥耶夫斯基的复调小说里,首次真正成了艺术描写的对象。

总之,没有一种新的艺术体裁能取消和替代原有的体裁。但同时,每一种意义重大的新体裁一旦出现,都会对整个旧体裁产生影响,因为新体裁不妨说能使旧体裁变得比较自觉,使旧体裁更好地意识到自己的潜力和自己的疆界,也就是说,克服自身的幼稚性。例如,小说作为一种新体裁,就曾对旧的文学体裁,包括故事、史诗、戏剧和抒情诗,起过这样的作用。此外,新体裁对旧体裁又可以产生好的影响,当然,影响的程度取决于体裁的特性。例如在小说繁荣时期,可以说,旧体裁在一定程度上出现了"小说化"。新体裁对旧体裁的影响,在多数情况下有助于旧体裁的更新和丰富。无疑,这一点也适用于复调小说。在陀思妥耶夫斯基作品的背景上,许多旧的独白型的文学形式都显得幼稚简单了。在这方面,陀思妥耶夫斯基的复调小说对独白型文学形式的影响,也是十分有益的。

复调小说对审美思维同样提出了新的要求。审美思维由于受独白型艺术视觉的熏陶和渗透,习惯于把独白形式绝对化,看不到它们的局限。

这就是为什么时至今日仍有一种强大的倾向,要把陀思妥耶夫斯基的小说独白化。这种倾向表现为,在分析作品时企图给主人公做出完全论定的评价,表现为要找到作者某种独白型的思想,表现为到处寻找肤浅的与生活形似的逼真,等等。人们忽视或否定陀思妥耶夫斯基艺术世界的本质所在——原则上的不可能完成论定,和对话的开放性。

当代人的科学意识,学会了适应"概率宇宙"的复杂条件,不为任何"确定性"所困惑,并且善于对它们加以考虑和预计。这种意识早已习惯了爱因斯坦的世界及其众多的系统。但是在艺术认识领域内,人们仍然不时地要求最粗糙、最简单的明确性,事先就知道这不能是真正的明确性。

必须摆脱独白型的熟练技巧,以适应于陀思妥耶夫斯基发现的新的艺术领域,并去把握住他所创造的极其复杂的艺术世界的模式。①

---

① [苏] M·巴赫金. 陀思妥耶夫斯基诗学问题 [M]. 北京:生活·读书·新知三联书店,1988:363-365.

巴赫金从对陀思妥耶夫斯基小说的研究中，提升出了"复调小说"理论。这一理论后来被推广应用。在中国文学研究中，也有不少人在应用这一理论，比如严家炎先生写过一本书，题目就叫《论鲁迅的复调小说》①。

建立自己的理论体系，这是学术研究的最高境界，杰出的学者大都建立了自己的理论体系。据我所知，在文学研究领域，除了巴赫金，诺思罗普·弗莱（Northrop Frye，1912—1991）也建立了自己的理论体系，其名著《批评的解剖》开创了一个"原型批评"理论体系。

当然，要达到这个学术的最高境界，确实有一定难度。不过，我们可以退而求其次。理论的大厦总是由概念的砖石建构起来的，能够打造出一些概念的砖石，也是不错的选择。

钱锺书先生曾说过："许多严密周全的思想和哲学系统经不起时间的推排销蚀，在整体上都坍塌了，但是它们的一些个别见解还为后世所采取而未失去时效，好比庞大的建筑物已遭破坏，住不得人，也唬不得人了，而构成它的一些木石砖瓦仍然不失为可资利用的好材料。往往整个理论系统剩下来的有价值东西只是一些片段思想。"② 理论的大厦倒了，砖石犹有用。能打造出概念的砖石，也是对学术研究的重要贡献。

在打造概念的砖石上，其他学科已有先例。

著名社会学家费孝通先生在《乡土中国》重刊序言中说："这本小册子和我所写的《江村经济》、《禄村农田》等调查报告性质不同。它不是一个具体社会的描写，而是从具体社会里提炼出的一些概念。这里讲的乡土中国，并不是具体的中国社会的素描，而是包含在具体的中国传统社会里的一种特具的体系，支配着社会生活的各个方面。它并不排斥其他体系同样影响着中国的社会，那些影响同样可以在中国的基层社会里发生作用。搞清楚我所谓乡土社会这个概念，就可以帮助我们去理解具体的中国社会。概念在这个意义上，是我们认识事物的工具。"③

费孝通先生还说："我这种尝试，在具体现象中提炼出认识现象的概念，在英文中可以用 Ideal Type 这个名词来指称。Ideal Type 的适当翻译可以说是观念中的类型，属于理性认识的范畴。它并不是虚构，也不是理想，

---

① 严家炎. 论鲁迅的复调小说 [M]. 北京大学出版社，2011.
② 钱锺书：七缀集 [M]. 北京：生活·读书·新知三联书店，2002：34.
③ 费孝通. 乡土中国 [M]. 上海：上海世纪出版集团，2007：4.

而是存在于具体事物中的普遍性质,是通过人们的认识过程而形成的概念。"①

费孝通在《乡土中国》中就提出了一系列 Ideal Type,如差序格局、礼俗社会、横暴权力、同意权力、教化权力、时势权力等等,这些概念,至今社会学界仍在沿用。

在历史学领域,有著名的概念"黄宗羲定律"。明末清初学者黄宗羲,在其著作《明夷待访录·田制三》中列举了从租庸调、两税法到一条鞭法改革的情况,指出唐初设立租庸调,到杨炎时改为两税法,"虽租庸调之名浑然不见,其实并庸调而入于租也",明代行一条鞭法,"未几而里甲之值年者,杂役仍复纷然……嗟乎!税额之积累至此,民之得有其生者亦无几矣"②。在他看来,中国历史上的历次税赋改革,每改革一次,老百姓的赋税负担就加重一次。后人将黄宗羲所发现的这一史实,称为"黄宗羲定律"。著名史学家王家范先生曾将"黄宗羲定律"简化列为下列公式:

两税 = 租庸调 + 横征(法外之征)

一条鞭法 =(租庸调 + 横征)+ 横征

摊丁入亩 =(租庸调 + 横征 + 横征)+ 横征

普遍式:$B = a(1 + nx)$(n 为变革频率,x 为横征)

王家范先生在《百年颠沛与千年往复》一书中指出,"两税法、一条鞭法、地丁制(摊丁入亩),从赋税形态演化的前行意义上应该加以肯定,但其中却包含着赋税绝对值的增长,这也是毋庸讳言的","这种赋税绝对值的算术级数累进,实际上抵消了唐宋明清以来农业增长所带来的全部积极成果"③。

在现代文学研究中,至今尚无人建立起自己的理论体系,但有人提出过一些概念。如"何其芳现象""中间物""民间隐形结构"等概念。

先介绍一下"何其芳现象"这一概念。

现代作家何其芳曾经苦恼地说,自己到达延安,接受了革命思想的洗礼,思想进步了,但创作却退步了,写不出好的作品。刘再复在《赤诚的

---

① 费孝通. 乡土中国[M]. 上海:上海世纪出版集团,2007:4.
② 黄宗羲. 黄宗羲全集(第1册)[G]. 杭州:浙江古籍出版社,1985:26-27.
③ 王家范. 百年颠沛与千年往复[M]. 上海:上海远东出版社,2001:166.

诗人，严谨的学者》①中将这种情况称为"何其芳现象"，认为这一现象并非只在何其芳一人身上出现，建国前一批卓有成绩的作家建国后却鲜有经典性文学作品问世，诸如茅盾、郭沫若、曹禺、巴金、丁玲等人，建国后都出现了作品荒，没有写出真正有价值的作品。

换言之，"何其芳现象"，就是"思想进步艺术退步现象"，这种现象不仅在何其芳身上存在，也在其他革命作家身上存在，"推论于同类之事项（这里指人物）而无阂也"。

再介绍一下"中间物"概念。

鲁迅曾说："大半也因为懒惰罢，往往自己宽解，以为一切事物，在转变中，是总有多少中间物的。动植之间，无脊椎和脊椎动物之间，都有中间物；或者简直可以说，在进化的链子上，一切都是中间物。"②汪晖认为，"中间物"一语包涵着鲁迅对自我与社会的传统和现实之间的关系的深刻认识。因此，汪晖提取了"中间物"这一概念，对鲁迅小说的精神特征进行论述，考察鲁迅对"中间物"地位的自我认识过程及其在小说中的自然展现，追寻鲁迅小说的内在精神特征和发展线索，以及由此产生的基本感情背景和美学风格的演变。③

鲁迅研究专家张梦阳先生这样评价汪晖的"中间物"概念："'中间物'这一概念标示着鲁迅个人是处在'进化的链子上'一环的历史位置上，并非是坐在凝固、永恒的神庙或圣殿里，这样就从哲学基础上解构了对鲁迅的种种神话和圣化。然而，'中间物'概念所标示的绝不仅仅是一种历史位置，而且是一种深刻的自我意识，一种把握世界的具体感受的世界观。汪晖从鲁迅的话语系统中提取出了'中间物'这一概念，由此升华为一种把握世界的世界观，反过来审视鲁迅的精神结构和文学世界，并以悖论的思维方式探索鲁迅的复杂性，就打破了鲁迅研究史上长期存在的那种单一、静止的思维模式和阐释方法，还原出了鲁迅文化哲学的双重历史文化基础，再现了鲁迅世界的内在矛盾，鲁迅研究史上长期存在的一些疑问也就顺势而解了，自然而然地显示出了'中间物'这种把握世界的世界观与悖论的

---

① 刘再复. 赤诚的诗人，严谨的学者［J］. 文学评论，1988（2）.
② 鲁迅. 鲁迅全集（第一卷）［G］. 北京：人民文学出版社，2005：301-302.
③ 汪晖. 历史的"中间物"与鲁迅小说的精神特征［J］. 文学评论，1986（5）.

思维方式所蕴含的巨大的活力。"①

"民间隐形结构"这一概念是陈思和老师提出来的。② 陈思和老师认为，20世纪中国的学术文化裂为三分天下：国家权力支持的政治意识形态，知识分子为主体的外来文化形态和保存于中国民间社会的民间文化形态。由于民间自身具有藏污纳垢的特点，它容纳了一些从政治文化中心溃败下来的残卒剩勇，在抗战前，它至少包含了三种文化层面：旧体制崩溃后散失到民间的各种传统文化信息，新兴的商品文化市场创造出来的都市流行文化，以及中国民间社会的主体农民所固有的文化传统。在五六十年代的文学创作里，国家意识形态对民间文化进行了改造和利用，但仅在文本的外在形式上获得了胜利（即故事内容），但在"隐形结构"（即艺术审美精神）中实际上服从了民间意识的摆布。如《沙家浜》中的一女三男的角色模型，源自民间的"挑女婿"模式。《红灯记》中有着民间的"道魔斗法"模式。《林海雪原》中，带有更多民间气的栾超家与英雄人物杨子荣构成了性格互补。民间文化在各种文学文本中渗入的"隐形结构"的生命力就是如此的顽强，它不仅仅能够以破碎形态与主流意识形态结合以显形，施展自身魅力，还能够在主流意识形态排斥它、否定它的时候，以自我否定的形态出现在文艺作品中，同样施展自身的魅力。

民间隐形结构这一概念，也具有一定的解释能力。

其他学科可能也发明了一些概念，因为我不熟悉，这里就不提了。

有学者认为："没有理论，社会科学就会沦为没有条理且毫无意义的一堆观察、数据和统计数字。"③ 我们可以仿着说："没有推论，文学批评就会沦为个体的零碎的读后感。"完成了"推论"，不管是"横向推衍"，还是"向上提升"，我们的研究才算真正的"大功告成"。

---

① 张梦阳. 鲁迅学：在中国，在东亚［M］.广州：广东教育出版社，2007：142-143.
② 陈思和. 民间的沉浮：从抗战到"文革"文学史的一个解释·上海文学 1994（1）
③ ［美］肯尼斯·赫文，托德·多纳. 社会科学研究的思维要素［M］.重庆：重庆大学出版社，2008：25.

后　记

　　1993年上半年，我在中山大学中文系读研一的时候，听过导师黄修己先生给本科生开设的《文学批评方法》课程。这门课程介绍了一些文学批评的理论与方法，具体内容我现在大都记不起来了，但听课时那种欢喜赞叹，至今仍印象深刻。十多年后，我也在中山大学中文系为本科生开设了这门课。又过了十多年，我将这门课的讲义整理为书稿出版。

　　本书的出版，首先要感谢中山大学中文系。中山大学中文系近年来非常重视教材的建设，与中山大学出版社联合推出"校本教材"。本书虽然还不能令我完全满意，但能忝列"校本教材"，与有荣焉。

　　感谢中山大学出版社，本书是我在中山大学出版社出版的第三本书。对于中山大学出版社的专业素养和负责精神，我非常放心。

　　感谢我的硕士生黄文蕾和博士生李婷，她们旁听了我为本科生开设的这门课，还帮助我整理讲稿。本书的出版，也有她们的贡献。

　　本书的内容，经过了十多年来多届本科学生的课堂教学实践，在吸收学生课堂学习反馈与答疑互动的基础上，不断调整、充实与完善，方才最终确定。感谢听课的学生们，本书为你们而写，也因你们而成型，书中肯定还存在一些不足之处，希望你们不断提出修改意见。